陕西师范大学优秀著作出版基金资助出版
陕西师范大学重点建设优势学科方向的队伍建设经费支持出版

本书为2013年国家社科基金重大招标项目：
“世界性与本土性交汇：莫言文学道路与中国文学的变革研究”
（项目编号：13&ZD122）的阶段性成果之一

本书为2014年国家社科基金项目“中国大陆当代小说在
英语国家的译介、传播与接受研究（1949—2013）”
（14BZW125）的阶段性成果

王西强◎著

莫言小说叙事研究

——一种基于叙事视角和人称机制的文本细读

小説敘事

中国社会科学出版社

图书在版编目(CIP)数据

莫言小说叙事研究：一种基于叙事视角和人称机制的文本细读 / 王西强著．—北京：中国社会科学出版社，2017.12

ISBN 978-7-5203-1923-2

Ⅰ.①莫… Ⅱ.①王… Ⅲ.①莫言-小说研究 Ⅳ.①I207.42

中国版本图书馆 CIP 数据核字(2017)第 323836 号

出 版 人 赵剑英
责任编辑 任 明
责任校对 王佳玉
责任印制 李寡寡

出 版 中国社会科学出版社
社 址 北京鼓楼西大街甲 158 号
邮 编 100720
网 址 http://www.csspw.cn
发 行 部 010-84083685
门 市 部 010-84029450
经 销 新华书店及其他书店

印刷装订 北京君升印刷有限公司
版 次 2017 年 12 月第 1 版
印 次 2017 年 12 月第 1 次印刷

开 本 710×1000 1/16
印 张 13.5
插 页 2
字 数 225 千字
定 价 75.00 元

凡购买中国社会科学出版社图书，如有质量问题请与本社营销中心联系调换
电话：010-84083683

序一　西强博士印象

忘记是哪国的谚语了——“不要说你是谁，只要你说出你朋友是谁，我就知道你是谁”。几年前，正当我们组建国家项目（张志忠教授领衔，2013 年国家社科基金重大招标项目：“世界性与本土性交汇：莫言文学道路与中国文学的变革研究”）团队时，著名青年学者、陕西师范大学李跃力教授向我力荐他的好友王西强博士。才子跃力，治学严谨，心气高迈，能入他法眼的青年学者不多，我信跃力。

与跃力神清骨秀的书院气不同，西强博士是带着山东汉子的质朴硬朗而又温文尔雅的春风来到这个团队的。初入项目组，他做了一次学术讨论会的综述发言，令人耳目一新。几十位学者发言一次听过，他机敏地扑捉了各位学者论说的新意要点，删繁就简，迅速归类，逐一点评，准确生动，博得满堂彩。这种活儿，需要很强的记忆力、归纳能力和语言表达能力，更需要宽广的知识面和高屋建瓴的识见。他的点评，给大家留下了很深的印象。

西强科班是英语，陕西师范大学外国语学院英语教育专业本科毕业后，即留校任教，执教期间改换门庭攻读了中文系的硕士、博士学位，并进入华东师范大学中国语言文学博士后流动站跟随杨扬教授做博士后研究。仅就三部学位论文的题目，即可见出他研究领域之广泛：学士论文《许渊冲古诗英译“三美论”研究》、硕士论文《从故乡记忆到多重话语叙事的视角转换——莫言小说叙事视角及其功能分析》、博士论文《曾朴、曾虚白父子及“真善美作家群”研究》；从他承担的国家、省、部、校等各级别的研究项目可以见出西强的兴趣和博学：“中国当代小说在英语国家的译介、传播与接受研究”、“吴宓翻译研究”、“莫言小说英译研究”、“中国现代叙事诗史”（学术外译项目）……他关注中国古典诗词的翻译、更关注中国现当代文学的域外传播，他关注近代以来域外文学的输入，也关注中国作品的输出与接受。可以说西强博士学养的优势，在于打通了古今，也打通了中外，他是在一个深远宽广的视域里从事教学的，唯有此，他的科研方能高飞远举。

西强君的博士论文《曾朴、曾虚白父子及“真善美作家群”研究》展现了他的学术优势：论文从中国晚清文学与民国及现代文学的关系入手，进行了细致的史料爬梳和观点归纳，展现了百余年来关于曾氏父子研究与“真善美作家群”研究的历史与现状。西强深入地探究了文学史上这个始于1927年坚持了四年之久的特殊的文学团体的组织结构、运作方式、文化姿态、政治理想、变革思路和文学著译实绩。西强肯定了这个团体独特的“法国沙龙”式文学生活方式、群体性的文化模式、放低启蒙姿态以“建设群众文学”的主张；肯定了这个作家团体独特的历史贡献，也指出了他们的矛盾：他们是20世纪30年代积极参与中国文学变革的一支生力军，但他们又是顽强地坚守自己的文学个性、自觉地与“革命文学”主潮保持着一定距离的团队，他们独特的审美诉求、文学理想与社会现实政治需求之间存在着深刻的思想矛盾……西强君对“真善美作家群”的研究，为后人考察30年代文学的生态提供了一个颇为独特的历史视角，给人以深刻的历史回味和思想启发。西强君的这种研究，既有学术价值，又有现实意义。这种研究，如果没有中国古籍整理的功夫，没有西学资源的背景，没有对当代文化的体察和思考，是很难做到的。

西强博士对于莫言的研究是在古今中外和中国东部与西部文化坐标点上进行的。他以“莫言与贾平凹小说叙事比较研究”的研究选题参与2013年国家社科基金重大招标项目“世界性与本土性交汇：莫言文学道路与中国文学的变革研究”，对当今西部作家领军人物贾平凹与山东作家莫言进行比较研究，这个选题让他吃透了商洛文化、秦汉风度与齐鲁文化之间的差异，吃透了贾平凹“商州山地”的隐逸神秘与莫言“高密东北乡”的自由奔放；他的“莫言研究史料整理与研究”这个纵深长达三十五年的学术研究史的研究，让他踏破铁鞋，跑遍大江南北，深挖细找了每一个资料的来龙去脉、细枝末节……这种对历史的尊重和孜孜不倦万苦不辞的求索精神，令人感动。西强博士不仅具有文学外部研究的宽广视域，而且有着对文学内部深入研究的能力，这种能力是很吃功夫的“笨”活儿，需要扎扎实实反反复复细读原著，来不得半点儿讨巧。他的莫言小说的叙事研究著述即是明证，他细读了莫言的十一部长篇和百余部中短篇，梳理考察了数百位评论家的论述观点，在此基础上，西强对莫言三十多年来小说创作的叙事视角、叙事功能、人称机制、语言表达、结构安排、审美风格……进行了全面而系统的学理性研究。这种需要理论、需要识见，又需要吃苦耐劳、细针密线的功夫活儿，在当今急功近利、萎靡浮躁的时风里显得尤为难得。只有三十几岁的西强博士，有如此深厚的中外文化学养，又有如此严谨扎实不辞劳苦的治学精神，可以预料，西强君的研究，未来可期。

目前这部书采取了一种板块式的结构，各个板块都可以独立成篇，不失为一种清晰的结构方式。但某些板块之间似乎缺少一种逻辑的联系，试想，如果以莫言创作时间为序来考察他几十年小说叙事蜿蜒起伏之变化，深究其变化的原因，阐发其变化的意义，总结莫言文学叙事之规律特点……这样写来，也许更顺当，更能体现学理的系统性。

贺立华

2017 年 11 月 13 日

序　二

莫言是一个不愿模仿前人，也不愿重复自己的作家。他的每部小说都想变换一个新的形式，在小说创作艺术形式上进行不懈的探索，以狂放的想象，天马行空、独往独来的艺术个性，亵渎一切神灵的勇气，冲破了小说创作的种种禁忌，开拓出新的小说疆域，创立出一个属于自己的文学王国，为我们提供了一个个可以进行叙事学分析的实验文本，为当代文学提供了新鲜的叙事经验。可以说，莫言的小说创作为中国当代小说叙事学的发展开拓了新的路径。这一丰富而又独特的文学存在，吸引着一批批学人投入到莫言小说叙事的研究之中。青年学者王西强就是其中的一员。

王西强的《莫言小说叙事研究——一种基于叙事视角和人称机制的文本细读》是在其硕士学位论文的基础上写成的，当年的硕士学位论文经过十余年的精心打磨，如今已成为精粹坚实的学术专著。它的思想闪光、学识才情和青春朝气并没有随着时间的流逝而消退，反而愈发显现其学术价值是经得起历史检验的。虽然莫言研究已是当下的热门话题，对莫言叙事学的探讨也愈加深入，但这并不影响《莫言小说叙事研究》的独特价值。这是一部精益求精之作，是深钻苦研的结晶。他以青年学者的敏锐，从叙述视角切入，来探讨莫言小说叙事的成功经验，阐明了叙事视角对莫言小说艺术价值生成的意义，为深化莫言小说叙事研究做出了独特的贡献。

在莫言研究中，研究者已做了大量的工作，对其作品进行了各种各样归纳概括，如新历史主义、寻根、乡土等等，这些归纳和概括都具有合理性，也都取得了丰硕的成果。但任何概括都是以牺牲其他丰富的材料为代价的，也会遮蔽住某些特质。要想深入研究莫言还应从具体文本深入细致的解读入手，发掘出尚未被发现的艺术特质。随着时代的变迁，新思潮、新观念和新方法的涌现，人们对一部文学作品也会有着新的认识和理解。

“诗无达诂”、“文无达诠”就说明了对一部文学作品进行多样解读阐释的可能。王西强的这部著作，在文本细读上下了很大的功夫。他运用了西方叙事学的理论和方法来考察莫言的小说，但并没有从概念出发，生搬硬套，而是从莫言小说创作的实际出发，对莫言小说文本进行了具体细致的解读和论析。其中既有对莫言中短篇小说叙事实验历时性的考察，也有对其长篇小说叙事经验的探讨，所论作品几乎涵盖了莫言全部小说。在论析的过程中新意迭出，不时地闪现出真知灼见。如对《红高粱家族》“类我”复合人称的具体分析就尤为精当，建立在对莫言小说细读精研基础上的价值判断就颇有说服力。

固然，王西强对莫言小说叙事的研究有了新的突破，但这只是一个良好的开端。王西强是一个富有学术潜质的青年学者，他的学术生命力正处在旺盛时期，既然目标已经确立，就要朝着已开辟的新思路锲而不舍地深入研究下去，深究细研，开拓创新。也期盼着他以其开阔的学术视野、出众的学识才情和悟性，在学术沃土上结出更精美的成果。

张学军

2017 年 10 月 27 日

目　录

引　论

第一节　莫言文学创作概述

自1981年发表处女作《春夜雨霏霏》走上文坛以来，莫言一直笔耕不辍，新品佳作层出不穷，他在不停地制造文坛轰动效应，不断引起阅读和评论高潮。截至目前，莫言已在海内外60余家报纸杂志上发表短篇小说80余篇，其中有十余篇获奖或被转载；自1985年起，在21家国内知名小说刊物上发表中篇小说34篇，其中11篇次被转载或获奖；自1987年《红高粱家族》出版起，共有28家杂志社、出版社为其出版长篇小说11部[①]；发表散文随笔88篇、创作谈78篇，报告文学9种、改编影视剧和剧本17种；由7家出版社出版文集8种，由29家出版社出版作品集45种，由17家出版社出版散文随笔集21部，由14家出版社出版创作杂谈集18种，有30余部作品（集）被翻译成多种文字；获得国内外文学大奖17项。[②] 莫言经历了新时期文坛的风风雨雨，历练了各种文学的西风东潮，对古今中外文学作品进行了广泛的阅读和借鉴，并且修读了北京师范大学的硕士研究生课程，积累了丰富的理论知识、培养了鉴赏能力，他在借鉴中不断创新，形成了自己独特的美学理想和创作风格，为中国当代文坛奉献了为人称道的“莫言体”小说。他的小说从一开始即风格别致，从叙述语言到叙述视角、从魔幻现实主义到新历史主义再到现代主义、从

---

① 其中《红高粱家族》有12个版本、《天堂蒜薹之歌》有8个版本、《十三步》有7个版本、《酒国》有8个版本、《丰乳肥臀》有8个版本、《红树林》有6个版本、《檀香刑》有6个版本、《四十一炮》有6个版本、《生死疲劳》有5个版本、《蛙》有5个版本、《食草家族》有7个版本。

② 范晓琴：《莫言作品及研究文献目录汇编》，山西出版传媒集团·北岳文艺出版社2014年版。

历史与现实的交错到“向民间大踏步地撤退”、从感觉的朦胧美到怪诞与审丑、从张扬酒神精神到生殖崇拜再到反思酷刑主义、从深刻的历史意识到浓郁的现实关怀、从对“生不生”的生殖伦理拷问到“死不掉”的存在价值追寻等，他在艺术技巧、文学观念和哲学反思上一直不停地突破自我、创新求变。

第二节　莫言研究的历史及现状

莫言初登文坛就以颇具朦胧神秘之美的《民间音乐》获得了老作家孙犁的赏识。从 1985 年徐怀中等在《中国作家》第 2 期上发表《有追求才有特色——关于〈透明的红萝卜〉的对话》开始，莫言获得了广泛的关注和评价。据笔者粗略统计，从 1985 年到 2017 年，有关莫言小说的研究大致有以下几类。

一　整体研究综论及评传、专论、研究资料汇编、家世与生平研究和高层次科研项目①

据笔者统计，目前已出版：

（一）整体研究：综论及评传 7 种②。有《莫言论》（张志忠著，中

① 限于篇幅，仅在正文中列举代表性研究成果名称，成果发表及出版信息和内容简述均在脚注中呈现。

② 张志忠著《莫言论》（张志忠：《莫言论》，中国社会科学出版社 1990 年版。）是学界最早的莫言整体研究专著，“作者由莫言压抑的人生经验，探究其独特的艺术体验，以生命意识、感觉爆炸为线索，精细剖析了以‘红高粱’为中心的艺术世界，并在中国农民文化的宏观背景上，对莫言作品所营造的‘高密东北乡神话’，蓬勃洋溢的‘酒神精神’，作出了独到的价值判断。”（张志忠：《莫言论》，中国社会科学出版社 1990 年版，内容简介。）作者关于莫言小说艺术品格和审美气质的论断在学术界产生了广泛影响，是莫言研究的奠基之作，很早就划定了莫言研究的大致走向，有些观点至今仍是莫言研究界学术增长的重要支点和出发点。

贺立华、杨守森等著《怪才莫言》（贺立华、杨守森等：《怪才莫言》，花山文艺出版社 1992 年版。），该书从莫言的农村生存体验出发，讨论了莫言小说的审美追求、亵渎意识、感觉世界和艺术空间的扩张，探寻其小说对民族文化传统和外国文学的借鉴。该书与《莫言论》互为补充，更多地关注了莫言小说在文学场中的大格局与新气质。

叶开著《莫言的文学共和国》和《莫言评传》，前者重在讨论莫言的生存经验对于创作的影响、作品的主题、文本样态和审美气质，并对 8 种莫言作品进行名篇名段赏析；后者主要以莫言

国社会科学出版社 1990 年版)、《怪才莫言》(贺立华、杨守森等著，花山文艺出版社 1992 年版)、《莫言评传》(叶开著，河南文艺出版社 2008 年版)、《莫言的文学共和国》(叶开著，北京大学出版社 2013 年版)、《莫言评传》(王玉著，清华大学出版社 2014 年版)、《莫言小说研究》(王育松著，社会科学文献出版社 2016 年版) 和《多维视野中的莫言创作研究》(王恒升著，人民出版社 2016 年版)。

（二）专论 22 种。其中“莫言创作主题与艺术特征研究”6 种① [有

(接上页) 的生活轨迹和文学成长经历作为书写对象，兼及莫言创作的突出特点，并对其生活与创作的深层关系做了探讨。

王玉著《莫言评传》分五章论述了莫言的“意义”、“生平”、“作品”、“小说评析” 和 “艺术成就”，“以开阔的视野与翔实的笔墨，将莫言置于共时性的文学空间与历时性的文学长河中，通过多维度的比较，凸显了莫言的与众不同。”(杨守森：《序》，王玉：《莫言评传》，清华大学出版社 2014 年版，序。)

王育松著《莫言小说研究》从莫言的小说世界、莫言的文学观念、莫言小说的叙事视角、莫言小说的身体写作、莫言小说与文学现代性、莫言小说的比较研究和莫言小说的文学史评价等七个方面对莫言的小说展开了研究。

王恒升著《多维视野中的莫言创作研究》从莫言创作的历时性视野，新时期文学观念与思潮演变的共时性角度，西方现代派文学及后现代派文学对莫言创作产生的影响，莫言对中国传统文学的继承与借鉴，地域文化、民间文化及家庭传统给莫言带来的遗传基因，莫言的个体成长轨迹与新时期文学的整体发展脉络之间的关系等方面，对莫言的文学创作及其文学世界进行了全方位、立体化的梳理与辨析。

① 张灵著《叙述的源泉——莫言小说与民间文化中的生命主体精神》讨论了莫言创作与民间文化的关系问题，对莫言小说生命主体精神进行了较为宏观的分析，尤其是“对莫言小说文本的微观分析、对莫言小说的肌理和结构的分析、对莫言小说中的事象景观和词语的分析，也相当独到。”(程正民：《序》，张灵：《叙述的源泉——莫言小说与民间文化中的生命主体精神》，中央编译出版社 2010 年版。)

谢静国著《论莫言小说 (1983—1999) 的几个母题和叙述意识》考察了莫言早期 17 年间小说创作的母题，分析了莫言小说在叙事上所具有的审美气质。

王美春著《莫言小说中的女性世界》以 “人” 为出发点，对莫言小说中各类不同的女性形象，从不同侧面做一现代的关照与本位的还原，着力于历史事件中个人的命运与性格，集中展现女性于文化、历史间的个人挣扎与心灵演变。

胡沛萍著《“狂欢化” 写作：莫言小说的艺术特征与叛逆精神》使用巴赫金 “狂欢化” 诗学理论视角和核心概念，分 “复调——众声喧哗的艺术世界”、“杂语——‘狂欢化’ 的话语策略”、“怪诞——‘狂欢化’ 的生命形式” 和 “反叛——莫言创作的叛逆精神” 四章，深入细致地考察了莫言小说的 “狂欢化” 艺术特征、话语策略、对生命的怪诞关照和对艺术和伦理传统的

《叙述的源泉——莫言小说与民间文化中的生命主体精神》（张灵著，中央编译出版社 2010 年版）、《论莫言小说（1983—1999）的几个母题和叙述意识》（谢静国著，秀威资讯科技股份有限公司 2006 年版）、《莫言小说中的女性世界》（王美春著，四川大学出版社 2011 年版）、《“狂欢化”写作：莫言小说的艺术特征与叛逆精神》（胡沛萍著，山东大学出版社 2014 年版）、《莫言创作的自由精神》（宁明著，山东大学出版社 2013 年版）和《莫言作品叙事研究》（楚军著，科学出版社 2017 年版）］、“莫言创作经典化问题研究”1 种①［有《莫言创作的经典化问题研究》（张书群著，山东大学出版社 2014 年版）］、“莫言小说文体研究”2 种②

（接上页）反叛及其因此所具有的审美价值和文化意蕴。

宁明著《莫言创作的自由精神》对莫言的创作从自由精神的角度进行了分析。第一章梳理了海内外的莫言研究现状；第二章对莫言小说中的自由人物的代表进行了分类叙述；第三章着手于莫言小说的叙事，探究文本中的自由内核；第四章分析了莫言的语言特色；第五章将莫言的自由精神与古今中外的自由作了对比。

楚军著《莫言作品叙事研究》“从认知叙事学、语料库语言学和比较语言学等视角出发，构建起了认知语言学、文学叙事学、比较语言学和语料库语言学相融合的对文学叙事文本进行跨学科界面研究的多维研究模式，建立起了认知叙事学视角下的基于双语或多语平行语料库的莫言作品叙事文本的汉外版本的比较研究”，作者分析了莫言几乎所有长篇小说的叙事人称与视角，借用弗卢德尼克的“自然”叙事学理论、热奈特的叙事理论和福柯尼耶的概念整合理论、叙事视角理论和理想化认知模型理论等西方理论方法分析了《酒国》、《四十一炮》和《蛙》等莫言长篇小说的叙事特色，并对《红高粱家族》、《丰乳肥臀》、《生死疲劳》、《檀香刑》和《酒国》的葛浩文译本进行了叙事分析，分析了汉英版本的叙事特征。

① 张书群著《莫言创作的经典化问题研究》从“期刊与莫言小说的发表与宣传”、“出版社与莫言小说的生产与传播”、“文学选刊与莫言小说的推介”、“文学选本与名作的淘选”、“文学评奖与文学的经典化”、“文学批评与作家的定位”六个方面考察分析影响莫言文学创作经典化的诸种因素和经典化的过程，该书作者资料考据功夫了得，将莫言小说放在新时期以来的历史语境和文学场域里，对莫言文学创作经典化的影响因素进行了细致入微的考察。

② 付艳霞著《莫言的小说世界》“从文体学的角度对莫言的小说进行研究，采取细部文本分析与综合文体特征考察相结合的方法”，分四个步骤，“探讨其语言的‘拟演讲’式特征”、“从叙事角度、叙事结构和时空意识三个角度探讨莫言的叙事个性”、考察了“莫言小说的整体文体形态”和“文体的文化语境”，该书“注重在不同的章节突出莫言小说文体的不同侧面”，并“注意莫言小说文体特征的变化，以及这种变化与作家现实经历的参照，和对于文本效果所产生的影响等”。（付艳霞：《莫言的小说世界》，中国文史出版社 2011 年版，第 1—2 页。）

《莫言小说文体研究》是莫言女儿管笑笑分析莫言小说文体类型和特征的一部专著，从“道路和历程：莫言小说文体创造的三阶段”、“文备众体：莫言小说的‘混合’式文体”、“莫言小

[有《莫言的小说世界》（付艳霞著，中国文史出版社 2011 年版）和《莫言小说文体研究》（管笑笑著，北京师范大学出版社 2016 年版）]、“比较研究”4 种[①] [有《跨越时空的对话：福克纳与莫言比较研究》（朱宾忠著，武汉大学出版社 2006 年版）、《来自边缘的声音——莫言与大江健三郎的文学》（张文颖著，中国传媒大学出版社 2007 年版）、《莫言的另类解读：西蒙与莫言写作比较》（林青著，山东大学出版社 2014 年版）、《莫言与福克纳——“高密东北乡”与“约克纳帕塔法”谱系研究》（张之帆著，四川大学出版社 2016 年版）]、“海外译介传播与接受研究”9 种[②]

说叙事的时间形态和时空结构”、“幻梦与传奇：莫言小说文体的寓言化风格”、“莫言小说的语体特点”、“莫言小说文体的外来影响与对中国传统叙事的继承”六个方面研究、探讨了莫言小说的文体意义，重点论述了莫言对中国文学叙事传统的继承、发扬和改造以及对西方文学叙事技巧的借鉴与超越。

① 朱宾忠著《跨越时空的对话：福克纳与莫言比较研究》从创作历程、文艺思想、创作主题、人物塑造以及创作特色等几个方面对福克纳和莫言展开平行比较研究，并对他们的文学价值进行了评估。

张文颖著《来自边缘的声音——莫言与大江健三郎的文学》从生活经验、文学理念和写作手法等方面对莫言与大江健三郎进行了比较研究。

林青著《莫言的另类解读：西蒙与莫言写作比较》对法国作家克罗德·西蒙的《弗兰德公路》和莫言的《红高粱家族》进行了比较研究。

张之帆著《莫言与福克纳——“高密东北乡”与“约克纳帕塔法”谱系研究》以莫言和福克纳的家族小说为基础文本，通过对“约克纳帕塔法”与“高密东北乡”的家族结构的整理，建立两个文学世界对应的谱系结构，从“约克纳帕塔法”与“高密东北乡”的整体性谱系结构中体现出的历史时间、人物关系、地理环境等方面对福克纳与莫言的创作进行对比分析，并根据由此体现的差异，再从家族结构、土地根源、信仰观念三个因素分析谱系结构差异之间的根源，继而研究福克纳与莫言两位作家的创作对社会的现实意义。

② [日] 吉田富夫编著的《莫言神髓》以资深译者、研究者的身份，阐述了自己对莫言作品的独到感受，同时记录了海外汉学家与当代中国文学逐渐深入的接触与文学跨境“旅行”的过程，对当下的中国文化“走出去”战略颇有参考价值。

胡铁生著《全球化语境中的莫言研究》考察了莫言对外国文学的借鉴、创新和个性化发展以及莫言小说在海外的译介与传播情况。

鲍晓英著《莫言小说译介研究》梳理了新时期小说的发展过程，集中介绍了莫言这位获得诺贝尔文学奖的新时期文学家，研究了葛浩文对莫言小说的译介，通过对莫言小说英译的译介主体、译介内容、译介途径、译介受众和译介效果的深入研究，探讨了中国当代文学的译介模式。

鲍晓英著《中国文学“走出去”译介模式研究——以莫言英译作品译介为例》以译介学为理论支撑，将拉斯韦尔传播模式这一传播学经典理论引入文学译介，以莫言英译作品译介为例，

[有《莫言神髓》（[日]吉田富夫编著，上海文艺出版社 2016 年版）、《全球化语境中的莫言研究》（胡铁生著，社会科学文献出版社 2017 年版）、《莫言小说译介研究》（鲍晓英著，上海交通大学出版社 2016 年版）、《中国文学“走出去”译介模式研究——以莫言英译作品译介为例》（鲍晓英著，中国海洋大学出版社 2015 年版）、《微观莫言文学世界》（宁明著，中国石油大学出版社 2016 年版）、《海外莫言研究》（宁明著，山东大学出版社 2013 年版）、《莫言小说英译风格研究：基于语料库的考察》（宋庆伟著，山东大学出版社 2014 年版）、《文本的跨文化重生：葛浩文英译莫言小说研究》（贾燕芹著，中国社会科学出版社 2016 年版）、《翻译与中国文化“走出去”战略研究——以海明威和莫言为例》（明明著，中国社会科学出版社 2013 年版）]、“语言专题研究”1 种① [《莫言小说语言专题研究》（李津著，湖北人民出版社 2014 年版）]。

（三）“莫言研究书系”1 套 12 种，由张华总主编，山东大学出版社出版。目前已出版《莫言研究三十年》、《莫言：全球视野与本土经验》、

（接上页）探讨中国文学“走出去”的有效译介模式。

宁明著《微观莫言文学世界》共分五章，包括童年记忆与莫言文学创作、莫言文学架构探析、微观莫言文学、海外莫言研究综论、莫言文学海外传播与接受和诺奖之后莫言研究动态，既有对莫言作品的微观分析，亦有对海外研究和近期研究的综合评述，力图从小视角一窥莫言文学的“大世界”。

宁明著《海外莫言研究》从莫言文学作品在海外的传播、海外文艺理论界对莫言的研究情况、东西文化语境下对莫言作品传播与接受的异同等方面着手，对海外莫言作品的传播及研究情况进行了总的论述。从庞杂的资料中梳理出了一条莫言海外研究之路。

宋庆伟著《莫言小说英译风格研究：基于语料库的考察》是对莫言小说及其英译本的系统研究。在理论上，将语料库研究方法和描写翻译学有机结合起来，使研究更加系统化、科学化和均衡化。在方法上，将平行语料库和对比语料库方法结合起来，从不同维度对译文进行全方位考察。在实践中，对葛浩文译本风格的系统研究可以为中国文学“走出去”的国家战略提供参考。

贾燕芹著《文本的跨文化重生：葛浩文英译莫言小说研究》从政治话语、性话语、方言话语和戏曲话语四个方面，对照莫言原作和美国翻译家葛浩文的译作，分析译作对原作的偏离和变异，以及葛浩文对译文的处理手法和背后的影响机制。

明明著《翻译与中国文化“走出去”战略研究——以海明威和莫言为例》以海明威和莫言为例，分析了两位作家作品中所折射出的东西方文化价值的差异，就文化交流中的西学东传和东学西传进行了对比研究，得出了文化交流是一种双向运动的结论。

① 李津著《莫言小说语言专题研究》从语言学角度对莫言小说语言的语音修辞、词语修辞、标点修辞、句式修辞以及莫言小说语言中比喻、重叠的使用方式和意义等进行了专题性的考察，厘清了莫言小说运用语言的方法和技巧。

《莫言与世界：跨文化视角下的解读》、《海外莫言研究》、《莫言研究硕博士论文选编》、《“狂欢化”写作：莫言小说的艺术特征与叛逆精神》、《莫言创作的经典化问题研究》、《莫言的另类解读：西蒙与莫言写作比较》、《乡亲好友说莫言》、《莫言弟子说莫言》、《大哥说莫言》、《世界文学视域下的莫言创作研究》等12种，既有代表性研究成果的钩沉辑录，又有对由莫言获得诺奖引起的关于中国当代文学与莫言创作的本土性和世界性思考以及跨文化研究与比较研究的成果，既有关于莫言小说艺术特质和经典化问题的专论，又有对于莫言为人从文的近距离观察和言说，既关注国内的研究情况，也关注莫言的海外译介、传播与影响，既汇编名家名作，又积极呈现年轻学者的最新研究成果如硕博士论文选编等。尤其值得注意的是，该丛书的很多作者本身就是年轻的学者，他们以崭新的学术视角和严谨持重的学风呈现了莫言研究的新成果。

（四）研究资料汇编（选编）9种① ［有《莫言研究资料》（贺立华、

---

① 贺立华、杨守森主编的《莫言研究资料》，分“莫言生平与创作”、“莫言创作研究”和“莫言谈创作”三辑，收入各类研究文章54篇，上下时限是1985—1989年。

杨扬主编的《莫言研究资料》，分“莫言的文学世界”、“莫言研究论文选”、“众说纷纭中的莫言”、“莫言主要作品梗概”、“莫言研究论文、论著索引”和“莫言作品篇目”六辑，收入各类文章计63篇，上下时限是1986—2003年。

孔范今、施战军主编，路晓冰编选的《莫言研究资料》分“生平与创作自述”（收莫言自述、访谈、对话、讲演等11篇）、“研究资料”（收莫言研究论文26种）和“附录”（含“作品年表”和“研究资料索引”）。

杨守森、贺立华主编的《莫言研究三十年》（上、中、下）从“莫言生平与创作”、“莫言创作研究”、“莫言谈创作”（创作谈）、“莫言说文学”（演讲）、“莫言研究综论”、“莫言与世界文学”、“莫言文学叙事”、“莫言文学意蕴研究”、“文学历史”、“文学民间乡土”、“亲属、弟子、好友说莫言”等不同主题和视角辑录三十年来莫言研究的代表性成果和重要观点，集中呈现了莫言研究的总体风貌。

范晓琴编著的《莫言作品及研究文献目录汇编（1981—2013）》分为“莫言作品汇编”和“莫言研究文献汇编”，其中“莫言作品汇编”分体裁辑录莫言各文体作品的发表和出版期次、时间及转载和再版情况，翔实准确，是一个详细的莫言作品版本目录；“莫言研究文献汇编”分为“长篇小说研究”、“中篇小说研究”、“短篇小说研究”和“综合与杂类研究文献汇编”，前三类辑录针对莫言具体单篇/部作品的研究文献目录，第四类按时间顺序辑录综合研究文献，该书兼收学术期刊论文、报媒文章、研究专著和中国知网上可查阅下载的硕博士学位论文，辑录几乎所有公开发表的莫言研究文献，资料性很强。

程春梅、于红珍主编的《莫言研究硕博士论文选编》分“民间中国与传统文化”、“反思与杨守森主编，山东大学出版社 1992 年版）、《莫言研究资料》（杨扬主编，天津人民出版社 2005 年版）、《莫言研究资料》（孔范今、施战军主编，路晓冰编选，山东文艺出版社 2006 年版）、《莫言研究三十年》（上、中、下）（杨守森、贺立华主编，丛新强、孙书文执行主编，山东大学出版社 2013 年版）、《莫言作品及研究文献目录汇编（1981—2013）》（范晓琴编著，山西出版传媒集团·北岳文艺出版社 2014 年版）、《莫言研究硕博士论文选编》（程春梅、于红珍主编，山东大学出版社 2013 年版）、《莫言研究年编（2012）》（张清华主编，生活·读书·新知三联书店 2012 年版）、《莫言研究年编（2013）》（张清华主编，生活·读书·新知三联书店 2013 年版）、《莫言研究年编（2014）》（张清华主编，生活·读书·新知三联书店 2014 年版）]、专题研究论文（选）集 7 种① [有《莫言：全

（接上页）启蒙历史与现实”、“人、自由与生命意识”、“艺术风格研究”、“语言、叙事与意象研究”、“世界文化与莫言创作”、“作家主体及其他研究”7 辑选编包括中国现当代文学、文艺学、语言学等专业硕博士学位论文共 50 篇，集中呈现了年轻一代学者莫言研究的专业水准和代表性成果。

张清华主编的《莫言研究年编（2012）》、《莫言研究年编（2013）》、《莫言研究年编（2014）》等莫言研究论文年度选编，如《莫言研究年编（2013）》分为“莫言声音”、“诺奖反应”、“莫言研究”、“媒体之声”四个部分，收录了莫言本人的演讲词、当代文学研究者等对于莫言获“诺奖”一事以及对其创作的分析和评论，既囊括了陈思和、程光炜、谢有顺、杨扬等重要批评家的论文，也为了照顾资料的全面，收罗了一些一般的批评文章，基本反映了 2013 年度莫言研究的全貌。

① 张志忠、贺立华主编的《莫言：全球视野与本土经验》基于莫言研究的“全球视野”和莫言创作的“本土经验”，从“中国魅力与诺奖话题”、“本土性与民族传统”、“莫言作品的读法”、“海内外莫言研究一览”和“走近莫言”五个方面选取代表性论文，呈现了莫言获得“诺奖”引起的关注与研究、莫言创作的本土性研究、莫言作品解读与分析以及国内莫言研究的回顾与展望和海外莫言研究的热点等方面的成果。

杨扬主编的《莫言作品解读》选取国内外关于莫言 11 部长篇小说和 2 部中篇小说的专论和解读文章 26 篇，另有综论文章 3 篇，计 29 篇。陈晓明主编的《莫言研究（2004—2012）》收录莫言研究的“论文、评论”和莫言的“创作谈、访谈”文章 17 篇，这两本书的选编水平均很高，所录论文基本都是国内外知名莫言研究学者的经典之作。

王俊菊主编的《莫言与世界：跨文化视角下的解读》从“译介与接受：莫言及作品的海外传播”和“品析与比较：莫言作品的跨文化解读”辑录莫言“海外影响”和“比较研究”以及莫言创作与外国文学经验间关系的研究论文，呈现了跨文化视角下莫言研究的代表性成果。

蒋林、金骆彬主编的《来自东方的视角：莫言小说研究论文集》从“宏观”、“微观”和“比较”研究三个方面收录莫言研究论文 18 篇，该书编者关注收录文章的研究视角和研究深度，

球视野与本土经验》（张志忠、贺立华主编，山东大学出版社 2014 年版）、《莫言作品解读》（杨扬主编，华东师范大学出版社 2012 年版）、《莫言研究（2004—2012）》（陈晓明主编，华夏出版社 2013 年版）、《莫言与世界：跨文化视角下的解读》（王俊菊主编，山东大学出版社 2014 年版）、《来自东方的视角：莫言小说研究论文集》（蒋林、金骆彬主编，中国社会科学出版社 2014 年版）、《说莫言》（上、下）（林建法主编，辽宁人民出版社 2013 年版）、《莫言批判》（李斌、程桂婷编，北京理工大学出版社 2013 年版）］和年谱 1 种［《莫言文学年谱》（李桂玲编著，复旦大学出版社 2014 年版）］。

（五）家世与生平研究 5 种。此类著作有《莫言与他的民间乡土》（邵纯生、张毅编著，青岛出版社 2013 年版）、《莫言与高密》（莫言研究会编，中国青年出版社 2011 年版）、《大哥说莫言》（管谟贤著，山东人民出版社 2013 年版）、《乡亲好友说莫言》（徐怀中、马瑞芳、杨守森、贺立华等著，山东大学出版社 2013 年版）、《莫言弟子说莫言》（齐林泉、兰传斌等著，山东大学出版社 2013 年版），主要围绕莫言创作与故乡人文的关系、莫言的农村生活经验和创作成长历程、莫言家世等进行外部研究。

（六）高层次科研项目 24 项[①]，研究涉及莫言与现代主义文学的中国化研究、莫言与当代中国文学的变革研究、莫言作品叙事研究、莫言作品海外译介与接受研究、比较研究、莫言作品的审美形态与功能研究和莫言家世研究等方面。其中首都师范大学张志忠教授主持的 2013 年国家社科

并按章节编排，颇为机巧地呈现了学界在宏观和微观层面上已经取得的莫言研究的代表性成果。

林建法主编的《说莫言》（上、下）以“莫言说：诉说就是一切”为题辑录莫言的演讲、对话和创作谈，以“说莫言：叙述的极限”为题选录由多位文学批评家撰写的有关莫言创作的研究文章和访谈，较为集中地呈现了关于莫言小说在主题、文体、叙事等方面的研究成果。

李斌、程桂婷编选的《莫言批判》选取了“张闳、李建军、蒋泥、王干、陈辽……40 余位文学评论家和大学教授对莫言和诺贝尔文学奖的火力集中的地毯式轰炸”文章，集中呈现了学界关于莫言小说缺陷与不足的研究成果，既有价值批判又有审美批评，既有对作品严厉的苛责，也有对作家诚恳中正的批评与建议。

李桂玲编著的《莫言文学年谱》是《东吴学术》年谱丛书之一，对莫言的文学经历进行了年谱式的梳理与言说，对莫言重要作品风格的形成、莫言的创作心理与当时的环境、事件的关系都进行了较为细致、深入的挖掘、探源与再现。

① 项目立项情况详见附录二。

基金重大招标项目“世界性与本土性交汇：莫言文学道路与中国文学的变革研究”视野最为宏阔，将莫言创作与相关研究放置到世界文学视野之中，以莫言及其作品作为考察中国文学尤其是中国当代文学变革的样本，来进行细致的、外部研究与内部研究相结合的立体研究。

二 专业期刊学术论文、博硕士学位论文和报媒文章

至2018年1月，在中国知网上按“篇名”以“莫言”为搜索关键词，可以检索到专业学术期刊论文2502篇、博硕士学位论文456篇、报媒文章691篇，总计3649篇①，这些评论文章涉及莫言的生平、创作、获奖和莫言研究之研究等，构成一种立体研究的态势。这些莫言研究和评论文章归纳起来大致涉及以下几个方面②。

（一）基于纵向比较和纵深溯源的风格缘起研究。评论家们首先从外国文学对莫言的影响入手，从语言、文体、艺术、哲学等层面考察莫言小说独特风格的来源，进行了纵向的作家作品比较研究，如对莫言和福克纳、马尔克斯、大江健三郎、卡夫卡等外国作家的比较研究，讨论了莫言小说的风格与西方文学的关系，考评莫言在借鉴、模仿、融合和超越西方作家作品方面的得失，如张学军的《莫言小说与西方现代主义文学》、兰小宁、贺立华和杨守森的《莫言与中国传统文化和西方现代派——〈怪才莫言〉代序》、钱林森和刘小荣的《“异端”间的潜对话——西方象征主义与莫言、张承志的小说》、杨枫的《遭遇世界：莫言与文学史的“对话”》、麦永雄的《诺贝尔文学奖视域中的大江健三郎与莫言》、康林的《莫言与川端康成——以小说〈白狗秋千架〉和〈雪国〉为中心》、李迎丰的《福克纳与莫言故乡神话的构建与阐释》、林志超的《窥探幻想和现实融为一体的现实世界——〈百年孤独〉和〈丰乳肥臀〉的比较解读》、吴玉珍的《试比较莫言与卡夫卡寓言小说的异同》、李建刚和刘娜的《跨越时空的对话——莫言与肖霍洛夫可比性初探》、朱耀云的《莫言与马尔克斯小说苦难情节的写法共性解析》、申富英的《论莫言与乔伊斯的人性

① 此统计不包括高校学报增刊、小型学术会议论文和一些发行范围较小、影响不大的刊物文章，中国知网上1986—2017年年初的文章均在此统计之内。

② 因为资料数量巨大，且有很多是在莫言获得“诺奖”之后的议论文章，在严谨的学术研究之外，有很多浮光掠影式的读后感或价值不大的急就章，对此类文章，本书概不综述。

关怀和民族关怀——以〈丰乳肥臀〉和〈尤利西斯〉的女主人公为例》、罗洁的《从借鉴走向创造——管窥莫言创作的成功之路》等。

另有评论家从中国传统文化的角度考察莫言小说独特风格的来源，在这一方面，张清华先生的两篇论文颇具代表性：其一，《祖宗遗产的启示》，肯定了莫言对一味批判农民祖先的反拨，从“民族文化传统的感性选择”、“生命蜕变的痛苦与忧患”、“寻找失落的民族英魂”、“古典审美意趣的皈依”四个方面对莫言小说中的传统文化因子进行了具体阐释；其二，《莫言文体多重结构中传统美学因素的再审视》，从五个方面剖析了莫言文体的遗传基因，即“大自然审美主体与叙事空间关系疏离所造成的自然空间背景”、“过去时序跨度与‘追忆性’视角”、“非写意态度与感觉变形”、“叙述体验中主客体关系的综合”和“神秘氛围的营造”。此类论文还有陈思和的《“历史—家族”民间叙事模式的创新尝试》、季红真的《莫言小说与中国叙事文学的传统》、郭冰茹的《寻找一种叙述方式——论莫言长篇小说对传统叙述方式的创造性吸纳》、王春林的《莫言的小说创作与中国文学传统》、樊星的《莫言与中国农民的“酒神精神”》、凌云岚的《莫言与中国现代乡土小说传统》等。

还有学者从莫言小说创作与现当代中西方文学思潮的关系入手，研究莫言小说对现当代中西方文学的借鉴与超越、莫言小说与中国现当代文学变革的关系等问题，此类论著有张清华的《莫言与新历史主义文学思潮——以〈红高粱家族〉、〈丰乳肥臀〉、〈檀香刑〉为例》、张清华的《〈红高粱家族〉与长篇小说的当代变革》、张楠的《90年代先锋派作家的转型——以莫言的〈檀香刑〉为例》、任美衡的《茅盾文学奖的审美特质与中国文学发展的可能性——兼析〈蛙〉及其他获奖的现实题材小说》、郑万鹏的《当代中国文学的第三视角——〈白鹿原〉、〈红高粱〉的思潮意义》、旷新年的《莫言的〈红高粱〉与“新历史小说”》、金汉的《评近年小说新潮中的莫言——兼论当今“新潮小说”的某种趋优走向》、郜元宝的《浅俗与高蹈：文学的两种价值追求——新时期小说五家合论》、张学军的《莫言小说与西方现代主义文学》、兰小宁、贺立华、杨守森的《莫言与中国传统文化和西方现代派——〈怪才莫言〉代序》、黄忠顺、欧阳光磊的《先锋文学与马原、莫言的小说》、刘勇和张弛的《20世纪中国文学现实与魔幻的交融——从莫言到鲁迅的文学史回望》、王寒的《莫言与寻根文学》（2004年山东师范大学硕士学位论文）、王赫佳的《论莫言小说的魔幻性与拉美魔幻现实主义》（2012年内蒙古大学硕士学位论文）等。

（二）基于文学价值和文学史意义考察的横向比较研究。

学术界对于莫言创作的文学价值和文学史意义的考量方式，是对莫言与同文化语境和同时代作家进行横向比较研究。这类比较研究又可以细分出以下三种：一是试图在莫言和现代文学史上的著名作家作品之间找到一种内在的审美精神和文化品格上的联系，如唐韧的《百年屈辱，百年荒唐——〈丰乳肥臀〉的文学史价值质疑》、孙郁的《莫言：与鲁迅相逢的歌者》、张磊的《百年苦旅："吃人"意象的精神对应——鲁迅〈狂人日记〉和莫言〈酒国〉之比较》、葛红兵的《文字对声音、言语的遗忘和压抑——从鲁迅、莫言对语言的态度说开去》、徐红妍的《生命烛照下的心灵默契——沈从文与莫言之比较》、周黎岩的《人性探索路上的心灵相逢——沈从文与莫言比较研究》等；二是试图在莫言和同时代的其他作家作品之间找到一种文学史意义上的异同，以期发现当代文学运动变化的普遍性和特殊性规律，如刘再复的《"现代化"刺激下的欲望疯狂病——〈酒国〉、〈受活〉、〈兄弟〉三部小说的批判指向》、王德威的《狂言流言，巫言莫言——〈生死疲劳〉与〈巫言〉所引起的反思》、林建法和李桂玲的《〈当代作家评论〉视域中的莫言》、张均的《沉沦与救赎：无根的一代——重读莫言、刘震云》、游友基的《莫言、残雪小说的现代主义特征》、李咏吟的《莫言与贾平凹的原始故乡》、张清华的《莫言与新历史主义文学思潮——以〈红高粱家族〉、〈丰乳肥臀〉、〈檀香刑〉为例》、黄忠顺和欧阳光磊的《先锋文学与马原、莫言的小说》等；三是对莫言单篇/部作品的文学史价值进行言说的，如宋剑华、张冀的《革命英雄传奇神话的历史终结——论莫言〈红高粱家族〉的文学史意义》等。

（三）莫言小说的艺术气质与美学特征研究。

在继承发扬中西方文学传统的基础上，莫言天才的感知力、想象力和表达力构成一股文学创新的艺术合力，造成了莫言小说独特的艺术气质和美学特征，已有多位学者对其进行了研究和评估，此类成果有陈晓明的《以个人风格穿透现代性历史——莫言小说艺术特质漫议》和《"在地性"与"越界"——莫言小说创作的特质和意义》、温儒敏和叶诚生的《"写在历史边上"的故事——莫言小说的现代质》、张清华的《莫言文体多重结构中传统美学因素的再审视》、贺立华的《童年记忆　文学境界　男性视角——艺术内外说莫言》、颜水生的《莫言的苦难哲学》、郭宝亮《论莫言小说的叙事语法及其意味——以〈红高粱家族〉为例》、蒋泥的《莫言长篇小说的创作密码》、胡沛萍的《莫言早期小说创作探微》、朱永富的《论莫言小说的叙事策略与审美风格——以〈红高粱家族〉、〈丰乳肥臀〉、〈檀香刑〉中的英雄形象为中心的考察》、朱向前的《莫言小说"写意"散论》、北川的《〈透明的红萝卜〉的美学意蕴》等。

莫言对现实世界的感知方式和表达方式是独特的，莫言小说异彩纷呈的感觉表达方式引起了评论界广泛的关注。张志忠的《感觉莫言》、戴国庆、李永东的《生命强力的高扬，感觉世界的狂欢——评〈红高粱〉的艺术追求》等都对莫言的"感觉爆炸"持肯定态度，而大卫的《莫言及其感觉的宿命》和杨联芬的《莫言小说的价值与缺陷》则对莫言泛滥的感觉书写提出了批评。钟本康在《感觉的超越、意象的编织——莫言〈罪过〉的语言分析》中，将莫言小说的感觉分为三种："超越阀限的感觉"、"超越时空的感觉"和"超越神秘的感觉"。张闳的《感官的王国——莫言笔下的经验形态及功能》则对莫言小说的感觉描写作了功能分析。

莫言小说中有非常个性化的审美和审丑书写，评论界对此褒贬不一。颜纯均的《幽闲而骚乱的心灵——论作为一种文学现象的莫言小说》、张学军的《莫言小说与西方现代主义文学》等对莫言小说的"审丑"书写大加赞赏。而王干的《反文化的失败——莫言近期批判》、夏志厚的《红色的变异——从〈透明的红萝卜〉、〈红高粱〉到〈红蝗〉》和彭荆风的《〈丰乳肥臀〉性变态视角》等对莫言小说的审美趣味进行了不同程度的批判。

（四）莫言的文学观与文化价值取向研究。

莫言经历了新时期以来文艺思潮的风云变幻和汹涌而来的"西风"的熏陶，文学观和文化价值取向屡有变化，加之国内文艺批评界在批评方法上不断进行新的尝试，因此，对莫言小说在文化价值取向上的阐释也各执一说，历史与现实、性别文化、民间立场、人类学视角等都成了观照莫言小说文化价值取向的尺度，代表性的论文有：左其福的《莫言的平民文学观及其当代意义》、贺仲明的《为什么写作？——论莫言的创作立场及意义探析》、程光炜的《魔幻化、本土化与民间资源——莫言与文学批评》、薛文礼的《从莫言的"家族小说"看男性神话与女性神话的嬗变》、黄世权的《多元文化互渗时期的写作策略——论莫言〈檀香刑〉文化杂糅的意义及其成败》、周红莉的《论莫言的民间心理建构及其创作镜像》、王光东《民间的现代之子——重读莫言的〈红高粱家族〉》、罗关德的《人类学视角下的民族文化观照——莫言乡土小说的文化意蕴》、朱志刚的《论莫言小说的后殖民倾向——以〈檀香刑〉为例》、吴刚的《论莫言小说的民间特征》、张柠的《文学与民间性——莫言小说里的中国经验》、胡河清的《论阿城、莫言对人格美的追求与东方文化传统》、王金城的《理性处方：莫言小说的文化心理诊脉》等。

（五）莫言小说的海外译介、接受与传播研究。

此类研究对海外翻译家译介的莫言小说进行译本的个体批评赏析和整体评估、对莫言小说在海外的传播接受情况及其影响因素进行分析研究、对莫言获得“诺奖”前后的情况进行言说。代表性研究论文有：钟志清编写的《英美评论家评〈红高粱〉》、《入了世界文学的版图——莫言著作、葛浩文印象及其他》、姜智芹的《西方读者眼中的莫言》、陈曦的《法国读者视角下的莫言》、李建刚、皮野的《莫言在俄罗斯的译介与接受》、王慧荣的《日本媒体眼中的莫言——以日本报界对莫言获诺奖的报道为中心》、郭玲玲的《日本语境下的莫言文学解读》、杜卫华的《〈生死疲劳〉德译本对中国文化的翻译与传播》、［越南］范文明的《莫言作品在越南的翻译与研究》、刘江凯的《本土性、民族性的世界写作——莫言的海外传播与接受》、宁明的《简评莫言海外研究之热点》、《西方文化视野下莫言作品的美国研究》、《莫言作品的海外接受——基于作品海外销量和读者评论的视野》、姜智芹的《他者的眼光：莫言及其作品在国外》、《当代文学对外传播中的中国形象建构——以莫言作品为个案》、《当代文学在西方的影响力要素解析——以莫言作品为例》和《序跋在莫言作品海外传播中的作用》等。

（六）文体创新和形式探索研究。

莫言小说文本在形式技巧方面的实验性和文本审美效果引起了评论界的普遍关注，评论家们从语言、修辞、叙事等角度对莫言小说的形式探索进行了言说，分析其得失，探究其形式意味背后的审美意蕴和思想内涵，并对莫言小说形式技巧对中外文学的借鉴和超越作了见仁见智的品评。较有代表性的论文有：张志忠的《莫言文体论》、季红真的《神话结构的自由置换——试论莫言长篇小说的文体创新》、张清华的《莫言文体多重结构中传统美学因素的再审视》、张闳的《莫言小说的基本主体与文体特征》、陈晓明的《莫言小说的形式意味》、黄善明的《一种孤独远行的尝试——〈酒国〉之于莫言小说的创新意义》、张家平的《张力的生成与焦虑的体验——论莫言中篇小说的语言、修辞与叙事》、张开艳的《沸腾的声音世界——莫言小说形式特征分析》、江南的《语言的变异与创新——莫言小说语言实验阐释》、王金城的《文本重复：莫言小说的内伤与内因》、余杰的《在语言暴力的乌托邦中迷失——从莫言〈檀香刑〉看中国当代文学的缺失》、王爱松的《杂语写作：莫言小说创作的新趋势》等。

在造成莫言小说的种种为人称道或累受诟病的特异风格的诸因素中，莫言在叙事精神与品格的个异与独特性方面用力最深、建树最丰，引起的评论和争议也最多。学界普遍注意到了莫言小说在叙事探索上的努力与成绩，截至目前，学界关于莫言小说叙事探索的方向、成绩和不足的研究成果有期刊论文523篇、硕博士学位论文140篇，占莫言研究学术论文总量的1/5强，这还不包括在相关论著中间接论及莫言小说叙事的诸多成果。程德培的《被记忆缠绕的世界——莫言创作中的童年视角》首先对莫言小说的叙事视角问题予以关注，指出了莫言小说童年视角的渊源与价值。山东大学张学军教授①是学界较早关注莫言小说的叙事形式探索并对其进行价值言说的学者，早在1992年出版、多人合著的《怪才莫言》一书中，张学军教授在其撰写的“第五章 融合与超越”中就曾从“叙述人的设置”和“叙述时间的不断变换”等角度分析过莫言小说的叙述者和故事时间与叙述时间的拼贴交接。陈思和的《莫言近年小说的民间叙述》

① 张学军教授对通过文本细读来解读莫言小说、对其叙事创新进行审美价值言说葆有持续的热情，迄今已发表专论莫言小说叙事的论文多篇，计有：《〈天堂蒜薹之歌〉的叙事结构》[《山东师范大学学报》（人文社会科学版）2014年第3期]、《论〈生死疲劳〉的叙事艺术》（与姚明月合作，《百家评论》2016年第2期）、《多重文本与意象叙事——论〈酒国〉的结构艺术》（《东岳论丛》2016年第1期）、《莫言小说中的创世纪神话》[与孙俊杰合作，《山东师范大学学报》（人文社会科学版）2017年第5期]、《莫言小说中的鬼话人情》（与孙俊杰合作，《小说评论》2017年第5期）、《反复叙事中的灵魂审判——论莫言〈蛙〉的结构艺术》（《当代作家评论》2017年第1期）、《论〈十三步〉叙述分层中的荒诞意识》（与郝伟栋合作，《山东社会科学》2017年第7期）和《论莫言小说中的元叙事》（《人文述林》，山东大学出版社2017年版）等篇什，另主持有2013年国家社科基金一般项目“莫言小说叙事学研究”1项。

对莫言小说创作的民间资源进行了一次颇有意味的挖掘，肯定了莫言小说对民间资源借鉴的成绩，褒扬了他洋溢在字里行间的现实关怀情绪。而张清华的《叙述的极限》则是对莫言小说（主要针对长篇）叙事探索的一次较为全面的梳理和肯定。黄发友的《影像化叙事与莫言的小说创作》从电影与文学、小说创作与剧本创作、作家“触电”与影视改编等角度来分析莫言小说创作中隐含的影像化叙事因素，肯定了莫言小说创作的影视化特征。莫言获得“诺奖”之后，学界对莫言的关注度在 2013 年、2014 年和 2015 年剧增，对莫言小说叙事进行言说的论著也多在此期间发表，这些成果讨论了莫言小说叙事对西方现代小说叙事技法和中国古典小说叙事传统的借鉴、吸收和超越，讨论了莫言小说叙事的视角和人称转换机制、叙事的结构模式、叙事的狂欢化和复调特征、叙事空间和叙事时间、叙事中的荒诞和怪诞美学特征，讨论了莫言小说叙事技法中的魔幻现实主义、新历史主义、幻觉现实主义和超现实主义因子，此类论文有：艾懿的《莫言小说人称的人际意义》、陈思和的《人畜混杂，阴阳并存的叙事结构及其意义》、高文霞和任慧芳等的《莫言小说叙事空间研究》、郭冰茹的《寻找一种叙述方式：论莫言长篇小说对传统叙述方式的创造性吸纳》、王北平的《莫言对中国传统小说叙事模式的突破——谈莫言小说的复调》、郭群的《论莫言乡土小说狂欢化的话语策略》、衡学民的《传统与现代的融合：莫言小说对中国叙事传统的继承与创造》、李刚和石兴泽的《窃窃私语的“镶嵌本文”——莫言小说的民间品性》、刘广远的《莫言小说的怪诞现实主义》和《论莫言小说的复调叙事模式》、宋学清和张丽军的《论莫言“高密东北乡”的方志体叙事策略》、王西强的《论莫言 1985 年后中短篇小说的叙事视角试验》、翟瑞青的《莫言小说儿童叙述视角和叙述方式的演变》。此外，也有很多学者注意到了莫言小说叙事的美学特征在译介过程中的传播与变异问题，此类论文有：李梓铭和张学昕的《英语世界里的中国“庙堂之音”——莫言小说〈檀香刑〉中人物声音的重现》、卢巧丹的《莫言小说〈檀香刑〉在英语世界的文化行旅》、邵璐的《翻译中的“叙事世界”——析莫言〈生死疲劳〉葛浩文英译本》、杨红梅的《〈檀香刑〉的民间叙事及其英译》、章心怡的《莫言小说〈变〉英译本的叙事性解读——以葛浩文的英译本为例》、左苗苗的《〈红高粱家族〉英译本中叙事情节和模式的变异》等。

叙事学在西方的发展，如果从 1969 年茨维坦·托多洛夫首次提出

“叙事学”（Narratology）这一概念算起，已有近 50 年的历史，这一结构主义的理论体系在众多文艺理论家们的不懈探索下，已日渐完善且体系庞大。西方叙事学理论自 20 世纪 80 年代初引入我国，由国内的文艺理论家加以吸收、与中国传统叙事理论融合并被应用到当代文学批评活动中，其本土化的程度已相当高。而要利用体系庞大、系统完整的叙事学理论对莫言这样一位创作丰富、手法多变的中国当代作家的小说文本进行解读，无疑是一个庞大的工程，尤其是莫言的小说创作一直在有意识地进行着文本实验，试图通过叙事革新来达到新的审美目的，而他选取的革新路径很清晰地显现在他的小说文本中，那就是叙事视角和叙事人称的变换与错综。而在评论家那里，视角问题也恰恰是叙事研究的关键所在，“半个多世纪以来，西方的小说理论家把这种种问题归结为一个叙事角度的问题，认为这就是小说技巧的关键，勒伯克写道‘小说技巧中整个错综复杂的方法问题，我认为都要受角度问题——叙述者所站位置对故事的关系问题——调节’”①。

莫言是一个非常自觉的、有着强烈的创新意识和个人风格追求的作家，早在 1986 年，他就意识到文学创作要“具有自己的特色”，就要“一、树立一个属于自己的对人生的看法；二、开辟一个属于自己领域的阵地；三、建立一个属于自己的人物体系；四、形成一套属于自己的叙述风格”②。实际上，从莫言小说创作的整体风格和艺术特色来看，莫言忠实地践行了他的这些追求，树立了“作为老百姓写作”的浓郁而勇敢的现实关怀情怀，建立了卓越的“高密东北乡”的叙事空间，塑造了在整个中国当代文坛乃至整个世界文坛上都立体、丰满、生动、多姿的“高

---

① 罗钢：《叙事学导论》，云南人民出版社 1994 年版，第 159 页。

② 莫言：《两座灼热的高炉——加西亚·马尔克斯和福克纳》，《世界文学》1986 年第 3 期。莫言在 1999 年 3 月接受记者采访时，曾提出过一个类似的关于小说“好看”的标准：“我心目中的‘好看’小说，第一要有好的语言，第二要有好的故事，第三要充满趣味和悬念，让读者满怀期待，第四要让读者能够从书里看到作者的态度，看到作者的情绪变化……”（见莫言《我想做一个谦虚的人——答〈图书周刊〉陈年问》，莫言《作为老百姓写作：访谈对话集》，海天出版社 2007 年版，第 3—4 页。）相比较而言，后者强调了作者需要重视语言和读者反应，但前者无疑更全面、准确地概括了莫言对于小说艺术特质的认识和追求，是很早就挈领莫言小说艺术探索之路的艺术观，这一点对于研究莫言小说的艺术特质和莫言小说的经典化特征都具有重要的史料价值。

密东北乡”人物形象系列，形成了建立在人称机制创新和视角转换基础上的叙事时间和故事时间立体互动、生活真实与艺术真实相互渗透、多种话语方式对话与辩诘的“煞有介事”的、“虚实共生”的、“众声喧哗”的“莫言体”小说叙事。

纵观莫言所有的小说，除早期个别篇什还停留在传统现实主义的全能视角叙事模式上之外，其他各篇在叙事上均有创新，而且，莫言对于叙事创新在视角变化和人称转换上保持着高度而持久的热情，我们现在可以断定，他的这种叙事探索的热情基本源于他在 1989 年创作《十三步》时通过人称转换和视角实验所获得的关于叙事的美学效果体验，“写《十三步》时我认识到视角就是结构，人称就是结构，一旦确定了人称之后，你就不是在叙述故事，而是在经历故事”，“人称的变化就是视角的变化，而崭新的人称叙事视角，实际上制造出来一个新的叙述天地。”① 我们大致可以说，莫言在叙事上的创新与成功基本可以归功于他对人称和视角之于叙事的作用的深刻认识以及基于这种认识的、对于人称和视角的合理调度和充分运用。莫言小说对人称和视角的合理运用，使其营造出了可以视角叠加从而拓展叙述者视域并使叙述者得以自由出入不同人物视域和故事时间的复合型人称视角，营造出了独具艺术魅力的“我向思维叙事”和“移情叙事”，从而造成了“煞有介事”的叙事腔调和丰沛饱满的叙事感性，加之莫言将其几乎所有的故事都放置在一个几乎可以无限拓展、兼容并包的叙事空间——“高密东北乡”之中来叙述的空间策略，使得莫言小说在当代文坛上独具魅力，并因其形式探索的高度自觉和饱满效果推动了故事的别样呈现，使其赢得了世界的认可。

关于叙事对于小说其他审美因素的制约、影响和作用，莫言根据其创作实践经验也作过总结，在回答记者关于“想像力、讲故事的能力在文学创作中究竟有什么样的位置”的问题时，莫言说：“讲故事的能力就是想像力。有人可以讲一个活灵活现的故事，就因为他有想像力。……小说的结构，也需要想像力。语言方面，确定叙述的调门就好像电脑里确定了一套程序，它会自动搜索需要的语言。”② 记者的问题是想了解莫言对于

① 莫言、王尧：《莫言王尧对话录》，苏州大学出版社 2003 年版，第 154 页。

② 莫言、刘颋：《用自己的情感同化生活——与〈文艺报〉记者刘颋对谈》，莫言：《作为老百姓写作：访谈对话集》，海天出版社 2007 年版，第 83 页。

想象力在文学创作中的位置和作用的认识的，却被莫言将话题引到了“叙述的调门”上了，莫言认为：首先，作家在作品中为故事设定了一个什么样的结构——即故事的叙述方式（在莫言这里，就是故事的叙述视角和人称），既需要作家具有在故事结构上的想象力，又是决定小说是否“好看”的关键；其次，小说的结构——人称、视角、故事的叙述方式——又决定了小说的语言风格和文体特色，也即决定了小说的读者接受效果，并最终决定了小说的美学价值。因此，在小说创作的诸多决定性因素中，结构故事的能力——即确定故事叙述方式的能力——是作家创作能力的一个重要表征。

莫言重视叙事的最高表现，是他在 2003 年 5 月为《四十一炮》写下的“后记”——《诉说就是一切》。在这篇后记中，莫言自诉道：“诉说就是目的，诉说就是主题，诉说就是思想。诉说的目的就是诉说。”并曾颇为感伤地指出其身为作家何以如此重视叙述的深层心理动因：“借小说中的主人公之口，再造少年岁月，与苍白的人生抗衡，与失败的奋斗抗衡，与流逝的时光抗衡，这是写作这个职业的惟一可以骄傲之处。所有在生活中没有得到满足的，都可以在诉说中得到满足。这也是写作者的自我救赎之道。用叙述的华美和盛宴，来弥补生活的苍白和性格的缺陷，这是一个恒久的创作现象。”① 在莫言看来，诉说即叙述，首先是作家的职业骄傲，因为借助于叙述，作家可以将自己的人生体验和人生缺陷在作品中再现和实现，可以通过叙述与人生中的“苍白”与“失败”抗衡，因此，“诉说”（即叙述）可以是目的，可以是主题；其次，通过“诉说”（即叙述），作家可以实现自己在现实世界里已然失落了的人生理想，可以将自己对社会的期许、对世界的认识作充分的表述，因此，“诉说”就具有了思想意义；最后，是莫言对于“诉说”（即叙述）在文学上的审美价值的认识的总结，他认为正是通过作家的“诉说”，人类才得以有机会“弥补生活的苍白和性格的缺陷”，并实现精神和心理层面上的集体反思和个体救赎，从而赋予“诉说”（即叙述）以现实的、审美的、文学的和哲学的等层面上的意义。而对于小说家笔下的这种“诉说”能否具有上述诸层面的意义，莫言也曾在同文中论及：“诉说者煞有介事的腔调，能让一

---

① 莫言：《诉说就是一切》，莫言：《四十一炮·后记》，春风文艺出版社 2003 年版，第 444 页。

切不真实都变得‘真实’起来。一个写小说的，只要找到了这种‘煞有介事’的腔调，就等于找到了那把开启小说圣殿之门的钥匙。”① 莫言通过“煞有介事”这一美学术语将小说中的“艺术真实”与“生活真实”加以区分和衔接，使得小说这一文体的最重要的美学因素（特征）——“诉说”即叙述——所具有的通过艺术再现生活、表现生活的美学功能得到了充分概括。

因此，在本文随后的论述中，笔者将在马克思主义文艺理论及其“历史与美学相统一”方法的指导下，运用现代叙事学的理论及其方法，对莫言小说进行分析讨论。由于莫言小说叙事视角的丰富多样、变化万端在当代文坛上是一个独特的存在，他的小说叙事文本实验所达到的突破传统、标新立异的审美效果，所造成的叙事秩序上的新与奇，所带来的阅读接受上的愉悦与困难，所追求的感觉描摹上的爆炸和文化取向上的多样性，所张扬的语言的流畅协律和色彩的狂欢以及意象的纷繁，造就了为人称道的“莫言体”小说。同时，考虑到莫言的小说创作又都带有文本实验的性质，阶段性差异较大，特别是到后期，往往每两部长篇的叙事风格迥异，故而在时间划分上较细，甚至以一部作品为一个阶段性讨论对象，加之其在一定时段内的创作又往往有密集型的特点，而这些在短时间内创作的作品（主要是中短篇小说）多风格近似、叙事差异性不大。因此，论者选取其中较有代表性的作品作为叙事文本分析的标本，以对莫言小说的叙事视角及叙事功能的历时性考察与分析为切入点，对莫言小说的叙事风格进行一次全面考察，对莫言小说的叙事努力所实现的审美风格进行适当的言说和学理性研究。

---

① 莫言：《诉说就是一切》，莫言：《四十一炮·后记》，春风文艺出版社 2003 年版，第 445 页。

第一章

故乡记忆和童年视角：1981—1985年间的莫言小说叙事视角实验

1981年，河北保定的《莲池》杂志第5期发表了文学新人莫言的短篇小说《春夜雨霏霏》，莫言就此登上文坛。之后《丑兵》、《为了孩子》、《售棉大道》、《民间音乐》等相继发表，其中《民间音乐》因其独特的朦胧意象之美和反传统的风格，受到了老作家孙犁的赏识。但在此后的1984年里，莫言虽连续发表了《金翅鲤鱼》、《放鸭》、《白鸥前导在春船》、《岛上的风》、《雨中的河》、《黑沙滩》等篇什，但除《黑沙滩》获《解放军文艺》1984年度小说奖外，其余均未引起较大注意，就是这个获了奖的《黑沙滩》，"发表后成为整党的形象化教材……后来同学们就批评我，说你这是完全的图解，好小说不应该是这个样子。"① 莫言这一时期的作品，在叙事视角上基本处于学习传统、采用全知视角展开叙事的阶段，虽有创新意识，但无实际突破。

但是，莫言一直没有停止前进的脚步，他在创作上投入了更大的精力，同时发愿要考取解放军艺术学院，并于1984年夏因《民间音乐》受到军艺文学系徐怀中主任的赏识而被录取。正是在军艺读书期间，莫言受到了当时文化文学界文艺、思想新潮的影响。"北大的老师、社科院的老师，凡是跟文学沾边的，几乎被我们请了一个遍，还请来了许多社会名流。这样的方式，虽然不系统，但信息量很大，狂轰滥炸、八面来风，对迅速地改变我们头脑里固有的文学观念发挥了很好的作用。"② 莫言个人不懈的努力渐渐合上了时代的足音。

时间的脚步匆匆跨入1985年的门槛。"80年代是艺术全面革新的年

① 莫言、王尧：《莫言王尧对话录》，苏州大学出版社2003年版，第107页。

② 莫言：《我的大学》，《莫言文集·小说的气味》，当代世界出版社2004年版，第35页。

代，而这场革新运动又正是在 1985 年前后走向鼎盛时期……这就是通常所言的‘‘85 新潮’。”[①] 当代文学史上的 1985 年，在评论家宋耀良看来：“这是奇迹迭出的一年，创造力炽热沸腾”，“这是民族主体精神和生命力度在艺术领域的又一次喷涌勃发。也许，在外观上不曾有 1976 年的波澜壮阔和声势浩大，形态上也不似 1980 年的天真烂漫与鲜活洁亮，但却是更沉雄、更紧密、更遒劲，更显出底蕴丰厚而建树卓著。”[②] 身处滚滚文学新潮中的莫言，向喧嚣热闹的当代文坛投出了一颗又一颗重磅炸弹：《金发婴儿》、《透明的红萝卜》、《流水》、《白狗秋千架》、《球状闪电》、《爆炸》、《石磨》、《老枪》、《秋水》、《大风》、《五个饽饽》、《三匹马》等十余部中短篇小说连续“爆炸”在《中国作家》、《收获》、《人民文学》等一流文学刊物上，且连续引发轰动效应。

第一节　童年与青少年期乡村生存体验

这一时期的莫言小说有两个共同的特点：其一，是写故乡记忆。莫言 1955 年出生，[③] 到 1976 年参军到部队，在农村生活了整整 21 年，到 1985 年，莫言离开故乡整整十年，长期艰苦的农村生活与此后的城市生活形成了鲜明的对比，这让莫言一方面深深洞见了城乡之间的差别，进而对童年、青少年时期的农村生活经验的苦难有了比一直生活在农村的同乡和从城里到农村下乡的知识青年们更深刻的体验，让他盼望逃离贫困愚昧的故乡；另一方面，童年生活又让他在每每念及故土时，满怀乡愁。“接近故乡就是接近万乐之源（接近极乐）。故乡最玄奥、最美丽之处恰恰在于这种对本源的接近，绝非其他。所以，唯有在故乡才可亲近本源，这乃是命中注定的。正因为如此，那些被迫舍弃与本源接近而离开故乡的人，总是

---

① 尹昌龙：《1985：延伸与转折》，山东教育出版社 1998 年版，第 26 页。

② 宋耀良：《十年文学主潮》，上海文艺出版社 1988 年版，第 246 页。

③ 关于莫言的出生日期，在一般的莫言自撰简历和评传性文章中均为“1956 年 3 月 25 日（农历正月 25 日）”，详见莫言《透明的红萝卜・自序》，作家出版社 1986 年版；张志忠《莫言论》，中国社会科学出版社 1990 年版，第 1 页；贺立华、扬守森《怪才莫言》，花山文艺出版社 1992 年版，第 3 页。但据莫言自己讲：“后来经过准确查证，我的出生日期应该是 1955 年 2 月 17 日，那年正好是农历的羊年。”见莫言、王尧《莫言王尧对话录》，苏州大学出版社 2003 年版，第 7 页。

感到惆怅悔恨……还乡就是返回与本源的亲近……”① 这种对故乡爱恨交加的复杂感情让莫言在通过小说实现其“精神还乡”之梦的同时，也在发泄着他对造成悲苦生活的非常态的社会政治环境的怨恨。“我认为一个作家——何止是作家呢——一个人最宝贵的品质就是能不断回忆往昔。”② 通过对故乡的回忆，莫言找到了贴近生活、贴近文学的最佳方式。《金发婴儿》中那个选择天黑了才磨磨蹭蹭回家的烦恼的部队连指导员，《白狗秋千架》中那个离开故乡多年、以大学教师身份不大情愿返乡探亲的“我”，《爆炸》里那个对故乡、父亲、妻子充满复杂感情的“我”，又何尝不是莫言这种矛盾心理的文本暗示呢？在《白狗秋千架》中首次出现、后来成为莫言小说文学地理概念的“高密东北乡”，让莫言用小说实现了其“精神还乡”的梦想，他还要做一个更大的“十年一觉高粱梦”。在拓展叙事空间的同时，莫言这个时期的作品也为其后来家族传奇故事的虚构和“我爷爷”、“我奶奶”等家族人物谱系的塑造做好了准备，在《秋水》里“……我爷爷和我奶奶开荒地种五谷，捕鱼虾猎狐兔……”③。莫言这种“仇乡”与“爱乡”的情绪几乎贯穿他小说创作的始终。也正是为了适应表达这种复杂情感的需要，他才在叙事上花了很多心思、要了很多“花枪”。

其二，是摹写特定年代里乡村生活的物质匮乏和思想落后给人们的生存带来的精神困厄甚至是死亡威胁。

对处于生存困境中的苦难童年生活的深刻记忆是莫言心中的一个死结。莫言生在一个物质极度匮乏的年代，长在一个有十几口人且成分不好的大家庭中，从小不被重视，缺乏爱。“父亲教育子侄十分严厉……我们小的时候，稍有差池，非打即骂，有时到了蛮横不讲理的地步……有一次小莫言下地干活，饿极了，偷了一个萝卜吃，被罚跪在毛主席像前，父亲知道了，回家差一点把他打死。”这应该就是《透明的红萝卜》的情感起点和故事来历了。“莫言在家里的地位无足轻重。本来穷人家的孩子就如小猪小狗一般，这样，就不如路边的一棵草了。”④ 这样无爱的环境使年

---

① ［德］海德格尔：《人，诗意地安居》，郜元宝译，上海远东出版社2004年版，第5页。

② 莫言：《十年一觉高粱梦》，《中篇小说选刊》1986年第3期。

③ 莫言：《秋水》，《莫言文集·白狗秋千架》，当代世界出版社2004年版，第165页。

④ 管谟贤：《莫言小说中的人和事》，《青年思想家》1992年第1期。

少敏感的莫言具有了“一颗天真烂漫而又骚动不安的童心，一副忧郁甚至变态的眼光，寡言而又敏感多情，自卑而又孤僻冷傲，内向而又耽于幻想”①。这些童年的苦难记忆成就了作家莫言，“……饥饿使我成为一个对生命的体验特别深刻的作家。……因为吃我曾经丧失过尊严，因为吃我曾经被人像狗一样凌辱，因为吃我才发奋走上了创作之路”。“当我成为作家之后，我开始回忆我童年时的孤独，……饥饿和孤独是我创作的财富。”② 这样的生存体验在莫言这一时期的小说文本中是有反映的。莫言写到了饥饿、大水、暴力和死亡，写到了物质的匮乏导致的精神荒芜。《金发婴儿》中的紫荆面对的不是物质的匮乏而是爱情上的荒芜，但这却比物质的匮乏更可怕；《透明的红萝卜》中那个沉默寡言的小黑孩，娘死了，爹走了，后娘不疼他，连件避寒的褂子都没有，后来终于有了一件可以包住屁股的帆布大褂子，却又因为拔光了人家的萝卜而被剥了个一丝不挂；《白狗秋千架》里的暖姑，因为破相，嫁了个哑巴，生了三个小哑巴，盼个响巴能跟她说说话，她的愿望简单得让人心酸，“……我要个会说话的孩子……你答应了我就是救了我了，你不答应我就是害死了我了。有一千个理由，有一万个借口，你都不要对我说”③。《五个饽饽》里写过年摆供的五个饽饽丢了，“我”一口咬定是“财神”干的，跑去搜身，一个孩子对人的尊严和信任在物资匮乏的年代里被饥饿逼迫得荡然无存。

物质的匮乏直接导致了人的心理扭曲和人与人之间关系的高度紧张，在人最根本最简单的欲望——填饱肚子——都得不到满足的生存困境中，“爱”是奢侈的、遥不可及的，在物质生存困境中苦苦挣扎的人们甚至忘记了“爱”与“被爱”的滋味、对人与人之间最起码的关爱产生了隔膜和拒斥。《透明的红萝卜》中的小黑孩分明是因为窘困的家境而得不到爱，极其简单地活着，而致失语。在小说中他始终没有张开嘴巴说话，嘴巴失语让他的想象力活泛起来，于是，他看见“红萝卜晶莹透明，玲珑剔透。透明的、金色的外壳里包孕着活泼的银色液体。红萝卜的线条流畅优美，从美丽的弧线上泛出一圈金色的光芒。光芒有长有短，长的如麦

① 朱向前：《“莫言”莫可言》，《昆仑》1987 年第 1 期。

② 莫言：《饥饿和孤独是我创作的财富——在史坦福大学的演讲》，《莫言文集 · 小说的气味》，当代世界出版社 2004 年版，第 167 页。

③ 莫言：《白狗秋千架》，《莫言文集 · 白狗秋千架》，当代世界出版社 2004 年版，第 259 页。

芒，短的如睫毛，全是金色……”[①]，在这段广受称赞的文字之后，紧接着就是黑孩为了保护他的“金萝卜”不被吃掉而被小铁匠踢了一脚，萝卜也被扔进河中。可怜的小黑孩只有通过沉默和自虐来反抗无爱的成人世界。在小铁匠的喝令下，他用手去拿热钻子，“听到手里‘嗞啦嗞啦’地响，像握着一只知了。鼻子也嗅到炒猪肉的味道。”“他一把攥住钢钻，哆嗦着，左手使劲抓着屁股，不慌不忙走回来。”此时，在小说中，与黑孩的坚忍形成对比的是“小铁匠看到黑孩手里冒出黄烟，眼像疯瘫病人一样㖞斜着叫：‘扔，扔掉！’他的嗓子变了调，像猫叫一样，‘扔掉呀，你这个小浑蛋！’”[②] 这个一直没人疼爱的孩子，在面对菊儿姑娘的关爱时表现出对“爱”的陌生和不适应：“黑孩狠狠地盯了她一眼，猛地低下头，在姑娘胖胖的手腕上狠狠地咬了一口。”[③]《枯河》中的小虎，也是这样一个生活在物质匮乏、关爱缺席的情感荒漠上的可怜孩子。他为支书的女儿小珍上树折树杈子，却不慎跌落树下把她砸死，支书用“两只磨得发了光的翻毛皮鞋直对着他的胸口来了……翻毛皮鞋不断地使他翻斤斗。他恍惚觉得自己的肠子也像那条小狗一样拖出来了，肠子上沾满了金黄色的泥土”。为了讨好支书，哥哥“很有力地连续踢着他的屁股”，母亲“弯腰从草垛上抽出一根干棉花柴，对着他没鼻子没眼地抽着”，“父亲左手提着一只鞋子，右手拎着他的脖子，轻轻地提起来，用力一摔”，“父亲挥起绳子。绳子在空中弯弯曲曲地飞舞着，接近他屁股时，则猛然绷直，同时发出清脆的响声”。家人的虐待让小虎愤怒地骂了出来：“臭狗屎！”他愤而离家，伤痛让“他心里充满了报仇雪恨的欢娱”，这个可怜的孩子最后以死来抗争无爱的成人世界。如果说《透明的红萝卜》是一曲对黑孩在物质匮乏、关爱缺席的荒漠化世界里像精灵一样的忍耐力和生命力的赞歌的话，那么《枯河》则是对那样一个崇拜权力、漠视孩子、丧失生存尊严的成人世界饱含血泪的控诉，在小说的结尾，莫言悲愤地写道：“人们找到他时，他已经死了……他的父母目光呆滞，犹如鱼类的眼睛……百姓们面如荒凉的沙漠，看着他布满阳光的屁股……好像看着一张

① 莫言：《透明的红萝卜》，《莫言文集·透明的红萝卜》，当代世界出版社 2004 年版，第 29 页。

② 同上书，第 19—20 页。

③ 同上书，第 15 页。

明媚的面孔，好像看着我自己……”①，在这里“枯河”也就成了没有爱的人类情感世界的象喻。作家对童年苦难生活的记忆，被间接地、艺术化地表现在他的小说作品中，他对人物在其生存困境中的感觉世界的细腻独到、夸张变形的描摹让我们看到了两个对立的世界——儿童世界和成人世界——之间被异化的关系，这种对人际关系异化形态的关注体现了作家深沉的现实关怀情绪。

这些小说的故事情节都比较简单，情节上的简单让莫言把更多更深入的笔触伸向人物的内心世界，试图通过展示人们外在的生存困境和内心的忧愁、郁闷与被压抑的情绪无可释放的苦恼之间的对应，来摹写人们的生存样态。外在的故事和内在的人物心理活动在文本中的交织，造成了小说叙事结构的相对复杂，莫言把一个个简单的故事讲得云谲波诡。在这一阶段的作品里，莫言已经展现出独特的叙事视角使用能力：在叙事中，不同的视角交替使用，全知视角在不经意间会变成内视角，叙事人称也根据叙事的需要自如地更迭。对故乡的记忆，让莫言在“高密东北乡”找到了叙事激情，对童年苦难生活的追忆让莫言不自觉地采用了儿童视角，间或以成人“还乡者”的视角展开对童年生活的追忆。“最近，我比较认真地回顾了一下我近年来的创作，不管作品的艺术水准如何，我个人认为，统领这些作品的思想内核，是我对童年生活的追忆，是一曲本质忧悒的、埋葬童年的挽歌。我用这些作品，为我的童年，修了一座灰色的坟墓。”②

第二节 莫言早期小说的叙事视角类型及其文本分析

《透明的红萝卜》以其意境的朦胧美、意象的空灵美和感觉的细腻独到、表现手法的新颖别致为莫言赢得了一片喝彩声。但如果从叙事角度来考量莫言的这篇成名作，却找不到什么独到之处。在《透明的红萝卜》中，作者采用第三人称全知视角叙述故事，叙事时间和故事时间一致。在阅读接受上，也没有《金发婴儿》那样由于叙事视角变换交错带来的情节期待和审美张力。莫言在 1981—1985 年间的小说叙事视角探索可以分

① 莫言：《枯河》，《莫言文集·白狗秋千架》，当代世界出版社 2004 年版，第 158—163 页。

② 莫言：《十年一觉高粱梦》，《中篇小说选刊》1986 年第 3 期。

为以下几种类型，我们结合文本作如下分析。

一　第一人称内视角/内聚焦叙述

在《白狗秋千架》中，莫言使用内视角，以第一人称"我"来讲述一个返乡遇故旧的故事。叙述者"我"与作者分离，作为小说中的一个人物，叙述者"我"只能叙述"我"的所见、所作、所思和所感，不能像全知叙述者那样自由地出入每个人物的内心，不能穿行在所有人物的过去和现在，对过去时态的故事的叙述只能通过"我"的回忆（追忆性视角）来实现，也不能预告故事结局和人物的未来。叙述者（叙述主体）作为小说的一个人物，同时也是被叙述者（叙述客体），叙述者"我"行进在自己叙述的故事里，同时通过回忆把发生在过去时态的故事拉回到眼前（现在），从而造成叙述时间和故事时间的错落。读者随着叙述者"我"走，听"我"娓娓道来，与"我"同悲喜，更有真实感、亲切感，能更好地传情达意。作者选用第一人称内视角叙事是充分考虑到了"我"的返乡势必要把过去和现在的故事糅合在一起。当叙述时间与故事时间一致时，叙述者"我"站在现在的故事里，是现在性叙述视角；当叙述时间迟于故事时间时，"我"是在追忆过去，是追忆性叙述视角，通过这样的对照性叙述，作者就可以向读者展示时空背后的沧桑故事，而时间的拉长——十年前和现在——和空间的扩大——城市和农村——让"我"和暖姑的相遇，充满了苍凉和无奈，也更动人心弦。

《爆炸》采用了和《白狗秋千架》类似的内视角叙事，也是使用第一人称叙述故事，也有追忆性叙述片段。在小说开头，作者用近千字的篇幅写"父亲"打"我"的一巴掌，其感觉细腻到了极致，读来却不觉得累赘；写到夏天的闷热、阳光的毒烈让人读来浑身燥热；写到"我"在产房外与妻子等待流产时，可以"透视着产房"，两次写到"我"想象的产妇生产的艰难："我推着重载的车辆登山，山道崎岖，陡峭，我煞腰，蹬腿，腿上的肌肉像要炸开，双手攥紧车把，闭着眼，咬紧牙，腮上绷起两坨肉……车轮一寸寸地上行，挺住！用力！使劲！只差一点点就爬上了山顶……"①，读者在阅读中不自觉地随着叙述者短促有力的叙述声音而紧张、用力。笔者认为，莫言这部以感觉描摹见长的小说的成功，首先得益

① 莫言：《爆炸》，《莫言文集·白棉花》，当代世界出版社2004年版，第100页。

于其第一人称内视角叙述方法的使用，“因为人虽然是理性动物，归根到底离不开感性的生命前提，人的理性的最高意义也就在于使这种感性的容量更大、更丰富，因为只有真正认识了的东西才能被最大限度地感受到。而艺术的使命本来就离不开感性活动。这样，能否为感性体验开辟一条更为广阔的道路，就成了衡量小说艺术进步与发展的一个标尺。在这方面，‘内聚焦’似乎具有得天独厚的条件。因为它的整个叙述着眼点是建立在人物主体的心理屏幕上的，反映到这面屏幕上来的客观世界的一切必然受到主体方面的同化。这样，当我们通过这个视点来观察世界时，这种观察事实上已经体验化了。这一点恰好也反映出‘内聚焦’的一个本质特征：在‘内聚焦’中，我们看到的不是人物自身的内在性，而是反映在这个内在性中的外在世界。由于这缘故，这种模式为小说家更为深入地（即‘体验化’地）透视人物身外的对象提供了最佳窗口”[①]。这样看来，莫言对“沸腾的感觉世界的爆炸”的摹写，无疑具有了推动小说艺术进步的积极意义。他选用的内（聚焦）叙述视角恰恰满足了他要描写感性世界的需要，即通过人物的“内在性”（感觉、思维等活动）来反映“外在世界”，把“作者——叙述者——叙述对象——读者”这样一个阅读接受过程缩短为“作者——叙述者=叙述对象——读者”，而第一人称的选用，“一方面可以保留第一人称叙述易体现叙述个性的特点，或活泼风趣或抒情深沉；另一方面还可以使之显得更为平易近人亲切自然”[②]。的确，在对《爆炸》的阅读中，我们可以真切地感受人物的种种细腻感觉和心理变化，第一人称的选用缩短了读者与叙述者之间的时空鸿沟，消弭了故事人物与读者现实生存处境的差异，使读者深深地陷入故事，获得了小说人物的悲喜。因此，《爆炸》成功的原因除了莫言“审视世界的非常态，他总是以一种超常态的感觉把握世界、创造世界”[③]，恐怕就是莫言选用了恰当的叙述视角和叙述人称。

二 第三人称内视角叙述=意识流

《老枪》的故事情节简单到不能再简单：一个饥饿的少年用枪猎雁。

① 徐岱：《小说叙事学》，中国社会科学出版社1992年版，第206—207页。

② 同上书，第206页。

③ 程德培：《被记忆缠绕的世界——莫言创作中的童年视角》，《上海文学》1986年第4期。

故事中的“他”几乎一直待在高粱掩体里，除了给枪里装火药和活动麻木的手脚，几乎没有任何别的形体动作。小说采用内视角第三人称“他”叙述故事，尽管都是内视角叙事，和《白狗秋千架》的叙述者是故事人物、参与故事的情节推动和矛盾冲突不同，《老枪》的叙述主体隐藏在故事之外，尽管我们偶尔可以听见外在的叙述者的声音，但叙述的焦点始终聚集在故事主要人物“他”的感觉和意识流动上。在展示这名少年异常细腻的感觉世界和“他”的意识流动的同时，叙述者借“他”心理活动的“屏幕”展示了“他”的家族往事与这支老枪的纠葛，这属于典型的内（聚焦）视角叙事。如果通过一个外在于故事的人物代替“他”出面讲述老枪的历史，势必会间离读者和故事的关系，莫言让叙述者叙述“猎雁”的简单故事，同时又通过内聚焦叙述展示猎雁人（叙述对象）的思维活动来叙述老枪与其家族往事的关系。这样的视角选择就帮助作者加强了故事的真实性，并把一个情节简单的故事讲述地有声有色、可感可叹。

三　全知视角+第一人称故事人物内视角分角色叙述

《金发婴儿》开篇是以一个全能叙述者的声音开始叙述故事的，但从第四句开始，作者便间隔性地插入“俺”、“我”等人物自白式的叙述声音。作为第三人称被叙述者——叙述对象——的瞎娘“她”不时地使用第一人称“俺”、“我”参与叙述，告诉读者她有一个好儿媳。全能叙述者在给读者描述瞎娘外在动作的同时，也将她的心理活动通过内视角“我”的叙述展示出来。全能叙述者外在的客观性叙述与叙述对象内在的主观性心理活动相呼应，“她可不是一个平凡的女人——哎，我这一辈子呀——她历尽了人世的酸辛”①。全能叙述者的外在叙述和瞎娘的内在心理活动共同推动着叙述的前行，但故事基本没有向前推进：一个瞎老太婆坐在床上，胡思乱想。

紧接着，叙述者把叙述的焦点转向瞎娘的儿子——在部队当连指导员的孙天球。这时候，全能叙述者可以自由出入孙天球的身体，偷窥并公开他的思维活动。作者颇为巧妙地利用望远镜，把观察、描绘渔女雕塑的视角转给孙天球，通过展示他的感觉世界和思维活动来摹写渔女雕塑在一天

① 莫言：《金发婴儿》，《莫言文集 · 白棉花》，当代世界出版社 2004 年版，第 221 页。

四时内的变化和这种变化给他带来的心理反应，这样，读者看到的就是孙天球意识里的渔女图，而非全能叙述者描绘出来的渔女图，读者的感觉和思维就有了贴近小说人物的可能，可以和人物同呼吸了。在全能叙述者那里，孙天球对妻子和渔女雕塑复杂的内在情感活动与他在农村老家的瞎娘和妻子的心理活动同时展开，构成叙事上的对立和呼应。随着叙述的展开、故事的发展，叙述者把发生在部队和家里两地的故事剪辑开来，根据叙事的需要重新进行拼接（这一方法在后来的《红高粱家族》和《檀香刑》中被莫言发展到了极致）。本来统一的顺时序故事被打乱，并依照叙述者的叙事意愿被重新排列，以造成新的叙事秩序，从而把情节简单的故事讲述得有条不紊、引人入胜。

这个全能叙述者告诉我们，故事里的紫荆和黄毛在接触中慢慢产生了爱情，并且有越雷池的危险，焦急的读者希望全能叙述者能让孙天球赶紧回来探家。但全能叙述者却频频使用《百年孤独》和《红高粱》开头的“呼应结尾”句式，不停地推迟孙天球探家的行程，把原来对立的两地故事慢慢拢合，并暗示故事的结局：“他更加渴望探家，但后来又发生了别的事情，耽误了他的行程。这些事情，等他坐在故乡的小河边泛着白花碱的滩涂上时，都会想到的。”① “营里批准了他的探家报告。就在他即将成行的时候，一件稀奇古怪的事情发生了。后来当他坐在故乡的小河边，面对着缓缓逝去的流水冥思苦想的时候，他认为一切都好像是命中注定，一切事情的进展，都按照早就设计好了的程序。”② 这样的叙述语气无疑会勾起读者对将要发生的故事——即叙述者将要叙述的内容——产生强烈的阅读期待，同时，叙述者又不断用暗示性的话语引起即将发生故事：“面对着人民法院那个和蔼的法官，黄毛如实地诉说了这个夜晚的经过，连一个细节也没漏掉。……他翻来覆去地咀嚼着逝去的甜蜜岁月……”③；“若干天后，他曾写过一份很长的交待材料，在这份材料的一节里，他写了这一天的经历。”④ 这时全能叙述者主动让位给人物，让本是第三人称被叙述者的孙天球站出来，以第一人称讲述自己当时诡异的活动和不为人知的

① 莫言：《金发婴儿》，《莫言文集·白棉花》，当代世界出版社 2004 年版，第 241 页。

② 同上书，第 246 页。

③ 同上书，第 259 页。

④ 同上书，第 263 页。

隐秘的心理活动，这样就可以让读者深入人物的内心，窥测其隐秘的意识流动，使叙述由别人的讲述变成思维者的“自白”，从而增加这一部分叙述的可信度和艺术真实感。全能叙述者在孙天球回到村子的那一刻就结束了他的第一人称“自白式”叙述，这时读者在全能叙述者的叙述里看到了原来两条平行叙事线上相对立的故事的交汇：孙天球把黄毛和紫荆捉奸在床。接下来，全能叙述者按部就班地以故事时间叙述瞎娘的去世，紫荆生下了和黄毛的孩子，孙天球掐死了这个金发婴儿，到小说结尾处，全能叙述者又让孙天球以第一人称讲述“我”的悔恨：“这个孩子被我扼死后，直挺挺地躺在我面前。……我非常后悔，我看到他的头发像一缕缕黄金拉成的细丝，每一根都闪耀着迷人的光芒……”[①] 作者利用第一人称叙述的好处，除了上面提到的直接展示人物的意识流动、增加真实感和亲切感之外，“第一人称的叙述特别适合于作心理忏悔，因为人称本身就具有一种独白性，这为叙述主体的直接登场提供了方便”[②]。这样，莫言在《白狗秋千架》中通篇和《金发婴儿》中部分使用第一人称“我”叙述故事，来分别揭示“我”对“个眼暖姑”的愧疚和“我”对扼死“金发婴儿”的犯罪过程的交代，就使人物的忏悔心理生动真实起来。作者根据叙事的需要展开故事，把一个完整的顺时序故事拆开、打乱，重新排列，并利用视角和人称变换来实现在叙述中推进故事情节发展和揭示人物心理活动的目的，莫言的这种叙事努力，赋予了一个情节简单的婚恋故事以全新的阅读感受和美学风格。

四　全知视角+第一人称故事“人物”内视角分角色叙述+第一人称故事“动物”内视角分角色叙述=互文叙述+叙事圆环

《球状闪电》以“球状闪电”的爆炸贯穿全文，小说共十节，第一节和最后一节分别讲述球状闪电爆炸前后的故事，叙述者从“球状闪电”爆炸、蝈蝈倒地昏迷讲起，中间八节采用追忆性视角讲述从蝈蝈退学到球状闪电爆炸之间的故事，而对过去故事的追忆则分别从爆炸现场的六个故事人物或拟人化的故事参与物的视角以第一人称内聚焦展开（其中二、四、六节是同一人物视角），凡第一次使用的人物视角，均以第三人称从

① 莫言：《金发婴儿》，《莫言文集·白棉花》，当代世界出版社2004年版，第273页。

② 徐岱：《小说叙事学》，中国社会科学出版社1992年版，第276页。

“球状闪电”爆炸写起，而后转入第一人称人物内视角追忆性叙述，重复使用的人物视角（如第四、六节）直接展开追忆，最后，故事由第十节的全能叙述者收拢，又回到“球状闪电”的爆炸现场，以蝈蝈醒来、闪电带来奇异的变化结束，叙述也回到原点。其叙事思路大致呈圆形，如下图：

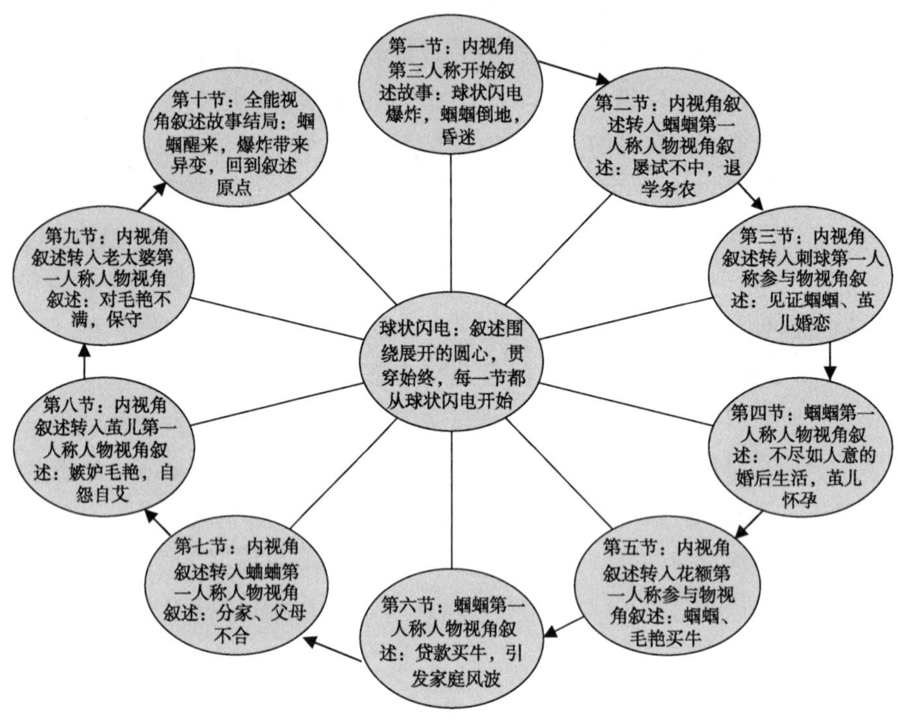

《球状闪电》圆形叙事思路图

小说第一节，一个外在于故事的叙述者告诉我们，球状闪电爆炸在奶牛养殖户蝈蝈家的牛棚里了，蝈蝈被爆炸震飞，倒地，昏迷。这样的叙述乍一看似乎是一个全能叙事者在讲述故事，但通过仔细分析文本，我们发现作者采用的是内视角，因为叙述的展开始终是紧紧地跟随着叙述的聚焦点——蝈蝈的言行和思维活动的，即使在蝈蝈被球状闪电的爆炸震飞倒地、处于昏迷状态时，叙述也没有停止，叙述者进入了昏迷中的蝈蝈的潜意识层面，并跟随蝈蝈的意识活动，把他关于过去的记忆储备展示给我们看。就这样，叙述者就不动声色地把我们引入蝈蝈过去的故事里。

在第二节中，叙述者先是使用第三人称“他”叙述蝈蝈被爆炸击倒，他母亲的喊叫声让他回到了自己的过去，进而，叙述者通过蝈蝈的潜意识活动给我们展示了他“尿炕”的毛病，接着，笔锋一转，叙述者把叙述权交给了蝈蝈，让他以第一人称“我”叙述自己的求学经历，因为患高考综合征而屡试不第，最后回家务农。在蝈蝈完成自己的“自白”式叙述之后，叙述者接过叙述的接力棒，告诉我们蝈蝈在割苇子时碰到了对他心仪的茧儿，踩到了老刺猬“刺球”。在第三节中，叙述者把叙述的聚焦点转向了“刺球”——蝈蝈故事的参与物和见证者（当然，它是非人的，但被叙述者赋予了人物化的故事性格）。叙述围绕着“刺球”的所感所思展开，叙述者先用第三人称“它”告诉我们“刺球”在球状闪电爆炸时的处境，接着换用第一人称，通过“刺球”的回忆告诉我们茧儿和蝈蝈的婚恋、结合，此时，“刺球”充当了全能叙述者的角色，而蝈蝈和茧儿则成了叙述对象，它甚至具有了进化论思想，对世事沧桑发出了这样的感慨：“世界原来很小，这些人遥远的祖先和我遥远的祖先是亲兄弟。是岁月使我们生分了，疏远了。”① 叙述者甚至让刺球的思绪在现实和回忆中来回穿梭。至第四节，故事继续发展，叙述者又变成了蝈蝈，他用第一人称“我”讲述他和茧儿婚后生活的不如意，最后引出下一节的叙述者——花额奶牛。第五节的叙述从球状闪电的爆炸现场开始：“众奶牛被球状闪电击翻，横七竖八躺了满棚……一大缕潮湿明亮的光线斜穿圆洞，照着一只额上带白花斑的奶牛巨大的乳房。”② 叙述者先把焦点聚集在花额的思维空间，让它追忆蝈蝈买它们回家之前发生在它们身上的故事：漂洋过海，几次被转运，被“美人鱼”和“蒺藜狗子”虐待。叙述接力棒从叙述者向花额的传递在这儿是很巧妙的，叙述者说：“奶牛脉脉含情地看着主人安详的脸，嘴动着，像要开口说话。”接着，花额就开始了它的第一人称叙述：“蒺藜狗子和美人鱼走了，你来了。”③ 花额告诉我们：蝈蝈在老同学毛艳的动员之下，贷款买了五头花奶牛。第六节，蝈蝈再次以第一人称人物视角讲述了他和毛艳买回了奶牛和由此引发的家庭风波。第七节的叙述同样是从爆炸现场开始的，昏迷的蛐蛐——蝈蝈的女儿醒了过来，莫言又一次用到了儿童视角。叙述者通过这个孩子天真的视角和思维

① 莫言：《球状闪电》，《莫言文集·白棉花》，当代世界出版社2004年版，第415页。

② 同上书，第425页。

③ 同上书，第429页。

方式给我们展示了蝈蝈、茧儿、猫眼阿姨（毛艳）、蝈蝈娘等人物之间的矛盾。第八节，叙述者还是从球状闪电开始展开叙述，进而从茧儿的视角，以第一人称叙述茧儿对毛艳的嫉妒和对新生事物的惧怕。第九节，叙述者从蝈蝈父母急忙奔向球状闪电爆炸现场写起，接着从老太婆的视角展示她的稀里糊涂和迷信保守。第十节，作者一改前面九节的内视角叙事模式，而代之以一个全能叙述者，他告诉我们：蝈蝈醒来，球状闪电给村子带来了神奇的变化：蛐蛐会跳尖脚舞，“如同鸟在天上飞，如同鱼在水中游”①。

在早期小说创作中，莫言是在处心积虑地尝试新的叙事模式，努力把情节简单的故事讲得出奇、出新，在叙述中他尽量让视角转换得自然、不突兀，甚至在小说结尾，他似乎有意告诉我们这个故事的来源：“几个月后，一位悒郁的青年小说家偶尔涉足这个小村庄时，发现村里孩子的鞋头上都缝着一层厚厚的胶皮或旧轮胎，这奇怪的现象引起了他很大兴趣。”②这除了要印证故事的真实性，还多少有一点作者要给我们透露谁是故事叙述主体的故弄玄虚，这恰恰告诉我们莫言是在有意识地进行叙事模式的探索，而他的探索是从叙事视角的转换开始的。

第三节 早期小说叙事视角探索及其美学效果

1981—1985年间的中短篇小说创作，是莫言小说文本艺术世界的开拓期，是他向新的文学高地发起冲锋前的备战期。在叙事方面，他开始有意识地反叛传统的叙事视角选择，并尽量尝试不同的叙事策略，使用不同的叙事视角，变换不同人称叙事，不断改变小说中叙述者与故事的关系，或用全知视角（如《透明的红萝卜》），由叙述者全面控制叙述、推进故事，根据自己的叙述意愿安排故事的时序，增强简单情节故事的悬疑性；或用内视角，如《白狗秋千架》和《爆炸》用第一人称“我”即故事人物作为叙述者，叙述的行止限于这个故事人物兼叙述者的言行和思维活动，并用现在性视角和追忆性视角，或如《老枪》使用第三人称“他”，通篇始终聚焦在一个猎雁少年的外在行为和内在思维活动上，尽管我们可

---

① 莫言：《球状闪电》，《莫言文集·白棉花》，当代世界出版社2004年版，第459页。

② 同上。

以听见一个外在叙述者的声音，但构成整个小说文本的是猎雁少年的感觉和意识活动，即人物的“意识流”，这可以说基本属于内视角；或兼用全知视角和内视角，如《金发婴儿》和《球状闪电》，全能叙述者结构整个故事，安排故事时序，掌握叙事的节奏和内在秩序，同时全能叙述者又部分地让出故事的叙述权，让故事人物或参与物（非人，但参与故事，呈现出拟人化故事性格，如《球状闪电》中的刺猬和奶牛）以内视角，用第一人称叙述其所在故事部分（如《金发婴儿》中孙天球的交代书），从不同人物视点讲述同一故事或同一故事的不同构成部分（如《球状闪电》中六个人物视点参与叙事），从而使叙事呈现出叙述语气和感情色彩甚至是情节上的矛盾与冲突，这一叙事策略被莫言在后来的《天堂蒜薹之歌》中再次使用，在《檀香刑》中发展到了极致。

如上所述，莫言在不同小说文本中尝试使用不同叙事视角的同时，也在同一小说文本中变换使用不同的视角叙事。他的这些叙事视角的选择是有意为之的，他在这一时期的小说文本中表现出来的对传统叙事方式的叛逆精神，为他后来小说创作的辉煌成就做好了铺垫。莫言这个时候已经认识到：“要想搞创作，就要敢于冲破旧框框的束缚，最大限度地进行新的探索，犹如猛虎下山，蛟龙入海……创作者要有天马行空的狂气和雄风。无论在创作思想上，还是在艺术风格上，都必须有点邪劲儿。”① 莫言这一时期大胆的叙事尝试已显现出他后来作品中一些独异的、为人称道的叙事美学风格。

一、变换使用叙事视角，全能视角和内视角交错使用。变换使用人称，第一、第三人称交错使用，以造成新的叙事秩序，从而使小说这一文本样式的艺术魅力由传统的故事情节的跌宕起伏和矛盾冲突的复杂多变转向形式化叙事造成的故事新秩序、阅读新感受和审美新愉悦。

二、利用叙述者打乱故事顺时序，并根据叙事需要重新安排故事，穿插使用现在性视角和追忆性视角，这就造成了故事时间内部的冲突和故事时间与叙事时间之间外部的冲突，也造成了故事空间内部的差异和故事空间与叙事空间之间外在的差异，强烈的时空对比，无疑会加深读者在阅读接受时的“陌生化”感受。

三、创造性地使用“高密东北乡”这一文学地理概念，营造自己的

---

① 莫言：《天马行空》，《解放军文艺》1985年第2期。

小说王国，对故乡的亲近感和作家超乎寻常的艺术想象力让莫言在“高密东北乡”里找到故事原型和叙事激情。

四、创造性地使用“我爷爷”、“我奶奶”和“我父亲”等叙事称谓，在一定程度上打破传统的第一、第三人称叙事的界限和局限，使叙事主体可以自由穿行在过去完成时、过去时和现在时之间，而又不致有历史的隔膜感。当然，在这一时期的莫言小说中，仅有一篇《秋水》还不能说明问题，但在接下来的《红高粱家族》系列中篇小说中，莫言把这一叙事视角（人称）发挥得淋漓尽致。

总之，在莫言小说早期的作品中，他或直接采用儿童、少年视点作为叙述视角，如《石磨》、《五个饽饽》、《老枪》等，或以成人的眼光关照儿童世界的生存状态，如《透明的红萝卜》、《枯河》等，或虽采用成人化叙述视角，但叙述者却是以追忆性视角回望童年时光，慨叹世事苍凉，如《白狗秋千架》、《大风》、《球状闪电》等，或是对故乡历史的“童年期”进行虚构性、追忆性叙述，编织家族传奇故事，如《秋水》。“莫言作品的儿童视角，不只在于他经常地把孩提时代作为描写的对象，重要的还是他那些最优秀的篇什都表现出了儿童所惯有的不定向性和浮光掠影的印象，一种对幻想世界的创造和对物象世界的变形，一种对圆形和线条的偏好。”① 因此可以说，莫言在对故乡风物人情深深的眷恋中，在对童年生活亦苦亦甜的回忆中，在自己小说文本亦真亦幻的叙述中，草创了一个独特的审美艺术世界，同时，也为其小说形式技巧探索——叙事文本实验开了一个好头。

① 程德培：《被记忆缠绕的世界——莫言创作中的童年视角》，《上海文学》1986 年第 4 期。

第二章

精神还乡[①]与"想象的过往"[②]：1985年以后莫言中短篇小说的叙事视角实验

第一节 怀乡病、精神还乡与"我向思维叙事"

不可否认，1948年费孝通在《乡土中国》一书中关于中国社会"乡土性"的理论指认，对于我们在当下中国社会语境中的文学研究，仍具有理论参考价值。正是在这一理论镜鉴下，我们看到了在中国社会现代化转型中思考国族命运和人生价值的作家们，在"城"与"乡"、"人"与"土"等社会学语汇所指代的生存处境间的思想挣扎和艺术探索。中国社会的诸多"乡土性"特质，决定了中国现当代文学史上诸多出身乡村或有乡村生活经验的作家在获得了都市生活体验后，在"身体返乡"时，往往因某人、某事、某物而触发其早年乡村生活记忆，从而进入"精神还乡"状态，展开关于"乡土"的书写，这种书写往往是用亲切细腻的笔致状写早年经见的人事，在温馨的"怀乡"情绪里流露出"往昔不再"的怅惘与无奈。正如海德格尔所言："接近故乡就是接近万乐之源（接近极乐）。故乡最玄奥、最美丽之处恰恰在于这种对本源的接近，绝非其他。所以，唯有在故乡才可亲近本源，这乃是命中注定的。正因为如此，

① 本文以"精神还乡"指涉莫言以早年乡村记忆为切入点、以"高密东北乡"为飞扬文学想象的精神空间、对"故乡"、"故人"和"故事"进行"天马行空"式的关于"过往"的"想象"与再造。

② "想象的过往"一词出自 Christopher Shaw and Malcolm Chase, ed., *The Imagined Past: History and Nostalgia*. Manchester and New York: Manchester University Press, 1989。（《想象的过往：历史与怀乡》）是1985年在英国利兹大学召开的"History Workshop 20"的会议论文集，主要从"历史"与"怀乡"的角度讨论英国文学在社会转型期的一些美学面向。本文的论证借用书中"想象的过往"一词来指代莫言小说利用叙事技巧对于历史的想象与虚构。

那些被迫舍弃与本源接近而离开故乡的人，总是感到惆怅悔恨……还乡就是返回与本源的亲近……”① 然而，对离乡多年、已成“他者”（other）的作家游子们来说，真正意义上的精神回归是不可能的，他们只有在想象的故乡和对故乡的想象中，才能够抵达“精神还乡”的终点，张扬自己的文学想象，获得叙述的自由和力量。因此，文学意义上的“怀乡”已不再仅止于甚至不是对地理故乡的怀念，“我们现在对（怀乡）一词的使用分明是现代而具隐喻性的。我们怀想的家园已不再是一个地理区域而是一种心态”②（引者译）。作家们要做的，就是通过对故乡的回忆，寻找贴近文学的最佳方式。在1987年4月5日致张志忠的信中，莫言说：“文学是一种情绪，一种忧伤的情绪，向过去看，到童年里去寻找，这种忧伤就更美更有神秘色彩……淡淡的忧愁，是文学生长的好气候。”③ 他“认为一个作家……最宝贵的品质就是能不断回忆往昔”④。正是在“不断回忆往昔”这一“精神还乡”式的追忆性文学书写过程中，作家们才能酿造出一块属于自我、又能激发读者“同情”的记忆酵母，在叙事上引导读者“移情”入文，引起他们普遍的印感，并与作者一起完成“精神还乡”。

这种文学审美接受效果的获得要归功于作家在自己的文本世界里创造了一个“文学的此间”——作家自我的“精神故乡”，一旦进入其间，作家的一些重要精神记忆便被激活，变得鲜活生动起来，并以一种迥异于他人的艺术美感打动读者，获得审美上的独一性和陌生化，正如鲁迅的“此间”是“鲁镇”，沈从文的“此间”是“湘西”，福克纳的“此间”是“约克纳帕塔法县”，作家在自己营造的“文学此间”中可以信马由缰、任意驰骋，他们——每一个作家——都是自己“文学的此间”的君王。

---

① ［德］海德格尔：《人，诗意地安居》，郜元宝译，上海远东出版社2004年版，第5页。

② 原文如下：“Our present usage of the word is therefore distinctly modern and metaphorical. The home we miss is no longer a geographically defined place but rather a state of mind.” 见 Malcolm Chase and Christopher Shaw, ‘The dimensions of nostalgia’, Christopher Shaw and Malcolm Chase, ed., *The Imagined Past: History and Nostalgia*. Manchester and New York: Manchester University Press, 1989, p. 1。

③ 张志忠：《莫言论》，中国社会科学出版社1990年版，第31页。

④ 莫言：《十年一觉高粱梦》，《中篇小说选刊》1986年第3期。

每个作家“文学的此间”——艺术表现的精神领地和心灵地域空间——的大小取决于他的文化身份自认指向。出身农村的作家进入城市后的文化身份自认，显示了作家对自己社会文化责任的担当。鲁迅把自己放置在“铁屋”中的“呐喊”者、“荷戟独彷徨”的文化斗士这一启蒙者的高度上书写“故乡”人事，“哀其不幸，怒其不争”，叙、描、刻、评，笔锋直指国民劣根性；沈从文自称是“乡下人”，在这样的文化身份自我界定中，他既以哀婉细致的笔调为现代文坛贡献了《边城》、《长河》这样的怀乡名著，也从一个“乡下人”的“仰角”为我们剖开了都市人的假面；在新时期以来以写乡村生活见长的作家莫言那里，“逃离”乡土之后的“精神还乡”书写的成功，也在很大程度上得益于他的文化身份自认，他选择了“作为老百姓写作”这一涵盖面更广、普适性更强的文化姿态，赢得了文学书写可以展开的更大的深广度，也使得他的“文学的此间”——“高密东北乡”这一文学地理概念——无限宽广，“莫言的《红高粱》和其他诸多小说的故事空间——高密东北乡，让人不禁联想到福克纳的‘约克纳帕塔法县’”[①]（引者译），他把“高密东北乡”这一记忆容器里装满了各样货色，“（小说中）位于山东一角的莫言故乡，是一个为了放置他虚构的史诗性事件而想象出来并被提升到神话高度的（故事）空间”[②]（引者译），“莫言在选准山东高密乡之后，几乎获得了一种穿透历史的视野，把原始故乡的狂欢和神秘作了惊心动魄的发挥”[③]。这种“发挥”使他的“精神还乡”

---

① 梅仪慈（Yi-tsi Mei Feuerwerker），“The Post-Modern ‘Search for Roots’ in Han Shaogong, Mo Yan, and Wang Anyi.” *Ideology, Power, Text: Self-Representation and the Peasant “Other” in Modern Chinese Literature*. Stanford, California: Stanford University Press, 1998, p. 220。另注：梅仪慈为密歇根大学文学教授，丁玲研究专家，著有“Ding Ling's Fiction”，“*Ideology, Power, Text: Self-Representation and the Peasant ‘Other’ in Modern Chinese Literature*”等，她在《意识形态、权力和文本：中国现代文学的自我呈现和农民“他者”》一书第六章“韩少功、莫言和王安忆的后现代‘寻根’”第五节“《红高粱》中作为‘不肖子孙’的知识分子自我书写者”中详细分析了莫言《红高粱家族》小说的叙事视角。

② 梅仪慈（Yi-tsi Mei Feuerwerker），“The Post-Modern ‘Search for Roots’ in Han Shaogong, Mo Yan, and Wang Anyi.” *Ideology, Power, Text: Self-Representation and the Peasant “Other” in Modern Chinese Literature*. Stanford, California: Stanford University Press, 1998, p. 220。

③ 李咏吟：《莫言与贾平凹的原始故乡》，《小说评论》1995年第3期。

书写从“记忆书写”过渡到对“想象的过往”的书写①，获得了高度的叙事自由，如《红高粱》在时间上从1923年直跨到1985年，人物跨三代，叙事视角叠加，人称多样、转变灵活；《食草家族》更是奇思突起，故事、叙事均夸张个异，这是迥异于中国现代文学史上的乡土作家们“还乡书写”的故事构成和叙事风格的。

由此可见，叙述自由的获得并不能仅依赖于作家的文化身份自认，除此以外，还需要适当的叙事策略。“乡土”是一个能唤起人记忆与想象的文化心理符码，作家由“身体还乡”而“精神还乡”，有意识地借助这一文化心理符码进入“乡土”文化语境，展开文学书写，这一过程便是“想象过往”、虚构历史。进行“还乡书写”的作家，几乎不约而同地选择以第一人称“我”作为其“精神还乡”、“想象过往”的叙事视角，是因为这一视角“一方面可以保留第一人称叙述易体现叙述个性的特点，或活泼风趣或抒情深沉；另一方面还可以使之显得更为平易近人亲切自然。”② 的确，第一人称叙述可以缩短读者与叙述者之间的时空鸿沟，消弭故事人物与读者现实生存处境的差异，使读者深陷故事，获得小说人物的悲喜。鲁迅的“还乡”小说几乎全用第一人称叙事，就是典型的例子，而在沈从文的小说世界里，虽不常见第一人称叙述，但却总有一个在在可见的以强烈的“亲历者”的声音叙述故事的外在叙事者，这个声音让人明显感到一位“类第一人称”叙述者的存在。读莫言的小说，可以发现他明显偏爱并大量使用第一人称叙述视角，其中既有乡村往事中的青少年叙述者“我”，又有奇幻的成年故事里的叙述者“我”，这个“我”往往同时扮演着故事人物和叙述者的双重角色。此外，他还创造性地使用了“我爷爷”、“我奶奶”等复合人称视角展开叙述，扩大了叙事的视域和艺术表现力。

莫言的中短篇小说创作可以1985年为界分为前、后两期。当代文学史上的1985年，被文学史家命名为“方法年”。这一年，国际上流行“怀乡病”（nostalgia），“1985年，怀乡成了一个广为接受的回望过往的

---

① 这一比较仅限于论者对于三位作家关于“还乡”书写的阅读感受，鲁迅、沈从文近于写实，是现实主义的，莫言在写实之外，还有大量天马行空式的幻想、虚构和夸饰，徘徊在魔幻现实主义和志异志怪的古典浪漫主义之间。

② 徐岱：《小说叙事学》，中国社会科学出版社1992年版，第206页。

口号……因为'人们喜欢怀乡（旧）而且坚信'怪的'总是好的'"①（引者译），1985年的中国作家们则在寻找"文学的根"。这一年，莫言意识到："要想搞创作，就要敢于冲破旧框框的束缚，最大限度地进行新的探索，犹如猛虎下山，蛟龙入海……创作者要有天马行空的狂气和雄风。无论在创作思想上，还是在艺术风格上，都必须有点邪劲儿。"② 可以说，1985年后的莫言创作是在国内外文艺界普遍流行"怀乡/寻根"的文化大气候中，有意识地带着"狂气和雄风"，带着"邪劲儿"在"最大限度地进行新的探索"的。而莫言选择的"冲破旧框框"的突破口是被视为"小说技巧的关键"的"叙事角度"③——叙事视角的探索与实验。因此，以1985年为界，考察此后莫言小说的叙事视角探索，便具有了较大的学术价值。

需要指出，与鲁迅、沈从文等现代乡土小说家不同，莫言的叙事探索并未仅止于对于第一人称叙述视角的变换使用，他把"我"视角叙事发展为"类我"复合视角叙事，造就了多种人称和多重视角叠加的"我向思维叙事"，正是这种叙事策略造就了莫言小说"煞有介事"的叙事腔调、"滚珠落玉"的叙事风格和"泥沙俱下"的语言浊流。在对家族往事亦真亦幻的"想象性"追忆之中，莫言通过这些复合人称视角完成了对传统单一叙事人称模式及其阅读审美感受的挑战与颠覆，得以自由穿行在故事时间与叙事时间、历史真实与艺术想象之间，创造出了令人称道的"莫言体"叙事风格和大量虚构家族传奇小说。

那么，什么是"我向思维"？"我向思维"，是"'现实思维'的对称。指专受个人的欲望和需要所支配的思维，亦即从自我出发而不顾现实的、主观性极强而又极不合逻辑的'愿望思维'。是一种极富幻想性的病态思维"④。"指一种单纯受个人需要与愿望控制、不顾客观事实的思维。常出现在精神分裂症患者身上。有的心理学家将这种思维等同于幻想、白

① 原文如下："Up to 1985 nostalgia was the universally acceptable catchword for looking back. … Because 'people love nostalgia and firmly believe' that what is odd 'is necessarily good' ."见 David Lowenthal, 'Nostalgia tells it like it wasn't. ', Christopher Shaw and Malcolm Chase, ed. , *The Imagined Past: History and Nostalgia*. Manchester and New York: Manchester University Press, 1989, p. 18。

② 莫言：《天马行空》，《解放军文艺》1985年第2期。

③ 罗钢：《叙事学导论》，云南人民出版社1994年版，第159页。

④ 刘建明主编：《宣传舆论学大辞典》，经济日报出版社1993年版，第57—58页。

日梦和想象。"[①] 这种服从"个人欲望和需要"、"不顾现实"、"不顾客观事实"、"极富幻想性"、"等同于幻想、白日梦和想象"的"愿望思维"，在精神病理学上是一种"病态思维"，在文学创作中，却是作家们梦寐以求的思维状态。借助这种思维方式，作家在观察、表现世界时，就可以以自我的审美价值尺度为标准，主观地把自我的情感色彩、艺术感悟和生命体验投射到其艺术创作的客体身上，通过客体的种种艺术表现形态来表达艺术创作主体即作家、艺术家的思想感受和审美诉求，从而达到个性闪耀、异彩纷呈的陌生化、新颖化的艺术效果。具体到小说创作中，作家们时常选用第一人称叙述视角来结构故事，以"我"（叙述者，亦人亦物，但非作者）的所思所见所闻所为作为叙事原点，以"我"的判断为美学、价值或道德评判的标尺，以"我"的情绪呼唤读者的情感对应，极力追求"叙事移情"（Narrative Empathy）[②] 的接受美学效果。在莫言的小说中，有两种"我向思维叙事"的人称机制："我"叙事（第一人称叙述视角"我"、"我们"）和"类我"叙事（复合人称叙述视角"我爷爷"、"我奶奶"等），他们共同担负起了莫言通过"精神还乡"来"想象过往"的文学理想和创作实践。

第二节 "想象的过往"之一："我"叙事

莫言说过："我与农村的关系是鱼与水的关系，是土地和禾苗的关系……也是鸟与鸟笼的关系，也是奴役与被奴役的关系。"[③] 浓厚的人文关怀意识和底层文化情结，使莫言无论在创作心理还是在文化皈依上都习

---

① 陈会昌主编：《中国学前教育百科全书·心理发展卷》，沈阳出版社 1995 年版，第 197 页。

② Susanne Keen, 'A Theory of Narrative Empathy', NARRATIVE, Vol. 14, No. 3 (October 2006), 215, The Ohio State University. 此文在美国叙事学研究界很受推崇。Susanne Keen 在该文中详细论述了"叙事移情理论"（A Theory of Narrative Empathy），并将其分类为三：本群定向移情，他群定向移情和广泛移情。莫言所要极力实现的属于第三种，"广泛移情希望通过运用普适性的艺术表现手法来强调众人共通的无奈与希冀，以唤起所有读者情绪上的族群感。"原文如下："Broadcast strategic empathy calls upon every reader to feel with members of a group, by emphasizing our common vulnerabilities and hopes." ——引者译。

③ 莫言：《故乡往事》，《写给父亲的信》，春风文艺出版社 2003 年版，第 1 页。

惯性地选用第一人称“我”作为小说叙事的切入点，在“我向思维叙事”语境中，他感到了叙事情感的亲近和飞扬想象的便利。在莫言 1985—2016 年间全部 67 部中短篇小说中，以第一人称“我”作为叙述视角的有 41 篇，借助这一视角，莫言营造了独特的“我向思维叙事”的文本艺术世界。

莫言 1985 年以后以第一人称“我”作为叙述视角、讲述乡村故事的中短篇小说，与莫言此前写童年苦难记忆的悲剧性沉重与压抑相比，多了些诙谐、轻快的调子。第一人称叙述者的情感形态也由童年期的忧郁自闭、孤独内向和超常态，向青少年、成年期的开放、舒朗、达观转变。随着时间的流逝，莫言把他被时间“诗化”的乡村记忆以颇具才情的笔调、用追忆性叙述视角艺术地再现出来。这一转变是有其心理动因的，正如斯坦尼斯拉夫斯基所言：“时间是一个最好的过滤器，是一个回想和体验过的情感的最好的洗涤器。不仅如此，时间还是最美妙的艺术家，它不仅洗干净，并且还诗化了回忆。由于记忆的这种特性，甚至很悲惨的现实的以及很粗野的自然主义的体验，过些时间，就变得更美丽、更艺术了。”①

一　乡村往事和生活想象里的“我”

在《三十年前的一次长跑比赛》、《司令的女人》、《白棉花》、《天才》、《你的行为使我们恐惧》等十余个篇什中，莫言使用“我”或“我们”等人称叙述其或亲历、或耳闻、或想象的乡村故事。在 1985 年以前的小说中，莫言总尝试通过运用叙述技巧（视角、人称变化）把情节简单的故事叙述地跌宕起伏、充满悬疑，在叙述中，他总在推延展示故事的走向，但叙述的指向性很明确，叙述者甚至提前向读者预告故事的结局、人物的命运。而在 1985 年以后的小说中，叙述的视角不再频繁地变换，故事时序虽时有打乱，但叙述时间、空间和故事时间、空间不再有很大的差异，莫言转而注重保持故事情节的连贯性和趣味性，并尽量在叙述中加入与故事人物或与人物性格相关的故事，使叙述和故事都呈现出枝蔓性的特征（如《三十年前的一次长跑比赛》），叙述的指向性不再像此前的作品那样明确，小说的结尾往往是中国古典小说传统的“抖包袱”式结

① 转引自鲁枢元《论文学艺术家的记忆》，见赵丽宏、陈思和主编《得意莫忘言：〈上海文学〉50 年经典理论批评》，华东师范大学出版社 2003 年版，第 159 页。

尾——故事结局出人意料（如《白棉花》、《司令的女人》等），或营造出新的故事悬疑，小说的叙述却戛然而止（如《三十年前的一次长跑比赛》、《天才》等）。叙述的近乎无指向性在一定程度上取消了故事的完整性，从而造成了一种敞开式的结尾和新的阅读审美感受——读者欲罢不能却又能有所思考。

在1985年以前的莫言小说中，第一人称“我”或是以故事人物的身份担当叙述者，叙述限于人物的知域，或是以故事参与物的身份参与自己所在故事部分的叙述，并兼有叙述者与被叙述者、看者与被看者的双重身份且这两种身份相互转换，造成一种叙述与被述的对立与对话。1985年以后的第一人称叙述者“我”基本上仍是以故事人物的身份叙述故事，但为了叙述的方便，作者在小说中时而采用第一人称单数“我”，时而采用第一人称复数“我们”作为叙述的视角（如《你的行为使我们恐惧》、《司令的女人》、《天才》等），“我们”在故事层面上能够感知、思考和做的大大增加，这无疑增加了小说的人物数量和故事容量，叙述者的知域范围也被相应地拓宽，为小说的枝蔓性叙述和相关故事的添加创造了条件。因此，我们看到，莫言小说的叙述者“我”往往在叙述过程中不断加入新的故事或临时把叙述权转让给叙述对象——某一个故事人/物，让他添加一个新的故事。这样，叙述本身就具有了一定的故事性，叙述的目的，就为了叙述，而不像此前的创作那样：人为割裂原本情节完整的故事，打乱原序、重新排列，再把它一部分一部分地叙述出来。

在莫言1985年以后以第一人称“我”作为叙述视角的小说中，故事时间里童年的“我”呈现出向叙述时间里的青少年甚至成年的“我”过渡的倾向，“我”或“我们”在小说中是作为次要故事人物出场的，是故事的见证人，很少以具体的故事行为参与推动故事情节的发展，却以敏锐的感觉推动叙述的前行。同时，莫言也塑造了一些在现代工业文明和乡村农业文明的冲突碰撞中性格变异的“高密东北乡”人物（如《司令的女人》中的司令、《天才》中的蒋大志、《你的行为使我们恐惧》中的“骡子”等），他们满怀离乡的兴奋或悲凉，多是悲喜剧人物，形象都比较丰满，让人笑让人怜，这多少也是莫言自身在城乡文明夹缝中挣扎的心理体验的文本折射。

二　奇幻的成年故事中的“我”

在莫言的第一人称叙述视角小说中，叙述者除了以青少年“我”的故事人物身份来叙述乡村故事和少年记忆外，还以成人“我”的视角叙述成年故事或站在成年人的立场上回望青少年时光，这些小说多诙谐幽默或有奇思妙想，计有军旅题材的《革命浪漫主义》、《苍蝇·门牙》、《战友重逢》等；有关于农村旧观念遗存的，如《弃婴》、《灵药》等；有关于农村奇人异事的，如《养猫专业户》、《白棉花》、《姑妈的宝刀》等；也有纯粹为讲故事而展开叙述的《藏宝图》。我们选取较有代表性的《战友重逢》和《藏宝图》来做叙事文本分析。

《战友重逢》是一个比较独特的文本。小说讲述了一个阴阳两界、人鬼异处的战友“重逢”的故事：少校赵金在回乡路上遇到了十三年前在“对越自卫反击战”中牺牲的战友钱英豪。小说奇就奇在这对身处阴阳两界的战友却能同坐在河边一棵柳树梢头回忆往昔，小说的叙述就在他们如梦如幻的对话和对往事的追忆中展开。叙述者并用现在性和追忆性视角：现在性视角讲述“我”与钱英豪的奇遇，追忆性视角叙述“我们”少时的故事——参军、受训、参战等。同时，第一人称叙述者“我”不时地把叙述权交给钱英豪，让他以第一人称叙述他牺牲后，发生在“阴间”——南国边陲烈士墓地的故事。在叙述中，叙述者又引入一个新的故事人物——战友郭金库，由他的加入而引出“我”和郭金库的上一次颇具喜剧意味的“战友重逢”和牺牲在南国边陲的钱英豪何以会在家乡河边出现的原因：钱英豪的父亲梦到儿子，并千里跋涉去南国烈士陵园偷挖儿子的骨殖，故事的叙述权又一次转让给钱英豪，让他以第一人称讲述自己灵魂的返乡之路。小说的叙述焦点最后聚集到“战友重逢”现场的一个老实巴交的战友张思国身上：他和继子在看水防洪。

一个穿行在过去与现在、阴间与阳界的奇异的战友“重逢”的故事让莫言讲述得妙趣横生、鬼气四溢。第一人称“我”、“我们”的使用让一个荒诞不经的故事平添几分真实，小说的艺术魅力和思想价值就在于，通过对比过去“我们”在柳树上“刻字言志”和十三年后身处阴阳两界的“战友重逢”、战争的残酷与游戏性和战后不久敌我双方的和解与牺牲的不可挽回甚至无价值，来揭示命运的多舛和现实生活的艰辛与琐碎以及曾经的崇高伟大理想的失落。现在性视角和追忆性视角的交替使用，使现实的“真”与梦幻的“真”、合理的“真”与荒诞的“真”、生活的“真”与艺术的“真”一时真假难辨。第一人称叙述者

“我”时而是赵金，时而是钱英豪，时而是郭金库，通过叙述视角的转换，莫言把这个在时间上横跨十三年、在空间上出入阴阳界的荒诞故事讲述得“煞有介事”，这种“虚实相生”的叙述结构，显露了莫言的叙事奇才。

《藏宝图》的叙事结构也很独特，小说开篇就告诉读者：“这个故事从头到尾只有一句真话——这个故事从头到尾没有一句真话。”[①] 它采用“串糖葫芦”式的叙述结构：一个个几乎不相干的故事像“冰糖葫芦”上的山楂球一样，被叙述者以某个线索或某个人物的叙述串起来，而叙述的目的，不是要结撰一个情节完整、矛盾冲突具体的戏剧性故事，而只是串起一个个的故事。叙述的指向性几近于无，要说有，那也是指向下一个与正在被叙述的故事几乎不相干的故事，故事与故事在人物关系、情节设置等叙事要素上几乎没有相关性。表面看来，小说是以第一人称“我”讲述“我”与小学同学马可在街头相遇、被他讹、带他去吃饺子、席间他天南海北地说个不停，而“我”则充当了叙述传声筒：“我”在通过自己的叙述转述马可讲给“我”听的一个个异闻趣事，在每个故事的开头，“我”都要加上一个“他说”，“他”口若悬河、滔滔不绝，而作为第一人称叙述者，“我”是在叙述“我们”的相遇和“他”讲述的故事，“他”既是叙述对象又是“隐在叙述者”。这样，作者就把“信口雌黄”的“恶名”推给了“他”，而不必承担读者在阅读时可能会因为混淆作者和第一人称叙述者“我”而对作者产生的偏见和拒斥。“因为无论在现实生活里还是在虚构世界中，人们本能地厌恶自我中心者，对于那些大言不惭、盛气凌人的家伙总是退避三舍。”[②] 而当“我”作为一个听众式的人物在转述“他”信口开河、自吹自擂地讲述的故事时，“我”与读者在情感上对“他”一致的贬抑、讽刺却可以赢得读者的情感认同。

三 “煞有介事”：莫言小说叙事艺术的重要美学风格

在莫言这类“我向思维叙事”小说中，叙述者“我”多是口若悬河、

① 莫言：《藏宝图》，《莫言文集·透明的红萝卜》，当代世界出版社 2004 年版，第 83 页。

② 徐岱：《小说叙事学》，中国社会科学出版社 1992 年版，第 278 页。

信口雌黄的故事参与者和讲述人，“我”的叙述东拉西扯、枝蔓不清，有时甚至故意以玄虚的方式结束故事，通过这样一群叙述者，莫言把一个个连接现实与过去、真实与虚构、阴间与阳界的故事叙述地妙趣横生、惊异动人，这也就造成了莫言小说叙事的一个重要美学风格：煞有介事。莫言小说里的故事，有些有其生活原型，但大多数都是纯粹的虚构和大胆的想象，在他“煞有介事”的叙述腔调中，他将一个个亦真亦幻的故事叙述得真实可信，达到了艺术真实和“叙事移情”的美学效果；这种叙述腔调还表现在，他在叙述荒诞的和丑的故事（或细节）时的那种认真劲和幽默、诙谐、夸大其词时的一本正经，正是这种“煞有介事”的叙述腔调成就了莫言独具魅力的“滚珠落玉”的小说叙事风格和“泥沙俱下”的语言浊流。

以第一人称“我”、“我们”担任叙述者的小说往往真实可感，具有“鲜明的主题性与浓郁的抒情性”，“在结构上的开合自如，能给叙述者在叙述时间上的转换提供更大的方便，和对叙述手段的更自由的调度。”①然而，在这类小说中，作为故事次要人物和第一人称叙述者的“我”，形象都较单薄，性格特点不够鲜明，甚至叙述的声音和腔调也很接近，有模式化的感觉。作为作品中的一个人物，第一人称叙述者“我”受到这一人称所规定的知域和视域的限制：一方面，“我”不能深入叙述对象的内心，也不能有过多的自我表现，以免给读者留下自我中心的坏印象；另一方面，第一人称“我”的“鲜明的主体性”使“我”总是在故事中“在场”，一切都是被“我”主观地叙述着，从而很难营造出一种自然客观的故事场面。对于第一人称叙述视角的这些缺点，莫言还是尽量想方设法避免的，如《战友重逢》、《藏宝图》等小说叙述视角的巧妙转换就是比较成功的尝试。

为了进一步提高“我向思维叙事”叙述者的叙述能限、扩大叙事空间和情感自由度，莫言又在其小说中创造性地使用了“我爷爷”、“我奶奶”等“类我”复合人称视角，并以此结构起了他叙事风格独特的虚构家族传奇小说谱系。

---

① 徐岱：《小说叙事学》，中国社会科学出版社 1992 年版，第 276 页。

第三节 “想象的过往”之二：虚构家族传奇小说中的“类我”叙事

在《秋水》中，最早出现了“我爷爷”、“我奶奶”等“类我”复合人称视角，在《白狗秋千架》中，莫言首次使用了“高密东北乡”这一文学地理概念。“类我”复合人称和“高密东北乡”的创造性使用为莫言“新历史主义”意义上的“精神还乡”和“想象过往”——虚构家族传奇和故乡历史叙事做好了人称视角和叙事空间准备。1986年的《红高粱家族》（含《红高粱》、《高粱酒》、《狗道》、《高粱殡》、《奇死》5部中篇），1987年、1988年的《生蹼的祖先们》（又名《食草家族》，含《红蝗》、《玫瑰玫瑰香气扑鼻》、《生蹼的祖先们》、《复仇记》、《二姑随后就到》、《马驹横穿沼泽》6部中短篇小说），以及《野种》（又名《父亲在民夫连里》）、《人与兽》、《我们的七叔》、《蝗虫奇谈》和《祖母的门牙》等共计16部中短篇小说，共同构成了莫言的虚构家族传奇小说谱系。

一 “我爷爷”、“我奶奶”等“类我”复合人称的语法界定

《红高粱家族》小说是以系列中篇的形式创作发表后结集成长篇出版的，小说的故事之间有一定的承接性，在叙述的视角和人称上也呈现出连续性和变化性兼有的特点，小说的叙述对象即故事的主要人物和事件也是不断变化的。“我爷爷”、“我奶奶”等叙述人称一方面因为“爷爷”、“奶奶”等第三人称的中心位置而被认为是第三人称，又可以因为其前置形容词性物主代词“我”的存在而被视为第一人称。那么，《红高粱家族》小说的叙述者究竟是谁？是“我”，一个具有了全知视角知域能力的第一人称叙述者。莫言这类家族小说多是以后人崇敬的语调在“想象过往”——追述虚构的家族传奇和先辈的奇行伟绩，叙述者“我”是先辈故事的局外人，试图依据传说和自己的想象，再现经过自己的经验世界和审美理想加工过的“过去”，以“我”的文化价值取向复述历史。“我”，作为先辈故事的局外人和叙述者，本不能参与到故事行为中，但在小说文本中，“我”总是试图显示自己的故事存在和叙述者身份：“为了为我的家族树碑立传，我曾经跑回高密东北乡，进行了大量的调查，……我查阅

过县志，县志载……”① 经过这样的查访，“父亲不知道我的奶奶在这条土路上主演过多少风流悲喜剧，我知道。父亲不知道在高粱阴影遮掩着的黑土上，曾经躺过奶奶洁白如玉的光滑肉体，我也知道。”②“我”获得了全知的视域和知域能力，这是因为，对故事细节和人物心理感受的艺术再现（叙述），大大超出了“我”的知域范围，要求“我”进入“爷爷”、“奶奶”等的第三人称全知视角知域范围。正是借助这一复合人称，叙述者“我”获得了第一人称叙述视角所天然具有的主体性和第三人称叙述视角自由调度叙述结构的能力。“绝大多数时候，叙述好像是由一位超全能的第三人称叙述者在执行，他对自己叙述的人物的了解非常细致，甚至连‘奶奶’大牙缝里夹着一颗谷粒大小的铁砂都知道。”③（引者译）

当莫言在《红高粱家族》最后一个中篇《奇死》的最后一节写下这样的文字时：“我逃离家乡十年，带着机智的上流社会传染给我的虚情假意，带着被肮脏的都市生活臭水浸泡得每个毛孔都发着扑鼻恶臭的肉体，又一次站在二奶奶的坟头前。”④ 他无疑是在暗示读者，《红高粱家族》的故事是“我”在回乡祭祖时追忆起的先辈传奇故事，这样，自然是“我”在讲述他们的故事。从叙事功能上看，“我爷爷”、“我奶奶”等复合人称综合了第一人称的亲切真实和第三人称的全知全能，而“我”是叙述者存在的表征，“我”出现在“爷爷”、“奶奶”等亲缘称谓的前面，一方面，暗示故事时间是过去时，给叙述者在结构故事时很大的自由；另一方面，也拉近了叙述者和读者间的距离，造成艺术上的真实感和阅读接受上的亲切感，使读者不能自辨真假，实现了更深层次的“叙事移情”：“这几年来，一些旧日的同学朋友和不相识的人来信询问我们家庭的情况，国

---

① 莫言：《红高粱家族》，南海出版公司2000年版，第10—11页。

② 同上书，第4页。

③ 原文如下：“For the most part the narrative is presented as if by a super-omniscient third-person narrator whose knowledge of his characters is so detailed that it even extends to the grain-size piece of steel pellet firmly lodged between two of Grandma's back molars.” 见 Yi-tsi Mei Feuerwerker（梅仪慈），“The Post-Modern ‘Search for Roots’ in Han Shaogong, Mo Yan, and Wang Anyi.” *Ideology, Power, Text: Self-Representation and the Peasant “Other” in Modern Chinese Literature.* Stanford, California: Stanford University Press, 1998, p. 218。

④ 莫言：《红高粱家族》，南海出版公司2000年版，第370—371页。

内外一些文学界的朋友甚至不远万里来我们家乡考察。"① 但从语法上讲，"我爷爷"、"我奶奶"这些"类我"人称是偏正结构，短语中心词是后面的第三人称称谓"爷爷"、"奶奶"，属于第三人称"他"的范畴，这就使得"我"对"爷爷"、"奶奶"的过去时态故事的追忆和全知全能的叙述显得自然，同时又可避免叙述外在于故事、与情节相脱节的间离感。

二 "我爷爷"、"我奶奶"等"类我"复合人称的叙事功能及其美学效果

在《红高粱家族》中，"我"是故事的导演，任意穿行在"我爷爷"、"我奶奶"等的过去、"我父亲"和"我母亲"的过去、"我家"的三条狗的过去和"我"的现实之间，叙述者有意将上述时序的故事打乱、重新剪辑，以造成叙述的内在张力，这与莫言早期小说的叙事努力是一致的。当然，这也与作者创作时的体裁选择有关，《红高粱家族》是一个系列中篇小说集，而不是从一开始就以长篇的体制来进行结构安排和情节矛盾的预设的。因此，当莫言试图把他们集合成一个长篇的时候，其在内部结构和内在故事冲突处理上存在的某些问题，就给读者造成了叙述者强行干预故事进程的阅读感受，但"我爷爷"、"我奶奶"等（对象性）叙述人称所具有的第一人称的亲切感和读者对家族故事叙述者"我"的认同感，却也多少抵消了叙述干预故事连贯性的突兀。在作者有意通过叙述割裂故事时空完整性以造成新的叙事秩序的情况下，这部由五个中篇组成的长篇能相对完整地保持故事的可读性，而没有让读者过多地感觉到阅读接受的困难，无疑要归功于第一人称"我"对结构自由调度的人称优势。

同时，"我"（异故事人物）、"我父亲"、"我母亲"（故事人物）、"我爷爷"、"我奶奶"（故事人物）等叙述人称的使用，使故事时态呈现出多维性："我"的现在时、"我父亲"和"我母亲"的过去时、"我爷爷"和"我奶奶"的过去完成时和相对于"我爷爷"和"我奶奶"的时态的"我父亲"和"我母亲"的过去将来时。叙述者"我"有意将四种故事时态交错杂陈在叙述之中，从而造成一种"叙述缠绕着故事，叙述

① 管谟贤：《莫言小说中的人和事》，《青年思想家》1992 年第 1 期。

时间缠绕着故事时间，叙述者的活生生的感觉缠绕着人物的死去的经验”① 的叙事美学效果。

莫言利用“我爷爷”、“我奶奶”等“类我”又“类他”的复合人称视角来造成叙述时态和故事时态之间的交错与间离，通过现实与历史的穿插对比，来同时造成近乎矛盾的历史的沧桑感和亲切感，同时，又因为这种新颖的叙述人称的使用，让我们看到了被莫言从权力话语霸权下解构并重构的历史的崭新姿态：“我”在满怀崇敬地追述土匪先辈们杀人越货、精忠报国的家族传奇故事。莫言通过赞美土匪抗日、高粱地野合，大写特写人狗大战、狐仙救人、奇死等故事来颠覆传统的非善即恶、非美即丑的两分法话语模式，创造了“最美丽最丑陋、最超脱最世俗、最圣洁最龌龊、最英雄好汉最王八蛋、最能喝酒最能爱”② 的内部二元对立的叙述话语模式，并以此作为其小说叙事的理论指导，塑造了一系列新颖独特、丰满生动的人物形象和故事性格。莫言也从此开始以民间的——与庙堂相对立的——叙述视角来反思其旧的历史观，并试图重塑历史，而他的这种叙事努力恰恰合上了“新历史主义思潮”的叙事节拍。莫言在《红高粱家族》中的人称视角选择所达到的叙事美学效果可以用下面的公式来表示：

> “我爷爷”、“我奶奶”等复合人称=第一人称“我”+第三人称“爷爷”、“奶奶”=第一人称限知视角的亲切、鲜明的主体性与强烈的抒情性和结构的开合自由+第三人称全知视角出入不同人物内心和穿越时空的自由=抒情自由+结构自由+叙述自由+广泛移情

在这种叙事视角模式的帮助下，莫言为读者“提供了我们在以往的文学文本和当代的历史文本中都无法看到的历史场景，历史的丰富性在这里得到了前所未有的复活。……把当代中国历史空间的文学叙事，引向了一个以民间叙事为基本框架与价值标尺的时代”③。

与《红高粱家族》五个中篇之间在故事人物和情节上的紧密联系不同，《生蹼的祖先们》中的六个中短篇之间的故事连续性不大，几乎没有

① 孟悦：《历史与叙述》，陕西人民教育出版社 1998 年版，第 95 页。

② 莫言：《红高粱家族》，南海出版公司 2000 年版，第 2 页。

③ 张清华：《境外谈文》，花山文艺出版社 2003 年版，第 55 页。

贯穿始终的人物和中心情节，但这几个中短篇在创作心理和审美气质上却具有较强的一致性："在形式上它们各自独立，但在思想上却是统一的。"① 此外，莫言还让第一人称"我"参与故事，让"我"穿行在五十年前和现在的时空之间，来叙述一个"食草家族"充满传奇的历史。但是，那些试图在《生蹼的祖先们》中找到生活的影子的读者却难免大失所望，作者在叙述中加入大量的荒诞和魔幻书写，发展了其"煞有介事"的叙述风格，把一个个离奇、虚幻的故事讲述得熠熠生辉。此外，《生蹼的祖先们》系列小说中出现了大量的、近乎无节制的"丑"和"怪诞"描写，这给莫言的小说创作甚至作家本人带来了很多负面的评论。可以肯定地说，莫言这一时期的"审丑"书写是一种对传统审美范式较为极端的颠覆努力，但他使用的第一人称全能叙述视角和第一人称叙述所独有的鲜明的主体性和所能达到的强烈的"叙事移情"效果，让读者很容易就把作为故事人物和叙述者的"我"与小说作者等同起来，在过于苛求又囿于现实主义阅读思维定式的读者和部分评论家那里，作品中"丑"的"我"就成了现实中"丑"的作者的化身。这样的误读，显然要归咎于误读者自身对形式主义叙事学理论和艺术真实与生活真实的差异性的认知的不足。

莫言是唯一一位被《今日世界文学》（*World Literature Today*）杂志（1927 年创刊）以两期次（2000 年第 3 期、2009 年第 4 期）专题报道（评论）的形式向英语世界读者推荐的中国现当代作家，这在该杂志办刊 91 年、世界各语种作家的"英语世界"（English Speaking World）推介史上也是少见的②。就笔者搜集到的英语世界学术期刊和专著上对莫言的评

---

① 莫言：《圆梦——〈食草家族〉跋》，《食草家族》，花山文艺出版社 1992 年版，跋。

② 登载在《今日世界文学》2000 年第 3 期上的文章有：Mo Yan，"My Three American Books"，trans. by Sylvia Li-chun Lin［莫言的《我在美国出版的三本书》（林丽君译）］；Howard Goldblatt，"Forbidden Food：'The Saturnicon' of Mo Yan"（葛浩文的《禁脔》）；David Der-wei Wang，"The Literary World of Mo Yan" 王德威的《莫言的文学世界》；Shelley W. Chan，"From Fatherland to Motherland：On Mo Yan's *Red Sorghum* and *Big Breasts and Full Hips*"（陈雪莉的《从父地到母地：莫言的〈红高粱〉和〈丰乳肥臀〉论》）；M. Thomas Inge，"Mo Yan Through Western Eyes"（英奇的《西方人眼中的莫言》）等 5 篇论文。登载在该刊 2009 年第 4 期上的介绍文章有：Alexander C. Y. Huang，"Mo Yan as Humorist"（黄承元的《幽默大师莫言》）；Howard Goldblatt，"Mo Yan's Novels Are Wearing Me Out：Nominating Statement for the 2009 Newman Prize"（葛浩文的《莫言的小说让我生死疲劳：2009 年纽曼文学奖提名发言》）；Liu Hongtao，"Mo Yan's

论来看，莫言在英语世界阅读和评论界获得声誉的主要原因在于他在小说叙事艺术探索上所取得的成就，以及这种探索所实现的接受美学效果。当然，这与西方文艺界对于形式主义文论的重视和偏爱有关。中国当代作家的小说创作在叙事上的创新求变，是以当代西方小说的叙事模式为蓝本的，是一种向西方看齐的“形式主义现代性”追求，至于其效果如何，评论界尚无定论。但就莫言个人而言，却实现了模仿基础上的中西融合和自我创新。

中短篇小说是莫言小说创作的起点，而他在 1985 年以后的中短篇小说创作中有意识地进行的叙事探索与实验，他使用“我向思维叙事”策略进行的“精神还乡”书写和解构历史的“想象过往”叙述，无疑又是他为此后的长篇写作在叙事方式、精神、空间和情感维度等层面所进行的文本实验与准备。正是在本文论及的诸中短篇小说中，莫言展现出了卓越的叙事天分，获得了文坛声誉，并在此后的长篇创作中充分发挥，甚至将某一种叙事策略用到极致。与西方先锋小说的追求怪异、模糊多解以反映人的异化等主题指涉不同，莫言这一阶段的小说，在追求“想象的过往”的新与奇、巧与炫等“新历史主义”陌生化审美效果的同时，仍在追求读者的认同和读者群的扩大，这与真正成名之后莫言发表的一些长篇小说如《十三步》的难解、《酒国》和《丰乳肥臀》的性描写与语言的夸饰带来的读者流失又有不同。

纵观莫言所有的短中长篇小说，使用最多的叙述方式，还是第一人称和“类第一人称”视角即“我向思维叙事”。莫言的“乡愁”、“精神还乡”与强烈的创新欲望，促使他对可以唤醒其早年记忆的“第一人称”叙事视角进行了改造，将其发展成为建立在“类我”复合人称视角基础上的“我向思维叙事”，将第一人称叙述视角所天然具有的叙事便利、畅快、真切等优点强化，又有效避开其缺点，增加了莫言小说“形式推动

（接上页）Fiction and the Chinese Nativist Literary Tradition”（刘洪涛的《莫言小说与中国乡土文学传统》）；Lee Haiyan，“Mo Yan：Laureate of the 2009 Newman Prize for Chinese Literature”［李海岩（音）的《2009 年纽曼中国文学奖得主莫言》］等 4 篇和 Mo Yan，“Six Lives in Search of a Character：The 2009 Newman Prize Lecture”，trans. by Sylvia Li－chun Lin（莫言的《影响的焦虑》）（《六道轮回寻一人：2009 年纽曼文学奖获奖感言》）（林丽君译）1 篇，以及 Mo Yan，“Inside Out”，trans. by Howard Goldblatt（莫言小说《翻》）（葛浩文译），Mo Yan，“Wolf”，trans. by Howard Goldblatt（莫言小说《狼》）（葛浩文译）等 2 篇。

审美”的美学运作机制，使形式（叙述）大大增强了审美冲击力和叙事移情能力，从而使读者能够更多地接受作者的主观影响，并使读者在更大程度上在作者营造的文化场域中按照作者的意图去完成阅读审美接受，这无疑是对罗兰·巴特的“读者的诞生要求作者的‘死去’”① 这一“创作——阅读、作者——读者”之间对立关系理论的一种冲击和解构，实际上，这也是莫言在充分了解东西方叙事文化差异的基础上，对西方文学理论的一次解构与重构，具有深刻的文学审美价值和文化史意义。

总而言之，莫言在其 1985 年以后的中短篇小说叙事中使用的多种人称转换和多重视角叠加，造成了故事与故事的叠加、故事与叙述的叠加、人物情感与叙述者情感的叠加，从而使叙述与故事充满内在的情感互动与张力，使故事枝节横漫、充满多解性，使故事的悬疑与解疑多向，使作者所支配的叙述者的叙事能力被放大，使叙事所能实现的审美张力与审美空间被放大，这无疑是莫言小说对当代叙事艺术发展的重大贡献。

---

① 参见罗兰·巴特发表于 1967 年美国 *Aspen* 杂志的名作 *The Death of the Author*《作家之死》，文中他反对结合作家的创作目的和传记文本来解读作品，认为作品与作者不相干，“读者的诞生需要作家的‘死去’”，即主张作家不干预阅读、读者不考虑作家因素。本文认为莫言的叙事探索包含了作家干预、引导读者阅读审美接受的努力和尝试。

第三章

《丰乳肥臀》：新历史主义叙事的模范文本

莫言有着浓厚的人文关怀意识和底层民间文化情结，对故乡的魂牵梦绕和与故乡生活紧密相连的生存记忆，使莫言无论在创作心理还是在文化皈依上都选择青少年视角（有少数成人视角），以第一人称“我”作为其数量惊人的小说创作的叙述切入点，在“我向思维叙事”语境中，他感到了叙述情感上的亲近和飞扬想象的便利。莫言曾说：“我创造了‘高密东北乡’，是为了进入与自己的童年经验紧密相连的人文地理环境。我曾说过，如果说‘高密东北乡’是一个文学的王国，那么我这个开国君王就应该不断地扩展它的疆域。”[①] 正是为了不断扩展自己文学王国的疆域，莫言写出了大量反映故乡风物人情的“高密东北乡”故事和深深植根于故乡往事和农村生活体验之中的家族传奇故事，以及被张清华先生誉为“新历史主义叙事的典范的长篇小说《丰乳肥臀》”[②]。张清华所谓的“‘新历史主义时期’，指 1987 年至 1992 年前后的一段比较集中的、由先锋小说家推动的、一个特别具有‘实验’倾向的历史叙述”[③]。他归纳了“新历史主义叙事”的几个倾向：“它有倾向于‘民间’历史观念的一面，……它常常是以与民间历史叙事相近的面目出现的，体现了‘边缘化’的或者‘暧昧的’立场与趣味……它体现了知识分子的历史情怀，体现了把历史‘交还于人民’的意志，……它甚至体现了‘消极’的历史怀疑论、宿命论以及历史的不可知论等倾向，它不相信所谓终极的‘真实’意义上的历史，也不相信形而上学意义上的历史价值。”[④] 那么，

---

① 莫言、王尧：《莫言王尧对话录》，苏州大学出版社 2003 年版，第 201—202 页。

② 张清华：《境外谈文》，花山文艺出版社 2003 年版，第 150 页。

③ 同上书，第 59 页。

④ 同上书，第 69—70 页。

莫言带有上述倾向的、“作为新历史主义叙事的典范”的《丰乳肥臀》又是如何处理我们前面提到的“小说技巧的关键”，即叙事的“角度问题——叙述者所站位置对故事的关系问题”① 的呢？

第一节 小说的叙事视角探索

《丰乳肥臀》共八卷（含卷外卷：拾遗补阙）。作为一部史诗性鸿篇巨制，小说继承和发展了《红高粱家族》的叙事策略，使用复合人称视角，交错使用第三人称全知视角、第一人称非限知视角和人物内视角。但不同于《红高粱家族》的“家族传奇叙事”中“我”的后辈人追忆性叙述视角，《丰乳肥臀》中的第一人称叙述者“我”——上官金童——兼有故事人物和故事叙述者的身份。小说用整个第一卷（前九章）的篇幅写上官鲁氏生孩子（上官金童和上官玉女），在故事时间中，上官金童还没有出生，小说采用全能视角叙述故事。从第二卷（第十章）起至第六卷结束（第五十四章），是小说的主体部分，这六卷中始终有上官金童的叙述声音。我们知道，第一人称叙述往往存在无法表现叙述者“自我”的问题，上官金童作为叙述者兼故事人物，并且是主要故事人物，又是如何表现自己的呢？莫言采用了三个办法来解决这个问题。

一、让上官金童使用相对客观的叙述语言，如在提到自己的或家人的故事行为时，故意采用人物全名而非亲缘性称谓，这乍一看是全知视角第三人称叙事，但实际上仍是第一人称人物视角叙事，但因为“母亲”这一类复合型叙事人称的使用，而具有了更宽广的视域。或让上官金童借外物“照见”自我，如“从沙枣花送我的小镜子里，我第一次详细了解了自己的模样。十八岁的上官金童满头金发，耳朵肥厚白嫩，眉毛是成熟小麦的颜色，焦黄的睫毛，把阴影倒映在湛蓝的眼睛里。鼻子是高挺的，嘴唇是粉红的，皮肤上汗毛很重”②。

二、交错使用第三人称全知叙述视角，让全能叙述者在上官金童不方便出面自我表现的时候，来行使叙述权。

三、采用人物内视角来展现上官金童的故事行为和思维活动，如第三

① 罗钢：《叙事学导论》，云南人民出版社 1994 年版，第 159 页。

② 莫言：《丰乳肥臀》，当代世界出版社 2004 年版，第 342 页。

十八章中叙述者对上官金童对娜塔莎的痴迷和暗恋的描写。人物内视角叙事很容易被混同于全知视角叙事，区别这二者的关键，是看在一个叙事单位中，叙述的焦点是否始终聚集在同一人物的言语行动和思维活动等方面，以及外在的叙述者的声音是否强烈地、人为地干预故事。

上官金童以第一人称“我”叙述上官家在社会剧变、历史动荡中所经历的风风雨雨，小说的故事空间仍是“高密东北乡”，小说主体部分的第一人称叙述使得小说具有了家族史的味道。上官鲁氏和她的九个子女的命运与近现代中国社会的政治风云紧紧纠缠在一起，与每种在中国近现代史上发生过影响的政治势力都有瓜葛，但小说叙述的核心人物却只有两个：“地母”般坚忍、伟岸、饱经苦难的“母亲”上官鲁氏和“杂种”、“恋乳癖”患者、精神病人上官金童。这两个人物的形象意义，对中国当代文学史的人物塑造来说无疑是革命性的。上官鲁氏的一生经历了近现代中国历史上几乎所有的重大事件：德占山东、民国成立、抗日战争、解放战争、新中国成立后的政治运动直至改革开放，与种种政治、文化势力发生过被动的联系，经历了幼年失怙、婚后受虐和多次带有反叛和复仇意味的借种野合，经历了战乱、兵燹、饥饿，看着自己的八个女儿一个个因与各种势力的纠葛而悲惨离世，她小心护佑的“杂种”儿子上官金童却是个吊在女人奶头上长不大的恋乳癖患者。“母亲”上官鲁氏是整部小说的叙事核心，她的受难是贯穿故事始终的，而她所具有的象征意味也是显见的：她的近一个世纪的多灾多难，她在苦难面前的坚忍顽强，她强大的生殖能力，她在各种强力面前的镇定自若等，这样一位“母亲”无疑是在百年苦难中苦苦挣扎的中国基层人民的群体象喻。“母亲”这一称谓在小说的叙述中是没有定语的，这一人物时而以其本体“上官鲁氏”的身份出现在文本中，时而以“母亲”这一温暖伟大的称谓出现，考察作者的创作意图，除了因叙述视角变换的原因外，还暗含了作者对读者阅读接受的一种心理暗示：“母亲”是谁？是经历过和正在经历苦难的底层人民，是每一个现实生活中的伟大“母亲”的集合。这样的意图无疑是符合莫言的“民间文化代言人”的自我文化身份体认的。

相形之下，上官金童在小说叙述中的故事性存在时间要短于“母亲”，他身上的文化象征意味也是很强的。上官金童这个“杂种”是“母亲”到处借种生了七个女儿之后，与牧师马洛亚野合后产下的龙凤胎中的男婴。在“母亲”“辛苦遭逢”的历史性象征语境中，他无疑是中国近百年来在东方古老文明和西方现代文明碰撞、冲突而变异而痛苦生成的半殖民地文化和后殖民主义文化，以及在这种“杂种”文化生态中浮沉挣扎的知识分子的文化象征，他的恋乳、懦弱、性无能和精神幼稚，又何尝不是受尽西风熏染却生长在东方文化土壤中、找不到文化归属的中国现当代知识分子的文化心理的艺术再现和形象隐喻呢？在小说中，他一直矛盾地存在着：身体成长而精神幼稚，高大漂亮却懦弱无能，恋乳成癖却又被当作精神病人，盼望能成就一番事业却总被利用、愚弄、抛弃。与他的矛盾性格相对应的是他多舛的命运：在荣辱之间忽起忽落，在悲喜之间悠来荡去。这与在20世纪中国政治、历史的动荡不居、风云变幻的社会气候中飘如浮萍的知识分子的命运何其相似！

在此前（第一卷）、此后（第七卷和卷外卷）两部分的叙述中，上官金童是异故事人物，在第一卷中上官金童尚未出世，一个全能的叙述者在讲述“母亲”艰难的生育过程，第七卷在故事时间上是最早的，讲述了“母亲”嫁入上官家之前的故事，但在叙述时间上是最后的，叙述使用的是上官金童的第一人称全能视角（下文详述之）。在第二到第六卷的故事主体部分，叙述围绕着“母亲”上官鲁氏和上官金童这两个核心叙述对象展开：“母亲”见证了每个儿女的命运，上官金童沉浸在自我的故事里，他的叙述以变态的视角见证了家族的历史和社会的变迁。在这五卷中，莫言比较自如地结合使用全知视角和第一人称“我”（这一叙述人称自身的限知性被取消且被赋予全能性）来展开叙述，在叙述的调度和人称、视角的交错使用上更加自如，一个外在于故事的全知叙述者和上官金童共同操控叙述的进程。上官金童时而是全知叙述者叙述话语里的叙述对象，时而又变成第一人称全能叙述者和故事的经验者和旁观者。这种说与被说、看与被看之间的转换，给读者造成一种历史“真实”的可塑性感觉，而小说中的解构主义叙述，如上官家生与死的同时降临、“母亲”的野合借种与生殖力的强大、上官金童的外在高大与内在幼稚、马瑞莲让猪马牛羊兔之间“杂交”的“科学试验”、纪琼枝（代表权力话语）与郭马氏（代表民间个人话语）对司马库截然相反的评价等，更让我们看到莫言在“新历史主义叙事”思潮中为解构权力话语霸权的历史叙述所作的努力和他坚定的民间文化立场。就此，莫言曾撰文作过解释：“通过对这个家族的命运和对高密东北乡这个我虚构的地方的描写，我表达了我的历史观。我认为小说家笔下的历史是来自民间的传奇化了的历史，这是象征的历史而不是真实的历史，这是打上了我的个性烙印的历史而不是教科书中的历史。但我认为这样的历史才更加逼近历史的真实。因为我站在了超越阶级的高度，用同情和悲悯的眼光来关注历史进程中的人和人的命运。”①

在小说第二卷开首（第十章），初生的上官金童以第一人称叙述其出生之后的故事，这时“我”的视角无疑是全知全能的，莫言发展了《红高粱家族》的“‘我’+‘爷爷’=第一人称的亲切真实+第三人称的全知全能”的叙事模式。在《红高粱家族》中，“我”是异故事人物，是追忆性叙述视角；在《丰乳肥臀》中，“我”是故事人物，是现在性视角，同时，兼用追忆性视角。

在小说的第七卷，叙述者“我”回到了家族故事的最初：“大清朝光绪二十六年，是公元一九〇〇年。农历八月初七的早晨，德国军队在县知事季桂玢的引领下，趁着弥漫的大雾，包围了高密东北乡最西南边的沙窝村。这一天，我母亲刚满六个月，她的乳名叫璇儿。”② 整个第七卷叙述了“母亲”幼年失怙、嫁入上官家、受虐、与姑父乱伦、带有报复性地借种野合、被败兵轮奸、前后生下七个女孩，最后与牧师马洛亚“在人迹罕至的沙梁子上稠密的槐树林里”③ 野合。从小说叙述使用的人称来看，叙述者使用了“我”、“母亲”、“外祖父”、“姐姐”等叙述（对象性）称谓，属于复合型人称，即第一人称全知视角叙述。这时的上官金童就和《红高粱家族》中的叙述者“我”一样，是异故事第一人称全能叙述者。在第一人称全知视角的叙述中，上官鲁氏的故事就和第一卷中上官鲁氏生产的故事连成一体。莫言让叙述者在结束了关于“母亲”的苦难一生的叙述之后，又以追忆性视角“倒叙”她年轻时的故事，使其一生完整起来。在第七卷的结尾，写到“母亲”与马洛亚牧师野合时，莫言又一次使用了他在《红高粱家族》中写到“我爷爷”、“我奶奶”高粱地野合时用到的赞美的笔调。然而，在这短暂的优美与圣洁之后，却是“母亲”苦难的一生。这样的叙述安排，让读者更深刻地洞见“母亲”苦

① 莫言：《我的〈丰乳肥臀〉》，《什么气味最美好》，南海出版公司 2002 年版，第 231 页。

② 莫言：《丰乳肥臀》，当代世界出版社 2004 年版，第 527 页。

③ 同上书，第 565 页。

难的深重。

在小说的最后一部分（卷外卷：拾遗补阙）中，莫言以第一人称和第三人称混合使用的“散点透视”视角，补叙了上官家几位家庭成员最终的命运，透溢出彻骨的悲凉。最后，叙述在上官金童关于乳房的幻想中落幕。

第二节　小说叙事视角探索的典范性意义

《丰乳肥臀》的叙事围绕着两个核心人物展开，小说具有强烈的解构主义戏剧性特征。“母亲”的野性、坚强与上官金童的懦弱、恋乳形成相反相衬的性格矛盾。围绕着“母亲”的野性、坚强与深重苦难展开的叙述，围绕着上官金童的懦弱无能、恋乳幼稚展开的叙述和围绕着上官家的八个女儿与各种政治、文化势力相纠缠的命运展开的叙述构成了一个多声部的合奏。同时，作者兼用全知视角、第一人称叙述视角和人物内视角，使小说具有了复调叙事的典型特征，这样的叙事安排无疑大大强化了小说的史诗性美学追求，使读者在阅读故事、沉入情节的同时，也被小说厚重的历史气息和强烈的社会脉动所感动。“在叙述的过程中，作家将民间的和官方的、东方的与西方的、古老的与现代的种种不同的文化情境与符码有意拼接在一起，打破了单线条的历时性叙述本身的局限，而产生出极为丰富的历史意蕴和鲜活生动的感性情境，从而生动地实现了中国近现代历史烟云动荡、沧桑变迁和五光十色的斑斓景象的隐喻性叙述。……从一定意义上来说，《丰乳肥臀》是一个具有总括和典范意义的新历史主义小说文本。”①

① 张清华：《十年新历史主义思潮回顾》，《钟山》1998 年第 4 期。

第四章

叙事语境转换中的现实关怀言说：从《红高粱家族》到《天堂蒜薹之歌》

尽管在其早期的小说中莫言就开始有意识地使用复合型视角或视角交错来打破“单线条的历时性叙述”，打破传统的全能叙述或单一视角叙述，以营造多维的叙述空间和多义的文本解读的可能，但莫言真正有意识地采用复调叙事结构，是从1987年发表的、莫言真正意义上的第一部长篇小说《天堂蒜薹之歌》开始的。这是莫言小说创作的第一次重大转变，是在向福克纳《喧哗与骚动》学习借鉴的基础上，从传统叙事模式向多重话语叙事模式的转变，而此次转变的标志性文本即是与《红高粱家族》同期诞生的《天堂蒜薹之歌》。同时，莫言又是一位出身农村的作家，在对农村农民的现实关怀情绪上，《天堂蒜薹之歌》是《红高粱家族》第五部《奇死》第七节的继续和发展。

2000年12月29日夜，莫言为其十四年前创作的长篇小说《天堂蒜薹之歌》作再版《自序》时写道：“长期以来，社会主义阵营里的文学，总是在政治的旋涡里挣扎。”① 因此，“进入80年代以来，文学渐渐地摆脱了沉重的政治枷锁的束缚，赢得了自己相对独立的地位。但也许是基于对沉重的历史的恐惧和反感，当时年轻的作家，大都不屑于近距离地反映现实生活，而把笔触伸向遥远的过去，尽量淡化作品的时代背景”②。身在“寻根”潮中的莫言和《红高粱家族》也同样在讲述遥远的“我爷爷”、“我奶奶”的传奇故事，而非现时的社会弊病和民生疾苦。当然，在《红高粱家族》中，莫言对高高在上的话语霸权还是发起了卓有成效的冲击，相当程度地解构了传统的叙事范式，给当代文坛带来了新的审美

① 莫言：《天堂蒜薹之歌·自序》，《天堂蒜薹之歌》，北岳文艺出版社2001年版，第3页。

② 同上书，第4页。

愉悦。然而，现实中一个践踏农民利益事件的发生，以及莫言的民间立场和现实关怀情绪还是让他忍不住向前迈了一步，1987 年 8 月 10 日至 9 月 15 日间，他中断了《红高粱》续篇的创作，试图“以瘦弱的肩膀”“担当‘人民群众代言人’的重担”，“妄图用作家的身份干预政治、用文学作品疗治社会弊病”，仅用 35 天的时间写就了一部“为农民鸣不平的急就章”[①]，即《天堂蒜薹之歌》（又名《愤怒的蒜薹》）。

值得注意的是，包含了深刻政治批判意识的《天堂蒜薹之歌》尽管创作时间较短，作者也自称是“急就章”，但其在叙事技巧和现实关怀意义上的创造性和独特性却是可圈可点的。《天堂蒜薹之歌》和《红高粱家族》在创作时间上具有共时性，然而，这两部由同一位作家在同一时期创作的关于同一社会群体（农民）的不同反抗经历的作品在国内评论界受到的关注却大不相同。《红高粱家族》红极一时，引发文坛大地震，而《天堂蒜薹之歌》引起的更多是政治层面上的讨论和震动，在艺术层面上受到的关注较少，只有少数评论家在对莫言作全面评价时作一笔带过式的提及，倒是有些外国作家（如大江健三郎）[②] 对其艺术特色有较高的评价。这是一个有趣却又值得深入思考的问题。

第一节　复调叙事：多重话语

《天堂蒜薹之歌》是莫言文本世界里的第一个叙事多面体。小说所围绕展开的是一个发生在 20 世纪 80 年代后期的官吏欺农坑农、农民愤而反抗的爆炸性事件。愤怒中的莫言并没有忘记自己作家的身份，艺术创作的内在要求和莫言强烈的求新意识使小说的叙事话语具多重性：天堂县瞎子张扣演唱的歌谣（民间话语叙事）、全能故事叙述者的叙述（知识分子话语叙事）、官方报纸的报道评论（权力话语叙事）。[③] 同一故事被从不同的立场、以不同的视角讲述，叙事呈现出复调形态，而其各各不同的叙事侧重点、叙事语言、叙事情感造就了上述三种叙事秩序，这一方面丰富了故

---

① 莫言：《天堂蒜薹之歌 · 自序》，《天堂蒜薹之歌》，北岳文艺出版社 2001 年版，第 4 页。

② 莫言：《什么气味最美好》，南海出版公司 2002 年版，第 117 页。

③ 陈思和：《莫言近年小说的民间叙述》，《中国当代文学关键词十讲》，复旦大学出版社 2002 年版，第 171 页。

事，为满足读者的多重阅读期待提供了可能；另一方面，每一叙事秩序内部都有其立场不同的戏剧冲突，而不同叙事立场的对立、不同叙事语言间的冲撞又必然会引发叙事与叙事之间的矛盾与对抗，造成三种叙事秩序间的外部冲突，从而使整个文本在叙事上具有魅力独特的艺术张力。

一　民间话语叙事

首先，莫言对民间艺术形式的关注与他长达二十年的农村生活经历有关。当时，电视还没有进入农村地区，还没有对传统的农村精神文化生活构成冲击，农民的文化生活主要由农闲时的自编自演自娱自乐和乡村艺人走村串巷的评书、鼓词、地方戏曲表演构成，莫言还经历了“全民作诗”的时代，凡此种种都对莫言日后的小说创作在叙事结构、情节结撰、语言创新等方面产生了重要影响。其次，莫言对民间艺术形式的借鉴还与他的艺术表达和现实关怀需求有关。莫言是反对“为老百姓写作”而主张“作为老百姓写作”的，这就必须也必然要使用属于老百姓的（即民间的而非知识分子或权力的）话语形式和思维方式，而这也使得艺术真实在莫言的创作中得以实现。此外，要真切地表达作家对民间生存状态的现实关怀，民间的艺术形式无疑具有先天性的晓畅、自然、易于被接受等优点。

在《天堂蒜薹之歌》中，民间艺人瞎子张扣的出场带有典型的戏剧性特征：作为一个人物，他，确切地说是他的唱段，以民间话语叙事的形式，出现在小说前十九章每章之首，唱段后附有作者的说明（旁白）。在有些章节，张扣的唱段给知识分子叙事话语部分中的腐败官吏们造成巨大的心理压力，构成了激烈的戏剧冲突，其文本格式恰如剧本。值得注意的是，唱段置于各章开首，却并不意味着与该章的内容有直接对应的关系。而当我们把这些唱段抽出放到一起时，就可以读到一个说书艺人的唱本——一个从民间视角叙述的官逼民反的故事，而唱段后的说明（旁白）则旗帜鲜明地将腐败官吏们推上了被告席。瞎子张扣的唱词着意点染农民对带来财富的蒜薹的感情，为蒜薹事件的爆发做足了铺垫。通过张扣之口，作者刻画出了腐败官吏们的丑态和他们对作为民众心声的唱词的反应，而其反应的强烈（具体为第十九章唱词后的旁白里警察拘捕殴打张扣、“用透明胶带牢牢地封住了他的嘴巴”的情节）①则将官吏们对民众

① 莫言：《天堂蒜薹之歌》，北岳文艺出版社2001年版，第284页。

心声的恐惧心理暴露无遗。唱段最突出的特点是洋溢着莫言激赏的“亵渎意识”——对官僚的批判，如第六章开首，张扣在仲县长家门前唱道：“灭族的知府灭门的知县”①，十四章开首，张扣在公安局收审闹事群众后唱道：“舍出一身剐/把什么书记县长拉下马/聚众闹事犯国法/他们闭门不出理政事纵容手下人/盘剥农民犯法不犯法”②，这就把腐败的书记县长放在了被控诉者的位置上，祭起了法律武器，敢于对其“在其位不谋其政”和肆意增加农民负担的行为提出质疑和批判，唱出了广大农民愤怒的心声。唱段的民间形式和充溢其中的朴素的平等意识、自我意识大大强化了莫言的民间立场和现实关怀情绪。

二 知识分子话语叙事

创作《天堂蒜薹之歌》时的莫言身份是双重的：农民和作家。说他是农民，是指在精神指向上，他同情自己出身其中的这个累累重负下苦苦挣扎的弱势群体的凄楚遭际，他承受过农村的苦难，对农民的痛苦和无奈感同身受，“其实也没有想到要替农民说话，因为我本身就是农民”③；说他是作家，是指在社会责任上，莫言从不认为自己是高于普通民众的所谓“灵魂工程师”，而是把自己看作普通民众中的一员。对农民的同情和对腐败官僚的不满使得深具社会责任感的莫言举起了批判现实的大旗，“用作家的身份干预政治、用文学作品疗治社会弊病”④。有必要指出，作家本身与全能的故事叙述者并不是一回事，作家创造了全知全能的故事叙述者，使其可以在同一时间出现在不同的地点，可以进入任何一个人物的心灵深处挖掘、捕捉其最隐秘的思维动向和意识流动，而全能的故事叙述者使作家获得了充分发挥的自由，这种无焦点叙述视角的选择是试图干预政治、批判现实的作家所需要的。应该说，尽管愤怒，作为小说家的莫言还是试图冷静客观地叙述故事，而不是客观地报道现实事件，“我所依据的素材就是一张粗略地报道了蒜薹事件的地方报纸”，而“小说中的事件，只不过是悬挂小说中人物的钉子”⑤。

---

① 莫言：《天堂蒜薹之歌》，北岳文艺出版社 2001 年版，第 71 页。

② 同上书，第 180 页。

③ 莫言：《天堂蒜薹之歌·自序》，《天堂蒜薹之歌》，北岳文艺出版社 2001 年版，第 4 页。

④ 同上。

⑤ 同上。

在《红高粱家族》中，莫言将“爷爷的历史”、“父亲的历史”与“我的现实”剪碎，重新拼贴，取第一人称叙述视角，“我”讲述“父亲”和“我爷爷”“我奶奶”的家族故事，“《红高粱家族》以叙事形式对埋藏在现实中深不可测的历史断裂进行着艰苦的重建，它使这断裂以象征形式敞露并弥合于叙事中，敞露并弥合在故事时间与叙述时间、人物已逝经验与叙述者现今的感觉之间”①。《天堂蒜薹之歌》部分沿用了《红高粱家族》的叙事模式：叙事拼贴——故事时间被叙述者打乱，依据叙事时间和叙事需要重新拼贴，造成故事与叙事的矛盾，在文本中具体表现为：几个与蒜薹事件相关的人物、事件相互穿插，互为因果，造成了张弛有序的矛盾冲突。锐意求新的莫言不满足于此，又进行了大胆的学习与创新：学习并引入民间说唱艺术，创造性地借鉴福克纳《喧哗与骚动》的叙事模式。笔者使用“创造性地借鉴”一词是为了强调莫言对福克纳不是简单的模仿，而是借鉴基础上的创新：“福克纳……分别用几个人甚至十几个人的角度，让每一个人讲他这方面的故事。”“在《喧哗与骚动》中，福克纳让三兄弟，班吉、昆丁与杰生各自讲一遍自己的故事，随后自己又用‘全能角度’，以迪尔西为主线，讲剩下的故事，小说出版十五年之后，福克纳又为马尔科姆·考利编的《袖珍本福克纳文集》写了一个附录，把康普生家的故事又作了一些补充。因此，福克纳常对人说，他把这个故事写了五遍。”②《天堂蒜薹之歌》则是让不同身份和不同立场的人用不同的话语形式完整地讲述同一故事，以凸显观念的差异和利益的冲突，从而造就文本内部的戏剧冲突和审美张力。

如果说瞎子张扣的唱词讲述了一个纯粹的关于蒜薹的故事，那么这个“蒜薹事件”只是一根钉子，悬挂起了高马、金菊、高羊、方四叔、方四婶等几个人物和他们与蒜薹有关的悲欢苦乐。莫言并没有简单地就事论事，发于蒜薹止于蒜薹，而是让全能的叙述者围绕蒜薹事件，对相关的不相关的人和事进行了全方位的叙说，全面展示、深刻剖析了当时农村存在的诸种问题：部分基层官员素质低下、腐败堕落、对民生疾苦漠不关心、随意增加农民负担，农村文化事业发展落后，以及由此导致的农民精神匮

① 孟悦：《历史与叙述》，陕西人民教育出版社 1998 年版，第 96 页。

② 李文俊：《关于〈喧哗与骚动〉》，［美］威廉·福克纳：《喧哗与骚动》，李文俊译，浙江文艺出版社 1992 年版，第 473 页。

乏、思想落后、生存困窘，进而导致基层官员和普通民众之间的心理对抗等。从某种意义上说，小说中的蒜薹成了一种象征，一根根卖不出去的蒜薹就像当时被漠视的挣扎在温饱线下的农民，这也许就是莫言后来曾将小说更名为《愤怒的蒜薹》的原因吧。

三　权力话语叙事

小说凡二十章。前十九章开首的唱词均由瞎子张扣演唱。第十九章唱词后的旁白长约 200 字，交代了张扣被抓、被定性为“天堂蒜薹案”的头号罪犯。此时，面对一位对他大打出手的“虎背熊腰”的警察，张扣仍没有停住谴责的嘴巴，最后，他的嘴巴被“用透明胶带牢牢地封住了”。莫言是善于结构情节、抓住读者的，十九章开首这一旁白的设置，让读者的阅读心理达到了空前的紧张，急切地希望能够在全能叙述者的讲述里了解故事的进程。同时，莫言也成功地把叙事情绪——作家对自己结撰的故事的心理感受——带给了读者，读者和作家一起愤怒了：一个说书瞎子成了头号罪犯，真正的罪犯却逍遥法外。愤怒的读者在作家的引导下进入了对第十九章全能叙事部分（知识分子话语叙事）的阅读。本章矛盾冲突的高潮是法庭审判，青年军官为其父义正词严的辩护词道出了深深陷入故事的读者的心声，阅读的快感和宣泄心中不平的畅快淋漓交织在一起，读者与小说中的人物一起焦急地等待审判的结果，可叙述却就此打住，人物的命运成了悬念。接着，叙述进入最后一章，张扣的徒弟接替他出场，只告诉读者：“唱的是八七年五月间/天堂县发了大案件/十路警察齐出动/抓了群众一百零三”①，却并没有告诉我们张扣的下落、方四婶等人的未来，民间话语停止了说唱，把揭开悬念的任务留给了权力话语，第三种叙事秩序开始在前两种叙事秩序的基础上发出第三种声音。

确切地说，第三种叙事秩序本身就是一种声音，是权力通过其喉舌——官方报纸——发出的声音，是上层建筑发出的高高在上的权威的声音，它带领一味追求结局、沉溺于情节的读者摆脱故事的纠缠，站到一个高高的讲坛跟前，用充满高度理性色彩的语言，以不容置疑的权威口吻对读者发表讲演，分析事件的前因后果，辩明是是非非，总结经验教训。权力话语完全按照自己的思维秩序和逻辑规律，把故事讲成一个政治事件，

① 莫言：《天堂蒜薹之歌》，北岳文艺出版社 2001 年版，第 262 页。

在故事中有情绪波动、言语动作、心理活动的人物，到了政治事件中就成了以法律或者说以权力意志为参照的符号，负载一定的政治的而不是艺术的含义。权力话语的高度理性色彩，摒挡住了民间话语的朴素生动和知识分子话语的感性光芒，把读者带入一个不需要参与思考的阅读阶段，简单的聆听让这第三种叙事秩序在结束故事的同时，取消了前两种叙事秩序给读者带来的审美愉悦，三种叙事秩序之间的矛盾和对抗再次以言语冲撞的形式凸显出来。

很明显，作家是不希望民间的和全能故事叙述者的声音被淹没的，所以，在小说文本的最后作家让二者展开了一段旨在对权力话语进行反讽的对话。来自民间的小道消息告诉读者：被民间话语（具体为瞎子张扣）谴责、被高高在上的权力话语宣布为对蒜薹事件负主要责任的两名官员又被委以重任，这两个在故事中始终没有出场的人物的结局，重又勾起了读者被权力话语的高度理性压抑了的想了解其他人物命运的欲望，作家却又一次戛然而止。似乎是小人物的命运不值一提，或是不忍不堪一提，作家给我们留下了各种理解的可能。

第二节 现实关怀言说

一 精神受难

细心的读者在阅读《红高粱家族》系列小说的第五部《奇死》第七节时会惊讶地发现，这部试图重构抗战历史记忆的小说里非常突兀地写到了“文化大革命”中的“一九七三年腊月二十三，耿十八刀八十岁了”①，当年没有被残暴的日本鬼子的十八刺刀捅死的耿十八刀，却在腊月二十三农历小年的夜里，赤身裸体地冻饿死在人民公社大门前。在对这一章的阅读中，读者还会惊讶地发现莫言几乎是在以旁观者甚至欣赏者的略带调侃幽默的调子写这位老孤独人的饥寒交迫和愤怒的，从字面上看，作者的叙述冷静客观，他没有直接谴责谁，但他的愤怒与谴责却力透纸背。这一节与此前此后的章节在情节、叙事上的关系不大，删掉此节几乎不会影响小说情节的完整性。那么，莫言为什么要插上这样一节呢？联系

① 莫言：《红高粱家族·奇死》，南海出版公司2000年版，第352页。

《奇死》和《天堂蒜薹之歌》在创作上的共时性，我们不难找出原因：莫言愤怒了，怒不可遏！

莫言在农村生活了二十岁，经历了大跃进、人民公社、大炼钢铁等“左”倾运动，以及与之相伴而生的饥饿和精神荒芜，直到 1976 年“文化大革命”结束前才通过当时农村流行的参军离开故乡贫瘠的土地。莫言对农村的了解、关于农村的记忆、对农村农民的感情不同于那些响应号召上山下乡的城市知识青年，是直接的、切肤的、深入血脉刻骨铭心的，他与农村在情感上、物质上有着不可隔绝的天然联系，农村生活是他创作的源泉。城市生活抹不去他的农村记忆，他在本质上是一个生活在城市里的乡下人。在城市文明光辉的烛照下，莫言洞见了农村的快乐与无奈、素朴与愚昧，因而也就更加执着地书写农村农民生活。他对于欺农、坑农、骗农的恶性事件的反应是极其敏感且深恶痛绝的，莫言关注农村越多，听到见到的不平事也就越多，内心也就越痛苦，越痛苦也就越想通过自己的创作来发泄这种痛苦。发泄痛苦的过程其实就是作家对生活事件进行精神发酵、艺术加工的过程，对莫言这位农民作家而言，一遍遍地咀嚼回味自己所属的精神族群的痛苦无疑会大大加深他内心的苦闷，而作为一位有很高的艺术追求的作家，他要艺术客观地反映生活，不能过多地掺杂自我的情绪，他要把评判是非曲直的权力留给读者。这样，作家迫切发泄自己内心痛苦的精神需要和文学创作隐藏自我的艺术需要之间构成了矛盾。通过小说，作家对作威作福者的批判和对弱小者的同情通过独特的文本形式展现出来，而服从艺术表达需要而隐藏自我的作家本人则陷入了更深的精神困厄，成为精神受难者。《透明的红萝卜》、《红高粱家族·奇死》不是以批判政治腐败为主要创作目的的，但都不同程度地表达了作者的现实关怀情绪。而《酒国》和《天堂蒜薹之歌》则都是独特、典型的小说反腐文本。

二 小说反腐

莫言在其文论短文《我痛恨所有的神灵》中写道：“我的文学观点：当代文学是一颗双黄的鸡蛋，一个黄是亵渎精神，一个黄是自我意识。亵渎精神与自我意识好像互不相干，实际上紧密相连，它们共存于文学这个蛋里。现在，对神的批判实际上就是对官僚的批判，对官僚的批判实际上就是对政治的批判，而对政治的批判实际上是唤起自我意识的响亮号角，于是，对神的批判也就变成了民主政治的催化剂。”①

莫言文学观里所谓的“亵渎精神”在其《红高粱家族》系列小说中有了再明确不过的体现：作为作家代言人的小说人物对神祇、封建统治秩序、传统礼教和外来压迫等都取了大胆挑战——亵渎的态度；而作家本人则隐藏在全能故事叙述者的背后，通过建构新颖独特的文本世界，对传统的创作范式、叙事模式、权力话语、既定历史记忆进行了强有力的挑战和颠覆，它“有力地解构了传统的审美精神和审美方式”②。可以说，莫言在创作实绩和创作思想上都将“亵渎精神”贯穿始终。亵渎的目的是颠覆，是解构，是重建，重建自我意识，而自我意识在《天堂蒜薹之歌》中与亵渎精神相结合，具体表现为莫言为自己出身其中的社会弱势群体——农民辩护，为他们的不畏强权、敢于抵制盘剥、反抗压榨的自我保护意识而歌唱，为他们的生之艰辛而痛心疾首；同时，他把腐化堕落、欺农坑农的官吏们放到了被审判者的位置上，用自然主义的状态描摹让他们自画自像，甚至在作品中不给他们说话的机会。莫言对现实政治的批判是极其尖锐的，对现实苦难的关怀也是极其真切的。

如前所述，莫言是在众多作家疏离现实政治的时候走近它的，可以说莫言首先扛起了新时期小说干预政治的大旗，担当了小说反腐的急先锋。值得一提的是，时下（距莫言 1987 年创作《天堂蒜薹之歌》三十年后）流行的反腐小说主要反映高层权力正邪争斗、高唱主旋律，故事往往围绕生活在城市里的中上层官员和他们家属子女的活动展开，可称之为城市（或高层）反腐小说，如周梅森的系列反腐小说；莫言的反腐小说主要反映（农村）部分下层官员素质低下、“居官不治”、漠视民众需求、任意增加农民负担以及底层民众的生存状态等，故事往往围绕（农村）中下层官员和普通民众（主要是农民）之间的利益冲突和心理对抗甚至暴力冲突展开，可称之为农村（或下层）反腐小说，如《天堂蒜薹之歌》、《酒国》等。莫言的现实关怀情绪让他始终牢记自己是农民的儿子，牢记作家是社会的良心，让他在看见不平时挺身而出、仗义执言，让他成长为

① 莫言：《我痛恨所有的神灵》，张志忠：《莫言论》，中国社会科学出版社 1990 年版，第 291 页。

② 陈思和：《莫言近年小说的民间叙述》，《中国当代文学关键词十讲》，复旦大学出版社 2002 年版，第 171 页。

一个敢于面对生活、直面人生的作家。反腐小说的目的自然是反对官场腐败、清明政治、净化社会环境、拓宽民众的自由生存空间，具体到莫言的农村反腐小说，其目的应该是让农民物质生活更富裕、政治生活更自由、精神生活更丰富。莫言以手中的笔为武器，将讨伐腐败的声音写到纸上，将对农民的同情、关怀和爱倾泻出来，把精神的受难留给自己。小说是莫言表达其现实关怀情绪锋利而无奈的反腐武器。莫言是不愿写反腐小说的，他说："在新的世纪里，但愿再也没有这样的事情刺激着我写出这样的小说。"①

如上所述，莫言对农村的强烈感情，加上在工作生活中接触到的大量不平事作为其创作的丰厚材料储备，此可谓"厚积"；而 1987 年发生在山东某县的"蒜薹事件"则是其情感爆发和创作酣畅淋漓、一泻千里的导火索，此可谓"薄发"。《天堂蒜薹之歌》的创作时间虽然只有 35 天，却是莫言厚积薄发、即兴创作的硕果。即兴的另一面是推敲，小说文本体现出了这一点：莫言创造性地引入多重话语（复调）叙事，从不同视角讲述同一故事，使叙事充满张力，从而满足了读者的多重阅读期待；莫言在小说中袒露出强烈的现实关怀情绪，猛烈抨击、批判现实黑暗，直面人生，爱憎分明。对于不断求新上进的作家来说，过往的成就就是束缚其前进的茧子，突破是痛苦而困难的，《红高粱家族》就是莫言自己织就的美丽丝茧，《天堂蒜薹之歌》的出现让他的文学生命破茧而出，让他这位大地赤子、这位精神受难者，可以酣畅淋漓地表达他的现实关怀情绪。

① 莫言：《天堂蒜薹之歌·自序》，《天堂蒜薹之歌》，北岳文艺出版社 2001 年版，第 5 页。

第五章

多重话语和复调叙事：《檀香刑》和《四十一炮》

在《天堂蒜薹之歌》之后的诸长篇中，无论小说的体裁、主旨、形式追求如何变化，莫言都着意追求叙事的复调合奏，以多种叙述视角和多样的话语形态营造出狂欢化的叙事美学风格。莫言的民间文化立场和天然的先锋小说家的创新、解构意识，使莫言在创作中给予故事人物以平等的话语权，从而使其小说的叙事呈现出话语合奏和狂欢化的复调形态。同时，他还积极向民族传统叙事模式和西方叙事新势力学习借鉴，着意追求叙事创新，他的每一部小说都试图在叙事上有所突破，并且确有令人讶异和惊喜的创新之处。

出版于 2001 年的《檀香刑》和出版于 2003 年的《四十一炮》是莫言这一叙事努力的两个里程碑式的收获。尽管两部作品之间的时间间隔较短，但它们在叙事风格上却各有新意。站在民间的立场上，莫言从《天堂蒜薹之歌》的三重话语在一个全能叙述者的统驭下叙述一个现实生活中官逼民反的“爆炸性”事件，到《檀香刑》以多声部合奏、多元文化因子杂糅的立体叙事效果再现“高密东北乡”的血性男儿英勇抗暴的历史风云，再到《四十一炮》中“炮孩子”罗小通端坐在“五通神庙”前，滔滔不绝、信口开河地讲述他亦真亦幻的屠宰村故事，叙述者罗小通坐在现实中，思维却沉浸在对过去的追忆中，而他的现实中“他者”的热闹与他的记忆与想象中自己过去的辉煌在叙述上呈平行推进的态势，俨然一曲严整的叙事二重奏。无论是话语的对立、交织与重叠，还是记忆、想象与现实的相反相衬，都在叙述者的操控下呈现出狂欢化复调叙事的特征。

第一节　众语喧哗的狂欢化叙事范本：《檀香刑》

1996年秋，因为“有两种声音在我的意识里不时地出现，像两个迷人的狐狸精一样纠缠着我，使我经常地激动不安”①。莫言开始了《檀香刑》的创作，但直到五年后的2001年，他才完成这部长篇。是什么让向来高产的莫言（莫言写《天堂蒜薹之歌》只用了35天时间②，写长达五十万言的《丰乳肥臀》也只用了不到90天时间③）用长达五年的时间来写《檀香刑》呢？笔者认为原因有二：其一是，莫言认为小说初稿的开头“明显地带着魔幻现实主义的味道，于是推倒重来，许多精彩的细节，因为很容易有魔幻气，也就舍弃不用”④。我们看到，在艺术上求新求变的莫言此时试图与“拿来”的魔幻现实主义拉开距离，他在小说开篇第一句写道：“那天早晨，俺公爹赵甲做梦也想不到再过七天他就要死在俺的手里；死得胜过一条忠于职守的老狗。”⑤ 此后，小说的叙述力避魔幻气，他在“有意识地大踏步撤退”，对传统叙事模式的借鉴让他暂时地挥别了马尔克斯这座“灼热的高炉”。

笔者认为，《檀香刑》费时颇久的第二个原因是，莫言要找到合适的“撤退”路线——崭新的小说叙事策略。莫言此时强烈的民间文化立场和他投向民族传统文化遗产的热切目光，让他找到了传统小说“凤头——猪肚——豹尾”的叙事模式。这是一只“旧瓶”，向来求新求变的莫言当然要在里面装上“新酒”。这一叙事模式主要是指中国传统小说的创作规律，指小说的开头要像凤头一样简洁清丽，中间部分要像猪肚一样丰满肥实，结尾要像豹尾一样刚劲有力，小说各部分并不以之命名。莫言对这一叙事模式加以改造，主题鲜明地以“凤头部”、“猪肚部”、“豹尾部”命名小说的三个部分。在“凤头部”和“豹尾部”采用人物视角，赋予人物充分自由的话语权，让人物充当自己所在故事部分的叙述者，叙述的行止限于人物兼叙述者的所思所感、所作所为，让他们通过言语的形式

---

① 莫言：《檀香刑》，作家出版社2001年版，第513页。

② 莫言：《天堂蒜薹之歌》，北岳文艺出版社2001年版，第272页。

③ 莫言：《什么气味最美好》，南海出版公司2002年版，第232页。

④ 莫言：《檀香刑》，作家出版社2001年版，第517页。

⑤ 同上书，第5页。

（内心独白）自觉展示自己的思维活动和性格特点，属于典型的内视角叙事。“凤头部”共四章，依次是“眉娘浪语”、“赵甲狂言”、“小甲傻话”、“钱丁恨声”，人物依旦、生、丑、净的次序出场。“眉娘浪语”道出这位怀春少妇与县太爷钱丁的风流韵事，她亲爹孙丙因参加义和团抗德被捕，要受“檀香刑”，而将孙丙抓捕归案的正是自己情人的“干爹”——知县钱丁，执刑的却又恰恰是自己的公爹——大清朝首席刽子手赵甲和自己的丈夫赵小甲，激烈的戏剧性矛盾冲突集中在一个敢爱敢恨的风流女子身上，她的嬉笑怒骂、哀乐悲欢拉扯出了故事的主要矛盾和情节源头，此后各人物视角的叙述对她的“浪语”不断地进行补充和推进。“赵甲狂言”通过刽子手赵甲的道白，叙述了这个恶贯满盈的杀人机器罪恶的一生和他对自己职业的变态的骄傲。“小甲傻话”以一个傻子的视角叙述了他在痴傻之中，手握“通灵虎须”看到了一个人兽难分的世界，唯其痴傻，才见出作家寓意的深刻，这个傻子赵小甲是莫言小说痴傻人物（非常态视角）系列的一个重要形象。“钱丁恨声”通过高密县父母官钱丁之口，讲述了他眼中的官场伦理和他这个两榜进士对朝廷腐败的无奈，以及他作为一个儒家知识分子对自己的政治理想和“爱民”情绪无望实现的愤懑怨怼，同时对要对孙丙施“檀香刑”的原因作了一个交代。与前面的三个人物自道不同，“钱丁恨声”的叙述始终有一个沉默不语的诉说对象——夫人。在“凤头部”的众语喧哗中，小说的主要人物依次粉墨登场，其在叙述上的主要目的是敷设叙述线索、张开戏剧性矛盾冲突的大网，同时，人物道白之间也不完全是互为补充以使故事呈完整形态的关系，而基本是人物自说自话，各设悬疑，吊起读者的胃口。同时，通过人物自身的言语、行为展示他们的性格特点和心理矛盾，也侧面照出别人的影子，形成互相言说、述与被述的关系。本部各章均短而精，可谓简洁清丽。

“猪肚部”共九章，使用第三人称全能叙述视角，以舒缓匀称的语调讲述故事人物之间的矛盾（如“斗须”、“比脚”分别讲述钱丁与孙丙、知县夫人与眉娘之间的矛盾冲突）、故事的历史背景（如“悲歌”讲德国人占山东，“神坛”讲义和团运动）和作为“檀香刑”铺垫的两次刑罚（如“杰作”讲赵甲凌迟钱雄飞，“践约”讲赵甲砍杀戊戌六君子），作为小说的中间部分，本部叙述的节奏明显放慢，以全能的叙述填补了“凤头部”不同人物道白之间的故事缝隙，补叙人物之间的矛盾冲突，为故事的展开提供详细的社会、政治、文化背景，以大容量的故事叙述为“豹尾部”“檀香刑”的施刑做足了铺垫。本部舒缓饱满，枝蔓横逸，承上启下却无一处闲笔，可谓丰满肥实。

“豹尾部”共五章，是小说故事和叙述的高潮部分。与“凤头部”众语喧哗、人物自说自话、不能构成相对完整的故事相比，“豹尾部”以五个人物的视角（依次是“赵甲道白”、“眉娘诉说”、“孙丙说戏”、“小甲放歌”、“知县绝唱”），依据自己各各不同的视域和知域来共同完成对“檀香刑”施刑过程的叙述。每个人物都在叙述自己参与的故事部分，互为补充或相互重叠，人物之间不同的价值立场、不同的思维习惯、不同的情感方式，使得他们对“檀香刑”的叙述、对彼此的叙述呈矛盾和分裂甚至对立状态，人物之间的矛盾通过其内视角第一人称的叙述完全暴露在读者面前，从而构成了小说叙述的内在张力。这种内在的叙述张力使“豹尾部”的叙述紧锣密鼓地向前推进，而故事本身的渐趋紧张和狂欢化倾向①（如孙丙登上升天台受“檀香刑”，猫腔戏班和百姓甚至衙役们众声齐唱猫腔，呈现出众人狂欢的故事情境），也推动了叙述的狂欢化，本部各章紧凑整饬，可谓刚劲有力。

“凤头部”和“豹尾部”的每章之前，均引用猫腔戏文，这些猫腔戏文构成小说叙述的另一个声部，其作用和《天堂蒜薹之歌》中每章之前所引的瞎子张扣的唱词一样，意在点题。值得注意的是，在整个“豹尾部”，随着故事情节的渐趋紧张，轮番登场的故事人物均在其叙述中插入与其情其境十分相洽的猫腔唱词，意在加深其悲壮凄凉的气氛。

通读小说，我们发现小说中没有核心故事人物，无论是在“凤头部”和“豹尾部”的人物内视角叙述中，还是在“猪肚部”全能视角的叙述中，每个人物所占的“戏份”基本相当，而对故事核心事件“檀香刑”的叙述在“凤头部”和“豹尾部”中呈现出“你方唱罢我登场”的“散点透视”（即无固定故事叙述者，主要故事人物以自己的立场参与叙述，

① 巴赫金在总结“狂欢化”理论时，首先使用了“狂欢式”的概念，“狂欢式”是“没有舞台，不分演员和观众的一种游艺”，“狂欢式的生活，是脱离了常规的生活，在某种程度上是‘翻了个的生活’是‘反面的生活’。”（［苏联］巴赫金：《陀思妥耶夫斯基诗学问题》，生活·读书·新知三联书店1988年版，第176页。）而“狂欢式转为文学的语言，这就是我们所谓的狂欢化。”（［苏联］巴赫金：《陀思妥耶夫斯基诗学问题》，生活·读书·新知三联书店1988年版，第175页。）

共同组织故事）的视角特点，这就造成了一种众语喧哗的叙事态势。而这种人物内视角叙述手法的运用，方便了作家更好地展示人物的内心世界和价值立场。如“赵甲狂言”中赵甲以第一人称对“酷刑”的赞美和对自己刽子手职业的变态的自豪道白，因其符合这一变态人物的奴才心理和思维习惯而具有了“真实”的艺术效果；眉娘和钱丁的风流韵事和他们之间爱恨交织的矛盾心理，也自然由他们亲口说出才真实动人；小甲的痴傻视角是非常态的人物视角，“小甲傻话”非常到位地给我们展示了一个傻子的内心世界。通过人物内视角第一人称道白，我们基本可以推断出莫言在几个主要人物身上预设的价值标尺和话语归属：眉娘和孙丙，从其生存样态判断无疑属于民间话语立场；赵甲因其独特的暴力统治工具的象征性社会身份，当属官方权力话语立场；钱丁因其受儒家文化思想规范的熏染而求忠君爱民，当处在介于民间和官方话语立场之间的尴尬境地；小甲的痴傻则使他站在颇具象征意味的“愚众”的话语立场上（限于篇幅和本书中心论题，此不展开）。这种众语喧哗的叙述态势，加上“猪肚部”的第三人称全能视角叙事，使《檀香刑》的叙述格调和价值评判呈现出狂欢化的复调叙事结构特点。

不同叙事视角的使用，人为地打乱了故事的时空顺序，故事各部分不再以其自然的线性发展时序被叙述出来，而是由小说的叙述主体安排人物和事件在叙述中出场的顺序，这就造成了小说叙述的“时空错位”和故事事件的交错重叠。同时，每个人物内视角叙述者都有自己的是非标准和时空坐标，这就使得故事人物在叙述其他故事人物的同时，也成为其他人物内视角叙述者叙述的对象，从而造成一种说与被说、看与被看的“互述”性人物关系和叙述关系，使故事在不同的话语叙述中呈现出不定性和多义性。人物内心独白的叙述方式和叙述造成的故事“时空错位”，是现代小说的两个重要特征，这也是莫言向中国古典小说传统叙事模式的“旧瓶”里装进的西方现代小说叙事技巧的“新酒”，他所谓的“有意识地大踏步撤退”实际上是他又一次新的小说叙事技巧的探索。正如邱华栋所言：“（《檀香刑》）从本土资源中获得了创造性资源，在小说的结构和叙述上大踏步撤退，但却真正抵达现代小说的终点。”①

① 邱华栋：《一部现代的小说——〈檀香刑〉》，《北京日报》2001 年 5 月 13 日。

第二节 穿行在现实与想象之间的二重叙事梦呓：《四十一炮》

在挥别了“魔幻现实主义”的《檀香刑》发表两年之后的2003年，莫言抛出了一个充满象征和隐喻色彩的叙事文本——《四十一炮》，这部长篇小说具备了莫言小说的许多优秀特质。

其一，流淌的语言。莫言在其小说中一直追求语言的合辙押韵、自然流淌的感觉。这部以诉说为目的的小说充分发挥了莫言的语言优势。“在本书中，诉说就是目的，诉说就是主题，诉说就是思想。诉说的目的就是诉说。”① 而莫言此时也意识到了我们在上文提到的他小说叙述的一个重要美学风格——煞有介事：“诉说者煞有介事的腔调，能让一切不真实都变得‘真实’起来。一个写小说的，只要找到了这种‘煞有介事’的腔调，就等于找到了那把开启小说圣殿之门的钥匙。”② 这也主要是就其语言风格而言的。

其二，极致化的魔幻现实主义手法。我们在上文提到，《檀香刑》的开篇首句是莫言向魔幻现实主义的告别，是依据《檀香刑》“后记”中作家的自道做出的判断，当时的莫言是力争“向民间大踏步地撤退”，“为了保持比较多的民间的气息，为了比较纯粹的中国风格，我毫不犹豫地作出了牺牲”③。现在看来，这种告别是暂时的，时隔两年，莫言在《四十一炮》中重拾魔幻现实主义：肉有思想会飞会说话会唱歌；死去五十年的兰大官人在“我”罗小通的“现实”中出现，在“我”亲眼看见的故事中，与十年前被“我”罗小通用炮弹炸成两截、死而复生的老兰交替出场，兰老大还在肉食节的舞台上，创造了与四十一个洋女人交合的吉尼斯世界纪录，随即又被洋人用枪阉割；黄鼠狼们在罗小通家恋爱结婚；等等。这些离奇的故事在莫言“煞有介事”的叙述腔调中变得亦真亦幻，扑朔迷离。

其三，非常态儿童视角观照下的成人世界。小说叙述者罗小通是个信

---

① 莫言：《四十一炮》，春风文艺出版社2003年版，第444页。

② 同上书，第445页。

③ 莫言：《檀香刑》，作家出版社2001年版，第517页。

口开河的“炮孩子”，他的年龄是20岁，思维能力和智商却还停留在10岁孩子的水平上。他在故事中10岁时的早熟和在叙述中20岁时的幼稚，构成了一种对立，这是一个精神“癫狂”、满口梦呓的“炮孩子”。他对自己的“食”欲和对成人世界的“色”欲的非理性化、想象性叙述，展露了一个孩子眼中成人世界的欲望陷阱。小说突破了“高密东北乡”的文学王国的疆界和乡村叙事，写在资本原始积累阶段、处于汹涌经济大潮中的农业社会在向工业文明转化的过程中，人被以“食”、“色”为象征的物欲所异化的悲剧故事。

其四，穿行在现实与想象间的二重叙述梦呓。这是本节的中心论题，下文详述之。

一 叙述梦呓：穿行在现实与想象之间

小说名为《四十一炮》，共分41节，每节以“第×炮”名之，到“第四十一炮”，罗小通把他收破烂得来的四十一发炮弹全部打向仇人老兰，全书结束。“四十一炮”在小说中应该有两层含义：其一，在小说的开篇，作者在扉页上以罗小通的语气写下了：“大和尚，我们那里把喜欢吹牛撒谎的孩子叫做‘炮孩子’，但我对您说的，句句都是实话。”而到了小说的最后一节，罗小通自认道：“‘炮’，就是吹牛撒谎的意思，‘炮孩子’，就是喜欢或是善于吹牛撒谎的孩子。‘炮孩子’就‘炮孩子’，我不以为耻，反以为荣。”[①] 这样，作者通过罗小通自己言语的前后矛盾暗示我们，是他虚构地叙述了整个“四十一炮”的故事。其二，“四十一炮”是罗小通从南山里的一对老夫妇那儿当破烂收购来的，在小说的最后一节，他把他们全部象征性地打响。莫言说过：“当你在小说中写到了猎枪的时候，读者已经产生了期待，期待着你找个理由把它打响。”[②] 在小说最后一节，“四十一炮”的打出，是小说的高潮，也把小说的两条叙述线连接起来。小说的这两条叙述线，在文本中体现为每一“炮”中两种不同字体的文本，这两种字体的叙述呈平行状态向前推进，各自成一体，又相互补充照应：第一条叙述线是，20岁的罗小通“我”为了出家，坐在

---

① 莫言：《四十一炮》，春风文艺出版社2003年版，第421页。

② 莫言、杨扬：《以低调写作贴近生活——关于〈四十一炮〉的对话》，《文学报》2003年总第1423期。

五通神庙里向大和尚讲述屠宰村的发展史和自己的家史、荒唐的成长史，这时的罗小通“我”沉浸在对十年前的往事的追忆中，叙述基本依故事的自然时序展开。在这里，20岁的青年罗小通“我”是叙述者，他以追忆性视角叙述10岁的罗小通“我”（故事人物，被叙述者）的故事。此时，“我”的叙述的直接对象是大和尚，读者是间接叙述对象，是旁听者。第二条叙述线是，“我”在五通神庙前向大和尚讲述“我”的往事的同时，也在叙述“现实”中发生在五通神庙前和双城市的故事：场面热闹的肉食节、黑白两道的火拼、各色人物粉墨登场，这时的“我”是以旁观者的视角在叙述故事，同时，“我”还穿插讲述“我”想象中的兰大官人的性史与情史。叙述呈现出虚实、真假相交状态，故事呈现出强烈的魔幻现实主义色彩，十年前被“我”打死的老兰，在“我”的叙述中复活，并与死去五十年、与他从未谋面的兰大官人交替出场。

两条叙述平行线共有一个叙述者：20岁的青年罗小通。在第一条叙述线上，“我”滔滔不绝的诉说一开始是为了讨好大和尚，出家，但到后来，当这个“炮孩子”“诉说的目的就是诉说”的时候，他开始不着边际、煞有介事的顺嘴虚构起自己的过去，叙述也渐渐变得张扬起来。20岁的叙述者罗小通和10岁的故事人物罗小通，在精神气质上几乎没有什么差异：10岁的故事人物罗小通是个“肉孩子”，对吃充满了强烈的欲望，并且具有和肉（“食”的具象化载体）对话交流的特异功能；20岁的罗小通虽已不再吃肉，但对出现在五通神庙里的红衣女人（“色”的具象化载体）充满了欲望，“她距离我这样近，身上那股跟刚煮熟的肉十分相似的气味，热烘烘地散发出来，直入我的内心，触及我的灵魂。我实在渴望啊，我的手发痒，我的嘴巴馋，我克制着想扑到她的怀抱里去抚摸她、去让她抚摸我的强烈愿望。我想吃她的奶，想让她奶我，我想成为一个男人，但我更愿意是一个孩子，还是那个五岁左右的孩子”①。这个20岁的罗小通和《丰乳肥臀》中的上官金童何其相似也！罗小通同时通过自己的想象窥视着兰大官人超强的性能力。食和色都是物欲的象征，20岁的青年罗小通拒绝长大，是因为他对童年无知状态的依恋和对成人世界物欲横流的恐惧，这鲜明地体现在他在两条叙述线上对两种生活状态的不同叙述情感和语调上。

---

① 莫言：《四十一炮》，春风文艺出版社2003年版，第57页。

二　花开两朵：叙述交织与故事交织

对《四十一炮》的阅读，可以依照字体的不同，把两条叙述线上的故事分开来读，这样，我们就读到了两个相对独立的故事：童年罗小通经历的故事和青年罗小通看见的故事；而如果我们按照小说的自然顺序进行阅读，那么，我们就读到了以上两种故事的交织和互补，从而见出罗小通对物欲的沉迷与恐惧的矛盾心理。在每一“炮”中，第二条叙述线上的叙述都会引起第一条叙述线上的故事，如“第一炮”中，第二条叙述线上20岁的罗小通的“为了有朝一日我的头上也有这样十二个戒疤，大和尚，请听我继续诉说——”，引出了第一条叙述线上的10岁的罗小通的“我家高大的瓦房里阴冷潮湿，墙壁上结了一层美丽的霜花……”①，在“第四十一炮”中，“大和尚，就让我抓紧时间，把故事讲完吧”引出了“四十一炮”的打响。乍一看，第二条叙述线存在的目的就是为了引出第一条叙述线上的故事，两者在故事层面上并无直接联系，但在“第四十一炮”的第一条叙述线上，10岁的罗小通为了复仇，把四十一发炮弹全部打出，这一发又一发炮弹沿着老兰逃跑的路线，击中了在第一条叙述线上出现过的不同故事空间和不同故事人物，罗小通简单回顾了他的真假难辨的童年时光、爱恨情仇，这实际上是对第一条叙述线上的故事的回顾，炮弹的打出就具有了想象和象征意味，因为时光不会倒流。而在小说的最后、第二条叙述线的末尾，罗小通说：“我用炮火连天、弹痕遍地的诉说，迎来了又一个黎明。”② 他用“炮火连天、弹痕遍地”作“诉说”的定语，结合前面第一条叙述线上罗小通的自认“‘炮孩子’就‘炮孩子’，我不以为耻，反以为荣”③，我们看到莫言让罗小通在用叙述进行自我解构：“四十一炮”是一个复仇无望的孩子的想象复仇、言语复仇，“弹无实发”，这也就使得在第一条叙述线上（十年前）被“我”打死的老兰得以出现在第二条叙述线（“现实”）虚实相生的叙述里。在第一条叙述线上（十年前）关于过去的想象里，胆大妄为的罗小通，在第二条叙述线上（“现实”中）变成了一个胆小鬼，看到裸女和公牛就吓得“心胆俱

---

① 莫言：《四十一炮》，春风文艺出版社2003年版，第3页。

② 同上书，第440页。

③ 同上书，第421页。

裂，……我大喊一声：娘，救救我吧……”[①]，然后，他又陷入幻觉，在他叙述的故事中出现的人物尾随他死去的娘，相继登场，叙述结束，这样的结尾，是莫言早期小说开放式结尾方式的一个继续和发展，在悬疑与模糊朦胧之中，读者会思考小说叙述的虚虚实实、真真假假。

“四十一炮”的打响，是青年罗小通记忆中想象的过去和眼前纷纷扰扰的“现实”的衔接，也是他的第一条叙述线上的故事和第二条叙述线上的故事的交汇点。两条叙述线的最终交汇显示出罗小通的两种叙述形态之间的矛盾和对立，显示出他的福柯所谓的“癫狂”式的呓语、谵语式叙述视域。同一个叙述者，同时给我们展开了两条平行的叙述线，讲述了三个穿行在过去与现实、真实与虚假、清醒与混沌、物欲与理想之间的亦真亦幻的故事，故事（如双城市的肉食节、黑白两道的火拼）与叙述（两条叙述线平行推进）都呈现出狂欢化的复调叙事结构，而罗小通这个“两栖”叙述者被莫言称为：“他是我的诸多‘儿童视角’小说中的儿童的一个首领，他用语言的浊流冲决了儿童和成人之间的堤坝，也使我的所有类型的小说，在这部小说之后，彼此贯通，成为一个整体。”[②]

---

① 莫言：《四十一炮》，春风文艺出版社 2003 年版，第 441 页。

② 同上书，第 445 页。

第六章

频繁的视角转换造成的叙事迷宫：《十三步》和《酒国》

1989 年出版的《十三步》和 1993 年出版的《酒国》是莫言长篇小说序列里的第二部和第三部。这两部长篇也是莫言小说里受关注、评论较少的。

这两部长篇是当代文学史上罕见的创新性叙事实验文本。《十三步》通过极致化的人称转换、散点透视和元（小说）叙事，以高度叙事审美陌生化的视角实验在叙事上实现了对传统叙事模式和人称机制的颠覆与解构，并创造性地赋予了内视角（限知视角）叙述者全知全能的叙述能力。《酒国》采用三线并进的复调叙事策略，使用多种文体参与故事的结撰，并进行了独特的小说中套小说、人物参与叙事、作家进入故事成为人物的叙事文本实验，营造了虚实相生的叙事美学效果。

第一节　极致化的人称视角转换构建的叙事迷宫：《十三步》

从文本表面看，《十三步》在叙述中不停地转换人称视角，把所有的人称都用了个遍，实在令人眼花缭乱，读者若以消遣的心理来读这篇小说找乐子，肯定是要失望的，甚至瞪大眼睛也难免陷入叙述的迷宫，连人物“你”“我”“他”的人称关系都分不清。莫言把他在早期小说中就熟练使用的叙述视角转换发展到了极致（从某种程度上说，是到了极端），这样一个有点故弄玄虚的、迷宫般的叙述视角实验文本，对读者的阅读耐性是一个极大的考验，而这也正是它遭遇冷落的原因。

一　极致化的人称转换

《十三步》开篇第一段就让人如坠云雾：

"'马克思也不是上帝！'你坐在笼子里的一根黄色横杆上，耷拉着两条瘦长的腿，低垂着两条枯萎的长臂——模糊的烟雾里时隐时现着你的赤裸的身体和赤裸的脸，铁条的暗影像网一样罩着你的身体，使你看上去像一只虽然饥饿疲惫但依然精神矍铄的老鹰——毫无顾忌地对我们说：'马克思已经使我们吃了不少苦！'"

"他的话大逆不道，使我们感到恐怖。他抬了一下脖子，便有一道明亮的光影横在喉结上，使我们怀疑他要在光明的利刃上把脑袋蹭下来——真理就像我一样，赤条条一丝不挂。……"①

从小说的行文和标点符号的使用来分析，"你"坐在笼子里对"我们"说"马克思也不是上帝！""马克思已经使我们吃了不少苦！""你"是说者，"我们"是听众，与"你"是对话关系，在故事中"你"说给"我们"听，而从叙述人称"我们"和"你"的指代距离的远近来看，是"我们"说给"你"听。可接着，人称发生了变化，"他的话大逆不道，使我们感到恐怖。"上文故事中的说者"你"变成了被说者"他"了，"我们"是叙述中的说者（叙述者），现在"我们"转而向读者叙述故事，小说的叙述时空和故事时空就具有了同一性。叙述者"我们"在这一段短文里没有变化，叙述对象也是同一个人，但叙述对象的指代人称发生了变化，由"你"而"他"，读者由看/听"我们"对"你"说的旁观者变成"我们"对读者说"他"的故事的面对面的对话者和倾听者，读者的阅读接受位置在不知不觉中随着叙述人称的变化而发生了微妙的变化，读者必须紧紧跟随叙述者的叙述，而不敢稍有懈怠。到这里，我们可以窥见莫言小说叙述人称视角频繁变换的良苦用心之一斑：他试图通过这种视角变换，来改变读者被动的、处于一种固定的阅读接受位置的阅读习惯，使他们能主动地、聚精会神地跟随叙述者参与到对小说文本阅读的再创造中来，即通过叙述人称的陌生化来改造读者的阅读习惯，促使他们积极参与到阅读过程中，对文本进行"填空"和"对话"。当然，这样的说法，难免有给作家脸上贴金的拔高之嫌，但积极的阅读者，在对《十三

① 莫言：《十三步》，春风文艺出版社2003年版，第1页。

步》的阅读中是可以体察到这种微妙的变化给我们的阅读思维定式所带来的冲击的。

接着，小说用“你是关在笼子里的叙述者。你慢慢地咀嚼着，然后，用烟头般的红瞳仁盯着我们，滔滔不绝地说：……”[①] 引出了笼中叙述者围绕着市第八中学高三物理教师方富贵猝死在讲台上的故事展开的叙述，小说对这个故事的展开颇具机巧：如上所述，“我们”是小说的叙述者，在“我们”讲给读者听的故事里，“你”在讲故事给“我们”听，“你”在“我们”针对读者的叙述里是故事人物（和叙述对象），同时，又是“你”讲给“我们”听的故事的叙述者，这时读者又处于和“我们”一起听“你”讲故事的倾听者的位置上。那么，这个笼中叙述者又是谁呢？“我们”发出了疑问：“你是人还是兽？是人为什么在笼子里？是兽为什么说人话？是人为什么吃粉笔？”[②] 带着对笼中叙述者身份的疑问，我们读到了“那时，他丝毫不钳制我们的想像力，只管讲你的故事：……”[③]，在同一个句子里，对同一笼中叙述者的指称用到了“他”和“你”两个不同的人称代词，让读者如坠云雾，紧接着，又出现了这样的绕口令式的叙述句式：“他说你叫张赤球。你对我们说他叫张赤球。这些话都是他挂在笼中横杆上对我们说的。这些话都是你挂在笼中横杆上对我们说的。”[④] 这样的人称变换会带来两种结果：一是读者感到迷惑、乏味，阅读的障碍使他们失去继续阅读的耐心，作家作品失去读者；二是读者感到好奇，继续阅读，探索人称变换的奥秘，恐怕前者占绝大多数，这也就是《十三步》不能畅销、批评缺席的原因。好奇而细心的读者在读到第八章开首的“在一个模糊不清的时刻，整容师与笼中叙述者在殡仪馆大门口撞了个满怀。你对我们说：我慌忙鞠躬道歉……”[⑤] 时，会发现这位神秘莫测的笼中叙述者正是死而复生又被整容师换上了张赤球的脸皮而易容的方富贵，这位叙述者有着方富贵的思想和张赤球的脸皮，连他自己也分不清自己到底是谁，还是谁都不是，所以，也就不难理解他在小说中对自己身份的表述：“我曾经是方富贵的亲密战友。我曾经是张赤球的亲密战友。我

① 莫言：《十三步》，春风文艺出版社 2003 年版，第 2 页。
② 同上书，第 4 页。
③ 同上书，第 6 页。
④ 同上书，第 7 页。
⑤ 同上书，第 223 页。

曾经是所有中学教师的亲密战友，你骄傲地挺起扁扁的肚皮，大言不惭地说。”①

二 散点透视

小说卷首扉页上引用的“马克思《资本论》第一卷序言”，是帮助我们打开小说叙事迷宫的钥匙：“不仅活人使我们受苦，而且死人也使我们受苦。死人抓住活人!”② “死人”方富贵死而复生，被易容，他要活回来的愿望、想回家的愿望得不到满足，因为校长为了树典型、争拨款、提高老师们的待遇，让他继续“死”；而精神与面皮不一致的方富贵的归来逼疯了妻子屠小英，叙述者在第十章第七节中为她安排的若干种结局，暗示了她的精神错乱；其他人等，如李玉蝉、张赤球、王副市长等也陷入了各自的痛苦，的确是“死人抓住活人!”而这位兼有方富贵的思想和张赤球的面皮、没有身份归属的“精神分裂症”叙述者的“癫狂”叙述，也让我们感到了阅读的痛苦。对自己尴尬身份的无法界定也就导致了笼中叙述者频繁地变换叙述人称，小说的叙述者“我们”在叙述中亦步亦趋地跟随他进行人称变换，这种叙述人称的变化属于典型的“散点透视”。

除了叙述人称视角的变化，莫言还采用其他方式来使故事的叙述丰满起来，构成人称变换之外的另类“散点”叙述模式，如将小说人物的心理活动剥离出来，让其独立漂浮在文本之中，小说中整容师李玉蝉和屠小英的心理活动会随时以第一人称“我”的自白夹杂出现在叙述者的叙述中。笼中叙述者用直白的显露叙述行为的方法（下文详述之）向读者展露人物的心理活动，如第三部中“他让我们观看校长的心理活动：……”，“校长心理活动：……”，“校工甲心理活动：……”，“校工乙眼前出现的幻象：……”，“双胞胎的内心独白：……”③ 等，这种直接展示叙述行为的方法无疑会让读者感到一种间离、对故事和叙述者的疏离。笔者认为，这种直截了当甚至过于生硬的叙述方式并非是作家不善于穿插故事，而是有意为之，是为了表达对传统叙事模式的一种反动。在小说第八部中，“我们看到叙述者躲在笼子阴暗的角落里，窥探着物理教师

① 莫言：《十三步》，春风文艺出版社 2003 年版，第 6 页。

② 同上书，扉页。

③ 同上书，第 58—63 页。

和整容师的全息梦境，并听着他把他看到的杂乱无章地转述给我们。”[①]然后，就以“整容师之梦：……”、“物理教师之梦：……”、“整容师和物理教师同梦：……”来展示人物的梦境，这样，笼中叙述者就成为一位全知全能的叙述者，而小说的叙述者“我们”面向读者的叙述则一直被严格地限制在“我们”的知域范围之内，是第一人称内视角叙述，这样的一种视角对接，就赋予了内视角（限知视角）叙述者以全知全能的叙述能力，这实在是莫言的独创。

三　“元叙事”的运用

《十三步》在叙事上还进行了另一种大胆的尝试：元（小说）叙事，即叙述者在小说叙述过程中自我暴露叙述行为的虚构性。元（小说）叙事是现代主义小说的标志。“‘元小说’则故意揭穿小说的虚构性，揭穿小说所描写的生活与现实同构的假面，从而从根本上刺激意识的重新觉醒。”[②]马原作为一位先锋作家，是当代文坛上较早运用这一叙事方法的，“我就是那个叫马原的汉人，我写小说。我喜欢天马行空，我的故事多多少少都有那么点耸人听闻。”[③]但真正把元小说叙事技巧运用到佳境的，是莫言这位当代文坛的“急先锋”，他在其早期的小说中，就开始自觉使用这一叙事技巧，在《十三步》中达到了较圆熟的程度。元（小说）叙事的运用主要从两个技术层面上展开：其一是，自觉暴露小说的来源，如鲁迅先生的《狂人日记》，莫言的《幽默与趣味》、《球状闪电》等；其二是，直接披露叙述行为，展示叙述技巧及其虚构性，如《十三步》中频繁出现了叙述者的身影和声音：“叙述者说：前边告诉你们的如果不是屠小英的梦境，就是我的梦境。”[④]“我们看到叙述者躲在笼子阴暗的角落里，窥探着物理教师和整容师的全息梦境，并听着他把他看到的杂乱无章地转述给我们。”[⑤]这样的叙述就把读者从对故事的沉迷中拉出来，暴露出小说的虚构性，从而在小说叙事的朦胧多义之外又披上一层亦真亦幻的外衣，使小说文本呈现出强烈的陌生化倾向。当然，《十三步》在因其高

---

① 莫言：《十三步》，春风文艺出版社 2003 年版，第 251 页。

② 付艳霞：《莫言小说中“元小说”技巧的运用》，《山东文学》2004 年第 10 期。

③ 马原：《虚构》，《收获》1986 年第 5 期。

④ 莫言：《十三步》，春风文艺出版社 2003 年版，第 298 页。

⑤ 同上书，第 251 页。

度的陌生化倾向而在叙事上实现了对传统叙事模式和人称机制的颠覆与解构的同时，也在很大程度上遭到了阅读和批评的离弃。

小说的叙述中同时也被杂以其他文体形式来达到多种话语共振的叙述效果，如第八部第四节整节对“市日报新闻”和“市日报述评”的新闻体的援用，这种文体杂糅的话语叙述模式莫言曾在《天堂蒜薹之歌》中使用过，在此后的《酒国》里，莫言把它发展到了极致。

四 人称/视角变换造成的美学效果

笼中叙述者身在笼中，却全知全能。这位人兽难分的神秘叙述者还具备了艺术叛逆者莫言此时高扬的极端的叛逆精神和亵渎意识：“我想搞文学不是搞政治，搞政治讲究的是中庸之道，搞文学的最好搞点极端。”[①]“当代文学是一个双黄的鸭蛋，一个黄子是渎神的精神，一个黄子是自我意识。”[②] 这种要“搞点极端”的想法和“渎神的精神”，造就了莫言独特个异、天马行空的艺术风格，如《十三步》的笼中叙述者肆无忌惮的叙述语言和议论腔调，同时，莫言又赋予他似人似兽、赤身裸体、爱吃粉笔的外在“疯癫”形象。这样，借助这位笼中叙述者，莫言可以尽情地亵渎、无私地批判人性的丑恶、假面和社会的残酷与虚伪以及爱情的不贞与性的迷乱。这位全能而“疯癫”的叙述者为莫言抵挡了不少《红蝗》曾中过的箭矢。

叙述人称视角的频繁变换同时也造成了小说叙述时空（与故事时空具有同一性）的错乱与不确定性。如小说中反复提到的方富贵家的敲门声“响亮而有节奏，像钟摆一样准确”[③] 的时间性象喻。“时间随着思想者心境的改变，不断变幻着颜色，改变着方向。”[④] 时间居然有颜色，还可以改变方向。第二部第七节中，王副市长被抬到“美丽世界”的“时间是早上八点，时间是晚上八点，两种说法都是正确的，因此可以并存”[⑤]。以及第八部第一节开首，“在一个模糊不清的时刻，整容师与笼中

---

① 莫言：《我痛恨所有的神灵》，《小说的气味》，当代世界出版社 2004 年版，第 120 页。

② 同上书，第 121 页。

③ 莫言：《十三步》，春风文艺出版社 2003 年版，第 25 页。

④ 同上。

⑤ 同上书，第 46 页。

叙述者在殡仪馆大门口撞了一个满怀”[①]。这种在同一事件中有两个时序或模糊时序的时间不确定性，打破了传统的叙事文本的时间确定性规律，从而赋予小说时间上的朦胧感。视角的多变和笼中叙述者的“疯癫”身份同样也造成了空间的模糊性，如第六部第六节中，“他始终没给我们讲清楚第八中学的方位。在你的嘴里，它一会儿坐落在蓝色的小河边，一会儿紧傍着‘美丽世界’，一会儿又好像是人民公园的近邻……”[②] 这种时空的不确定性是和小说叙述人称的频繁变换与笼中叙述者的身份是一致的，是符合作家想“搞点极端”的艺术心理诉求的，它是对传统叙事文本时空确定性特征的一个反叛，是试图寻求艺术新样板的一个极致化（极端化）的努力，虽然它导致了严重的阅读接受障碍，但整部小说的内在叙事秩序却是整饬统一的。

《十三步》是当代文学史上罕见的创新性叙事实验文本，在以其强烈的艺术叛逆性和实验性造成阅读接受障碍和批评缺席的同时，也为我们提供了一种极致（极端）化的叙述人称视角频繁转换的标本性叙事文本。

第二节　复调叙事和叙事解构：《酒国》里的虚实

与《十三步》相比，对《酒国》的阅读要相对容易一些，我们至少还可以弄清小说的叙述结构和情节线索，小说共有三条叙述线：其一，现实的小说家莫言笔下的高级侦察员丁钩儿到酒国市去调查食婴案，精明的他一到酒国，尽管强打精神却如坠云雾，稀里糊涂地陷入酒国一干人等设下的圈套，最后杀人、发疯，跌入露天茅坑淹死。“酒国”是一个颇具深意的文化隐喻。其二，酒国市酿造学院的酒博士李一斗与故事人物、“作家莫言”通信，讨论文学。其三，酒博士寄给故事人物、“作家莫言”的九篇小说，为上述两条叙述线提供叙述补充和传奇背景。小说的叙述颇具机巧，作家把自己的名字嵌入小说，成为小说人物，参与到故事行为中去，造成一种“虚实相生”的叙事效果。

《酒国》“虚实相生”的叙事策略具有典型的“元小说”、文体杂糅和狂欢化叙事的文本特征，其叙事实验的独特价值及其巨大的文化隐喻所

① 莫言：《十三步》，春风文艺出版社 2003 年版，第 223 页。

② 同上书，第 183 页。

具有的文化、精神批判价值，尚未得到充分的认识和肯定。

《酒国》发表的1993年，铺天盖地的经济浪潮和思想大解放，在让人民生活富裕起来的同时，也带来了种种社会问题。其中，对物质的迷恋和对欲望的放纵，几乎成了各种社会问题的一个重要根源。文人纷纷下海，知识分子和作家被边缘化，文学的地位一落千丈，大众消费文化渐趋主导。具有现实批判精神和关怀情绪、感觉敏锐、想在文学上"搞点极端"的莫言，向此时已见萧条的文坛抛出了长篇小说《酒国》。此作一出，反响寥寥，究其原因有三：其一，文学被边缘化，关注者少；其二，《酒国》所涉批判现实，与政治有关，而这与此时文学疏离政治的风气背道而驰；其三，《酒国》在叙事上三线并行、文体杂糅、虚实相生，不适合大众消费文化的消遣性阅读需求，这是《酒国》受冷落的主要原因。现在看来，作为一位有追求的小说艺术家，莫言在当时文学被边缘化的文化语境中，仍能坚持进行较高艺术层面的叙事探索，并有创新，实属难能可贵。《酒国》的世俗故事及其文化象喻，在莫言狂欢化的复调叙事中呈现出迷人的艺术风采。

一　三线并进：复调叙事策略

《酒国》的叙事呈三线并进的趋势：一是现实中的小说家莫言的"丁钩儿侦察记"[①]，讲述省人民检察院的特级侦察员丁钩儿奉命去酒国市调查食婴案的一系列遭遇。他搭运煤车去罗山煤矿，与女司机调情，巧斗恶门卫，被保卫秘书连灌三杯，几经周折见到长得像孪生兄弟的煤矿党委书记和矿长，不由分说就被拉入席，被灌得醉眼朦胧，而后食婴案主犯金刚钻到席，"麒麟送子"端上，丁钩儿怒而开枪，却又在金刚钻的哄骗下，抵不住诱惑，"他扎起一片胳膊，闭闭眼，塞到嘴里。哇，我的天。舌头上的味蕾齐声欢呼，腮上的咬肌抽搐不止，喉咙里伸出一只小手，把那片东西抢走了"[②]。他成了食婴的同犯，住进招待所，又被一个惯偷洗劫一空。丁钩儿搭车回城时又"巧遇"与他调情的女司机，架不住她美色的诱惑，与之到其家中苟且，落入金刚钻的陷阱，并被他再次灌醉。醒来经过一番思想斗争后，与女司机相携去"一尺酒店"侦察，却发现女司机

---

① 莫言：《酒国》，当代世界出版社2003年版，第256页。

② 同上书，第67页。

是侏儒余一尺的情妇，气愤之下，他开枪打死余一尺和女司机，陷于罪恶感的丁钩儿在酒国四处游荡，狼狈不堪，最后在巨大的精神压力之下，“跌进了一个露天的大茅坑……那里是各种病毒、细菌、微生物生长的沃土，是苍蝇的天国，蛆虫的乐园……地球引力不可抗议地使他堕落，几秒钟后，理想、正义、尊严、荣誉、爱情等等诸多神圣的东西，伴随着饱受苦难的特级侦察员，沉入了茅坑的最底层”①。至此，小说前九章中现实中的小说家莫言的“丁钩儿侦察记”结束，莫言是这个侦察故事的全能叙述者，他对小说人物的命运了如指掌，同时，他又赋予人物丁钩儿以叙述话语权，如在第三章中，让他以第一人称内视角叙述“我”醉酒后的所感所思，这时丁钩儿的意识与肉体分离：“她们把我的肉体扔在地毯上，让我仰面朝天。我被我的脸吓了一跳。我紧闭着眼，脸色如破旧的糊窗纸……我的肉体抽搐着。我的裤子湿了，惭愧。”② 这种与肉身脱离的“我”的自我审视，更能显出丁钩儿的“一入酒国便堕落”的悲哀和“酒国”所象喻的物欲文化染缸的巨大魅惑力。在小说的前九章“丁钩儿侦察记”中，小说家莫言是一个外在于故事的叙述者，他全知全能，操控着人物的命运和故事的进展。令人讶异的是，“莫言”却与他小说故事空间中的酒国市酿造学院的酒博士李一斗有通信联系，并告诉他：“我的长篇《酒国》（暂名）已写了几章”，“我正创作的长篇小说已到了最艰苦的阶段，那个鬼头鬼脑的高级侦察员处处跟我作对，我不知是让他开枪自杀好还是索性醉死好，在上一章里，我又让他喝醉了。”③ 这样，作家就把小说的第一、二条叙述线连接起来了。

小说的第二条叙述线是“莫言”与酒博士的通信往来，他们讨论文学问题，涉及文坛上似有似无的人事，这时的“莫言”似乎就是现实中的莫言，李一斗在信中谈到“我看了根据老师原著改编、并由您参加了编剧的电影《红高粱》”④，“提到‘十八里红’……往酒缸里撒尿，这一骇世惊俗、充满想象力的勾兑法，开创了人类酿造史上的新纪元”⑤。

① 莫言：《酒国》，当代世界出版社 2003 年版，第 25 页。

② 同上书，第 69 页。

③ 同上书，第 194 页。

④ 同上书，第 20 页。

⑤ 同上书，第 74 页。

而“莫言”也提到“我在保定军校教书是十几年前的事了”[①]，同时，他们又讨论到了一些子虚乌有的事情，在虚虚实实之间，李一斗扯出了自己利用所谓“严酷现实主义”、“妖精现实主义”、“新写实主义”等方法创作的九个短篇小说。第二条叙事线的主要作用是拉近了“莫言”与《酒国》故事人物的关系，尽管在“莫言”的《酒国》故事中，他们是叙述与被叙述的关系，“莫言”与其故事空间中的人物李一斗的通信、“莫言”在其小说《酒国》中对他所虚构出来的余一尺和酒博士在其纪实小说《一尺英豪》中对“实在”的余一尺的不同评价和命运安排构成了一种虚实相间的关系。

小说的第三条叙述线，是李一斗寄给“莫言”的九篇小说（《酒精》、《肉孩》、《神童》、《驴街》、《一尺英豪》、《烹饪课》、《采燕》、《猿酒》、《酒城》），这九篇小说是为前两条叙事线提供故事背景和补充的，以传奇性故事弥补“现实”故事趣味性的不足，以李一斗对酒国人物故事的介绍来补充“莫言”的虚构故事。这九篇小说的叙事视角各有特点，有以第一人称故事人物视角展开叙述的，如《酒精》、《烹饪课》，有以第三人称全知视角展开叙述的，如《肉孩》、《采燕》等。在《酒国》中，莫言发展了他在《天堂蒜薹之歌》和《十三步》中运用过的文体杂糅，把小说、书信、纪实文学、寓言、传记拼凑到同一小说文本中，三条叙事线构成一种众语喧哗的多声部合奏，这就使得《酒国》成为“有着众多的各自独立而互不相融合的声音和意识，由具有充分价值的不同声音组成真正的复调”[②]。

在“莫言”的叙述中，酒国是一块肮脏之地，可他仍然要到酒国来。在第十章中，“莫言”来到了酒国，第一条叙事线与第二条叙事线交汇到一起，“莫言”走出了他的叙事空间，来到他的故事空间，与他的故事人物握手言欢，被他在《酒国》中写死了的余一尺到车站接他，食婴案主凶金刚钻与他推杯换盏，虚与实又一次交汇到一起，亦真亦幻之间，故事与叙述合而为一。

作家在小说第十章第二节中写道：“躺在舒适的——比较硬座而言——硬卧中铺上，体态臃肿、头发稀疏、双眼细小、嘴巴倾斜的中年作

① 莫言：《酒国》，当代世界出版社 2003 年版，第 47 页。

② ［苏联］巴赫金：《陀思妥耶夫斯基诗学问题》，生活·读书·新知三联书店 1998 年版，第 7 页。

家莫言却没有一点点睡意。……我知道我与这个莫言有着很多同一性，也有着很多矛盾。我像一只寄居蟹，而莫言是我寄居的外壳。莫言是我顶着遮挡风雨的一具斗笠，……这个莫言实在让我感到厌恶。此刻它的脑子里正在转动着一些稀奇古怪的事情：猴子酿酒、捞月亮；侦察员与侏儒搏斗……"[①] 这样的灵与肉的分离是在暗示读者，"莫言"也是一个小说人物，他既是第一叙事线上的叙述者，又是第二叙事线上的人物，而第一、二、三条叙事线又都可以统驭到现实中的作家的全能叙事中来。从这里，我们可以看出，莫言深刻地意识到了作家与小说叙述者的分离，并试图在创作实践中对此作深层的艺术探索。

二　元小说与反元小说：叙事解构

小说采用了前文提到的故意暴露叙述行为的"元（小说）叙事"技巧，李一斗在他的九篇小说中均故意展示其叙事行为或小说来源，如《驴街》中有"以上这些夹七杂八的话，按照文学批评家的看法，绝对不允许它们进入小说去破坏小说的统一和完美，但因为我是一个研究酒的博士。……我具有了酒的品格，酒的精神。……酒的品格是放荡不羁，酒的性情是信口开河"[②]。《采燕》中有："按照现在流行的小说叙述方式我可以说我们的故事就要开始了。在正式进入这个属于我的也属于你的故事前，请允许我首先对你们进行三分钟的专业知识培训，非如此你的阅读将遇到障碍。"[③] 而在"莫言"与李一斗的通信中，则使用了另一种"元小说"技法，杨义先生称之为"反元小说"，"所谓'反元小说'乃是采取与元小说站在真实世界谈论虚构世界相反的视角，它是站在虚构世界的深处反过来，谈论作者及其熟人的真实世界"[④]。在小说的第二条叙事线上，"莫言"与李一斗对莫言小说的讨论、对其生活和工作的谈论，都是很好的例证。还有把"元小说"称为"自反小说"的提法："所谓'自反'的意思是文学作品（尤其是小说）叙说中涉及文学本身，或是以文学为主题，或是以作家、艺术家为小说的主角。更有一种自反现象则把叙事的

---

① 莫言：《酒国》，当代世界出版社 2003 年版，第 253—254 页。

② 同上书，第 108 页。

③ 同上书，第 197 页。

④ 杨义：《中国叙事学》，人民出版社 1997 年版，第 243 页。

形式当为题材，在叙事时有意识地反顾或暴露叙说的俗例、常规，把俗例常规当为一种内容来处理，故意让人意识到小说的‘小说性’或是叙事的虚构性。”[①] 而这样的叙述技巧的使用就“自我点穿了叙述世界的虚构性、伪造性。小说的基本立足点就不可能再是模仿外部世界和内心世界的制造逼真性……在这样的元小说中，小说及其对象就没有本质上的差别了，虚构和‘现实’可以任意转换，转换到不知何者在虚构何者。真幻混淆，相反相成”[②]。莫言在《酒国》中对元小说及反元小说叙事技巧的运用已臻佳境，元小说叙事所造成的反讽效果与莫言亦庄亦谐的叙事腔调和亦真亦幻的故事因素，共同构成了莫言“虚实相生”的小说文本世界，使之兼有朦胧多义的说不尽的可能和艰涩难懂的阅读接受障碍。

三 “酒国”的文化象喻

《酒国》突出了两个重要的物欲象征：食和色。食色，性也。然而，《酒国》给我们展现的是极端化的食与色。花样百出的劝酒令、烹食婴儿、全驴宴、活杀驴、采燕等无不把“食”写到极致；而侏儒余一尺扬言“要×遍酒国的美女”[③]，声称“与酒国市八十九名美女发生过性关系”[④]，更是把“色”写到了极致。高级侦察员丁钩儿一入酒国便被灌醉，遭遇艳遇，落入陷阱，又因情杀人，最后“跌进了一个露天的大茅坑，几秒钟后，理想、正义、尊严、荣誉、爱情等等诸多神圣的东西，伴随着饱受苦难的特级侦察员，沉入了茅坑的最底层……”[⑤]。整个“酒国”极端化的食、色无疑是世俗社会滚滚横流的物欲的具象转喻，出于对拜物的天然厌恶和对过度物欲追求的担心，莫言在《酒国》里创造了一个虚实相生的文化寓言，他以本名参与故事，在文末暗示小说叙事者与小说人物具有莫言的同一性，并以此来展示自己对现实强烈的批判和忧患意识。最后，小说人物“莫言”的醉倒，“他克制着冲动的心情，嗓子发着颤说：‘我好像在恋爱！’”[⑥] 又何尝不是作家对物欲横流的诱惑难以抗拒的一声凄婉的喟叹？

---

① 高辛勇：《修辞学与文学阅读》，北京大学出版社 1997 年版，第 93 页。

② ［美］约翰·霍克斯：《情欲艺术家·第二层皮·序》，作家出版社 1997 年版，第 2 页。

③ 莫言：《酒国》，当代世界出版社 2003 年版，第 118 页。

④ 同上书，第 149 页。

⑤ 同上书，第 252 页。

⑥ 同上书，第 273 页。

第七章

“生人”之困与“人生”之难：《蛙》的叙事策略与现实关怀

作为出身于“乡土中国”农村地区、深受中国传统观念影响、从农村走进城市又深深经历着社会巨变的一名20世纪50年代人，莫言对于整个新中国的社会变革有着亲身体验和深刻记忆，在其诸多反映新中国历史与现实的小说中对社会生态从道德主导到意识形态主导再到经济利益主导的变迁有着深刻而视角别致的描写，对于这种社会变迁带给普通民众的物质和精神层面的影响有着深切的体验和浓厚的现实关怀，从莫言诸多作品的内容和形式以及形式与内容的密切结合来看，他的确是“作为老百姓写作”的：以不断创新求变的形式探索来推动“叙”——故事讲述方式（结构）和“事”——故事审美内涵（主题）的新与变。

作为新中国历史的亲历者，尤其是作为一个曾挣扎着要改变而且成功改变了自己农民身份的第一代“进城农民”，莫言耳闻目睹了太多刚刚摆脱了“生计”焦虑却又陷入深深“计生”纠结的故事：“‘生’还是‘不生’？”“生不生二胎？”“生不生个男孩？”“意外怀孕怎么办？”和“超生”等问题，都曾困扰过绝大多数20世纪70年代末到21世纪初的中国育龄父母。自20世纪70年代末以来，“计划生育”由“倡导”而“规定”而“立法”成为一项被强力推行的“基本国策”，并因不时出现的盲目抗法和粗暴执法行为而触发基层“官民”矛盾、甚而引发较多社会问题。尽管对这一政策的批评声音和思考一直都未间断过，但“敏感”的文学界几乎一致地对这一社会问题保持了长期的缄默。莫言是新时期以来中国大陆当代作家中少见的、较早关注并在其作品中反思这一问题的作家。

第一节　从《爆炸》到《蛙》：一个持续24年的生育焦虑

早在发表于1985年《人民文学》第12期上的中篇小说《爆炸》中，莫言就曾写过一个“计生”“流产”故事：故事的叙事主人公“我”是一个从农村走进城市的电影导演，妻子想生二胎，在“我”回家探亲时骗“我”说采取了避孕措施而致怀孕，但是在严密的“计生”体系的监控之下，妻子怀孕的事还是被乡“计生办”用电报告知了“我”的领导，因此才有了“我”火速回乡带妻子去流产的故事。

《爆炸》这部中篇是莫言的早期杰作之一，它以第一人称限知视角“我”来写一个“返乡知识者”对于城乡差异的感觉——对于毛茸茸的夏季农村环境、生活和人事的感觉，写困于生育纠结之中“人”的无奈与妥协，写一家人围绕计划外怀孕的胎儿“留”或“流”的问题所产生的争执与矛盾，写出了“计生”政策执行初期农村生活的本真，写得元气淋漓，感觉“爆炸”。在小说开头，作者用很长的篇幅写“父亲”为了留住胎儿情急之下打了“我”一巴掌，第一人称叙事主人公细腻、敏锐的感觉描写，让一个愤怒的父亲形象立体丰满、纤毫毕现。第一人称限知视角和内聚焦叙事使读者很容易获得“我在”和“我感”的阅读体验，很容易因为这一人称的亲切感和亲近感而通过“叙事移情”获得强烈而明确的“自我代入感”，对故事开场两个人物“父亲”和“我”因胎儿的“留”或“流”而产生的矛盾对立的情绪感同身受，产生强烈的共鸣。无论是“父亲”深感痛苦的传宗接代的焦虑——“那么，那么，孩子，你就忍心把咱这一门绝了？”① 还是“我”想生儿子却不能的无奈——“你以为我不想生个儿子吗？……我是国家的干部，能不带头响应国家的号召吗？”② 抑或是“我”对于违反政策的胎儿的“留”或“流”带给自己和家人之间矛盾的无助与苦恼——“你们把我害苦了，当然，我也把你们害苦了”③，都让读者感受到“计生”政策之下“留”派与“流”派之间

① 莫言：《爆炸》，莫言：《莫言文集·白棉花》，当代世界出版社2003年版，第80页。

② 同上书，第78页。

③ 同上。

矛盾却又一致的焦虑和痛苦：“我感到自己非常不幸，悲剧是世界的基本形式，你，我，他，都是悲剧中人物。”① “生人”之困，正是“父亲”与“我”两代人共同的“人生”之难，也是计划生育政策执行以来几代中国人“人生”之难的一个重要侧面。

小说中有很多颇具象征意味的场景描写，其中三处给笔者留下的印象最深。第一处是上文分析的“父亲”扇“我”的一耳光，写尽了两代人在“计生”政策面前的矛盾，如果我们把“父亲”看作是“计生”政策的执行对象——普通民众的代表，把“我”看作是“计生”政策的接受者、执行者甚至是制定者的代表，那么“父亲”扇“我”的一耳光，不正是民众对于政策抵触、对立情绪的象征吗？第二处是作者反复写到的被追赶的狐狸，在笔者看来，这只被众人和狗追赶的四处逃窜的狐狸正是因“计生”问题在“生人”之困和“人生”之难的双重困境中挣扎奔突却无处遁逃的“我”和家人的物化象喻，是被生活的琐屑感和无价值感追迫得狼狈不堪的“人”的象征。第三处是“我”和妻子在产房外等着做“人流”手术时，“我”听到产房内一位产妇生产时的动静所产生的幻觉：“我仿佛听到了肌肉撕裂的声音。我听到了肌肉撕裂的声音。……我的脸在镜子里变成面具，根本不像我了。房间拉成巨大，墙壁薄成透明胶片，人在胶片上跳跃，起始模糊，马上鲜明。我透视着产房。……我恨不得变成胎儿，我看到我自己，不由惊悸异常。”② 作者甚至通过“我”的幻觉把读者带入到产妇生产的艰辛之中：“我推着重载的车辆登山，山道崎岖，陡峭，我煞腰，蹬腿，腿上的肌肉像要炸开，双手攥紧车把，闭着眼，咬紧牙，腮上绷起两坨肉，一口气憋在小腹里，眼前白一阵黑一阵，头发梢上叭叭响……”③ 这是当代文学史上少见的男性作家笔下的关于“生人”之难的文字描写，是莫言基于男性视角的对于“人”的“生”的关注和细腻描摹，其间的象征意味也是颇为浓郁的：“生人”之难，恰如“人生”之难，都如载重登山。这三处关于“生不生”、“生人”和“人生”场景能如此细致、细腻地给读者留下深刻的印象，着实是因为作者巧妙地使用了第一人称限知视角和内聚焦（近意识流）的叙事手法，

① 莫言：《爆炸》，莫言：《莫言文集·白棉花》，当代世界出版社 2003 年版，第 90 页。

② 同上书，第 100 页。

③ 同上。

使读者能够通过“叙事移情”产生“角色代入”，从而对小说人物的精神困厄和肉体感觉如同身受。

2009 年，莫言完成了长篇小说《蛙》的创作，将其 24 年前在中篇小说《爆炸》中就已深切关注的生育主题以一部书信体长篇小说的形式重新展开，细读这两部相隔 24 年由同一作家创作的同主题中长篇小说，我们会发现《爆炸》是《蛙》的“计生”故事的预演，而《蛙》则是作者在多年思考之后对《爆炸》的生育主题的升华和深化，两者在表现主题、叙事形式及视角选择、人物构成和审美气质等方面都具有连贯性和一致性。

在作品所表现的主题上，《爆炸》和《蛙》关注的都是生育问题，《爆炸》通过“我”一个家庭内部关于生育的矛盾冲突，进行了感觉的“爆炸”性书写，关注“生人”的困惑与“人生”的焦虑；《蛙》则以妇科医生兼“计生”工作者“姑姑”万心为中心，串联起几家人、几代人的生育故事，关注的是整个新中国历史上关于人口和生育问题的政策变迁，书写的是国家政策及其执行者与“超生”民众之间的矛盾冲突，反思了整个国家民族对“人”的关切和民众的生育观在时代变迁中的“变”与“不变”。

在叙事形式及视角选择上，《爆炸》使用了第一人称限知视角和内聚焦叙事，表现了一个走出乡村在外做国家干部的“我”围绕流产事件的所感、所思、所见、所闻，“我”既是叙述者也是故事的核心人物，我对“计生”的态度与“父亲”、“母亲”和“妻子”的态度是基本对立的，作者较多地使用意识流等现代派心理摹写手法和暗喻、通感、象征等修辞手法来呈现生育焦虑和生存困境中的“我”一家人的“计生”流产故事；同时，在《爆炸》中，作者有意不使用“”来明确标识人物对话内容以区别叙述语言和人物语言，而是使用了在当时较为新潮的“省引对话”——对人物间的对话不加引号，只是在“姑问”、“我说”、“妻说”、“父亲说”和“母亲说”等字眼后面加缀“：”来引起人物的对话，有意使叙述者的声音与人物的声音在形式上混合在一起、在精神上融合在一起，笔者认为，莫言所以这样做是试图通过使用实际上不符合现代汉语标点符号使用规范的引语方式来消弭第一人称限知视角叙述者在叙述他自己以外的人物语言和思维活动时的那种“隔”和“作”的感觉，以造成故事与叙述真实可靠的艺术效果。在《蛙》中，作者沿用在《爆炸》中使用的叙述视角和叙事形式的基础上，使用书信体作为主体叙事形式，并对书信体和第一人称叙述视角都做了创造性革新，使其在叙事功能上具有更宽广的视域、知域和更强的叙事表达能力，下文专节详述，兹不赘述。

在《爆炸》和《蛙》的人物构成上，较为核心的人物是具有一致性和延续性的。第一人称叙述者兼故事人物“我”在两部作品中都是贯穿始终的人物，在《爆炸》中，“我”是从乡村走出的电影导演，“我”在讲述故事，也在经历故事。在《蛙》中，“我”存在于两个故事和叙事层面上：一是作为剧作家蝌蚪的“我”——一个通过写信的方式向杉谷义人讲述“姑姑”的故事的“我”，这个“我”的年龄、性格等在故事中是基本稳定的，前后无明显变化。一是作为军官万足的“我”——一个叙述、经历并参与“姑姑”的故事的“我”，这个“我”在“姑姑”的故事里随着“姑姑”一起经历变化，年龄、职业、婚姻和生育状况都有变化。两部作品里都有一个“姑姑”，在《爆炸》中，“姑姑”是“妇产科医生兼主任”，“她是我爷爷的哥哥的女儿，四十九岁，面孔白皙，一双手即使在夏天也冰凉彻骨”[①]。当这位“姑姑”知道“我”的妻子怀孕了要流产时，“姑说：生了吧，也许是个男孩呢！我说：我有一个女孩。姑说：女孩到底不行。我说：您也这样说？姑说：只有我才有权力这样说。姑可是闯社会的，女人本事再大也不行。生了吧”[②]。这位“姑姑”是一位温和的长辈，有着重男轻女的传统思想，而且对于“计生”政策关于公职人员不能超生的规定并不在意，而当给“妻子”进行“流产”手术时，“姑说：……这种事我干一回够一回，刚才是送子观音，现在是催命判官”[③]，“姑姑”是反感并抵触“流产”手术的，只是因为职业原因，不得不为之。这位“姑姑”并非小说中的主要人物，其形象也不是很突出。我们再看《蛙》中的“姑姑”：这个“我姑姑是我大爷爷的女儿”[④]，有着“一个骑着自行车在结了冰的大河上疾驰的女医生形象，一个背着药箱、撑着雨伞、挽着裤脚、与成群结队的青蛙搏斗着前进的女医生的形象，一个手托婴儿、满袖血污、朗声大笑的女医生形象，一个口叼

---

① 莫言：《爆炸》，莫言：《莫言文集·白棉花》，当代世界出版社 2003 年版，第 93 页。

② 同上。

③ 同上书，第 108 页。

④ 莫言：《蛙》，上海文艺出版社 2012 年版，第 11 页。

香烟、愁容满面、衣衫不整的女医生形象”[①]，这位“姑姑”的形象是自身矛盾甚至自我对立的：作为妇产医生，“姑姑”接生过9883个孩子，是“活菩萨”、“送子娘娘”，“身上散发着百花的香气”；作为“公社计划生育领导小组副组长”，“姑姑”“实际上是我们公社计划生育工作的领导者、组织者，同时也是实施者”[②]，“姑姑”带队搜捕计划生育政策的破坏者，给男人结扎、给女人做节育和强制流产手术。在《蛙》中，“姑姑”是故事的核心人物，是一个自我思想的矛盾体，既是第一人称叙述者“我”叙述的故事里的主人公，又是她自我故事和她所经见的别人的故事的叙述者。更有意思的是，在《爆炸》中有这样一个情节，当“姑说你把我写进电影里没有，我比陆文婷不差，接了一千多个孩子”时，“我说一定要写个生孩子的戏，从头到尾都是生孩子”[③]，而在《蛙》一开篇，“我”就告诉杉谷义人“我想写一部以姑姑为素材的话剧”[④]，并以剧本《蛙》来收束整部小说，恰好实现了《爆炸》和《蛙》这两部作品时隔24年的接续，当然，仅据小说中这几句人物对话和叙述，我们无法判定作家莫言是否早在1985年就已经决定了将来要写一部反映生育问题的长篇作品，但是这种巧合也确是颇具意味的。

第二节 《蛙》深浅叠加的双层叙事结构与视角创新

在《蛙》中，有两个“我”，这两个“我”分别存在于深浅两个叙事层面上：浅层叙事层面，是剧作家蝌蚪写给杉谷义人的五封信，分别置于小说五部各部的开篇，引领故事正本，在这个浅层叙事层面上，“我”是剧作家蝌蚪，一个通过写信的方式向杉谷义人讲述“姑姑”的故事的“我”，这个“我”的年龄、性格等都无明显变化，这个“我”是外在于“姑姑”和高密东北乡的生育史故事的，是“姑姑”故事的引领者和导读者，甚至是作家创作思想的代言人；深层叙事层面，是蝌蚪写给杉谷义人看的以“姑姑”万心为中心的高密东北乡的生育史故事，在这个深层叙

① 莫言：《蛙》，上海文艺出版社2012年版，第3页。

② 同上书，第54页。

③ 莫言：《爆炸》，莫言：《莫言文集·白棉花》，当代世界出版社2003年版，第93页。

④ 莫言：《蛙》，上海文艺出版社2012年版，第4页。

事层面上，“我”是军官万足，是一个内在于“姑姑”和高密东北乡生育史故事的“我”，这个“我”在“姑姑”的故事里与“姑姑”一起经历生活，年龄、职业、婚姻和生育状况等都有变化，这个“我”是“姑姑”和高密东北乡生育史故事的参与者、见证者和叙述者。

从文本细部来看，《蛙》的主体叙事形式是书信体第一人称叙事，小说大致有这样几层叙述关系：第一层叙述关系，存在于小说每一部之前“我”——剧作家蝌蚪写给杉谷义人的信中。从内容来看，这五封信交代了故事正本中“姑姑”故事的相关信息、“我”与杉谷义人的相识相知、“我”对计划生育政策的看法、“我”对于写作（文学创作）的态度、剧本《蛙》的故事与书信中“现实生活中的许多事件”的虚实交织，是“我”思想变化的一个记录。而且，从信的内容来判断，杉谷义人对“我”在信中写下的“姑姑”的故事是有回应和评价的，只是作者隐藏了杉谷义人的回应文本，写信人剧作家蝌蚪“我”是一个有声的叙述者，收信人杉谷义人被莫言处理成了一个沉默的“受述者”。五封信既分别交代其领衔的那一“部”中“姑姑”故事的背景，又表明作者、书信叙述者蝌蚪和“姑姑”故事的叙述者万足对于即将展开的故事及其中敏感事件或人物的态度与情感。

在引领“第一部”故事的“信”中，在交代小说选择书信体的原因时，作家通过蝌蚪之口说道：“在青岛机场，送您上飞机之前，您对我说，希望我用写信的方式，把姑姑的故事告诉您。……她的故事太多，我不知道这封信要写多长，那就请您原谅，请您允许，我信笔涂鸦，写到哪里算哪里，能写多长就写多长吧。”① 在引领“第二部”故事的“信”中，蝌蚪在赞赏杉谷义人主动承认自己的父亲曾是日本侵华战争期间平度城的日军指挥官并表示愿意为父赎罪时说：“您勇敢地把父辈的罪恶扛在自己的肩上，并愿意以自己的努力来赎父辈的罪，您的这种担当精神虽然让我们感到心疼，但我们知道这种精神非常可贵，当今这个世界最欠缺的就是这种精神，如果人人都能清醒地反省历史、反省自我，人类就可以避免许许多多的愚蠢行为。”② 这既衔接起了蝌蚪叙述的姑姑的父亲——“我”的大爷爷的抗日英雄事迹，将中日两代人、两个民族的恩怨联系在

① 莫言：《蛙》，上海文艺出版社 2012 年版，第 4 页。

② 同上书，第 77—78 页。

一起，强调了一个人对另一个人、一个民族对另一个民族曾经犯下的罪恶是需要“认罪”和“赎罪”的，是一种对于广义上作为“犯罪者”和“受害者”的“人”在关系自身生死存亡斗争中所经受的精神困境的普世关怀，同时也是对中华民族为了自身国族前途所进行的关于“人”的“生”与“不生”的国族与个体之间的挣扎、矛盾与困惑的反思，是为下文关于“人”的生育问题的“罪”与“罚”的反思所做的铺垫：在由意识形态和国家权力操控的关于“计生”的基本国策和法律规定面前，“超生”与“偷生”是一种“罪”，当事人要承担相应的“罚”；而在绵延数千年的生育伦理和家庭道德面前，那些以“姑姑”为代表的坚定的国家“计生”政策的执行者们对为了“超生”而“偷怀”的胎儿所强制执行的人为终止妊娠的手术及对“超生者”或“可能的超生者”所进行的结扎手术，又是另一种“罪”，当事人又要承担来自普通民众的指责之“罚”和来自自己内心深处的道德和伦理之“罚”，而这又是对“第一部”故事中“进入晚年后，姑姑一直认为自己有罪，不但有罪，而且罪大恶极，不可救赎。我以为姑姑责己太过，那个时代，换上任何一个人，也未必能比她做得更好”[①] 的衔接和回应。这不仅体现了“姑姑”的“认罪”与“领罚”，也体现了作者对于“计生”工作者的态度——客观的、有谅解的宽恕，而这又与引领“第三部”故事的“信”中蝌蚪关于“计生”政策的态度是一致的：“在过去的二十年里，中国人用一种极端的方式终于控制了人口暴增的局面。实事求是地说，这不仅仅是为了中国自身的发展，也是为全人类作出贡献。”[②]

正是通过这五封信，作者向读者表明了《蛙》的创作意图：小说的目的不在于抨击“计生”政策本身，而在于呈现中国民众尤其是普通农村民众对这一政策的反应，批评政策执行过程中存在的粗暴执法问题，反思整个民族为国族的前途命运所进行的这场生育控制给整个国族和民众带来的精神层面的影响。那些把《蛙》简单地界定为批评计划生育政策或反对生育控制的理解都是片面的、错误的，都忽略了莫言在《蛙》中把整个新中国成立以来的生育政策和整个中华民族的生育状态作为书写对象的基本事实，忽略了莫言对于作为国族延续大计的生育的高度重视和深刻

---

① 莫言：《蛙》，上海文艺出版社 2012 年版，第 71 页。

② 同上书，第 145 页。

反思：莫言既写了20世纪50年代“人多力量大”的号召带来的生育高峰，也写了“计生”时代人们对于生育的复杂态度，“我的《蛙》，通过描述姑姑的一生，既展示了几十年来的乡村生育史，又毫不避讳地揭露了当下中国生育问题上的混乱现象”①。

因此，可以说《蛙》是莫言对于新中国成立以来关乎民族存亡大计的生育政策的整体反思，所努力反映的是我们这个有着悠久文明史、再度崛起中的东方民族出于对当下生存和未来延续大计的考量而在生育问题上进行的思考与探索，小说的立意不在批评，而在反思。通过这样的书信体结构方式，莫言力图避免作品因为涉及敏感话题和政策禁区而遭到曲解和不负责任的批评。所以，这五封由剧作家蝌蚪写给杉谷义人的“信”，其用意根本不在引领杉谷义人来阅读和理解“姑姑”的故事，而在引领小说的读者们理解作者的创作意图，从而更好地理解故事，而这也正是作者为什么没有把杉谷义人回应蝌蚪的信函呈现出来的根本原因，杉谷义人代表所有读者在接受作者的引领，这样的叙述方式应该是作者因为小说主题在创作“当时”的敏感而不得不采取的无奈却聪明的办法吧。需要注意的是，《蛙》的这种写作策略与莫言在《酒国》中使用的书信是不一样的，《酒国》的书信是小说的三条叙述线之一，是通过小说人物“莫言”与酒博士的通信往来，来拉近“莫言”与“酒国”之中故事人物间的关系，从而在作家莫言、小说人物“莫言”和“酒国”故事人物之间营造一种虚实相间的关系。

《蛙》的第二层叙述关系存在于剧作家蝌蚪“我”写给杉谷义人看的“姑姑”故事的正本中，从内容来看，是叙述者“我”——“姑姑”的侄子“万足”（即万小跑）在向“先生”杉谷义人讲述以“姑姑”万心——妇产科主任兼公社计划生育工作领导小组副组长为中心的高密东北乡的生育史故事。从表面来看，“我”是一个第一人称叙述者，同时也是“姑姑”故事的见证者和参与者，是一个第一人称限知视角叙述者，“我”只能讲述“我”的所思、所想、所感和“我”所见、所闻的旁人故事。但是，从故事的深层和故事的呈现方式来看，“我”所呈现给杉谷义人的以“姑姑”为中心的故事超出了“我”的视域范围，进入了一个近乎

① 莫言：《听取蛙声一片——代后记》，莫言：《蛙》，上海文艺出版社2012年版，第343页。

"全能"的全知叙事视域。那么，莫言是如何在小说中实现这种视域的超越的呢？通过分析文本，我们发现，这种视域的超越是通过故事人物的"转述"来实现的。每当故事的叙事主人公"我"需要讲述超出自己第一人称限知视角叙述视域的故事时，"我"总是很聪明地引入一个"姑姑"故事的某一个片段的参与者或见证者，将叙述权暂时让渡给这位临时的叙述者，通过其视角和声音来呈现他所参与或见证的故事片段，将其当时的所见、所思、所闻、所感叙述出来，这样，就使"姑姑"的故事的叙述呈现出层级性和散点透视的特点：当"我"写信叙述"姑姑"的故事给"先生"杉谷义人听时，"我"是直接叙述者（第一叙述者），在"姑姑"故事的文本之中向"先生"杉谷义人进行叙述活动，"先生"杉谷义人是当然的直接受述者（第一受述者），他在"姑姑"故事的文本之外，却在小说《蛙》的文本之内；而当"姑姑"故事某一片段的当事人叙述他们所经历或见证的故事片段给"我"听时，这位故事片段的见证者、经历者就变成了直接叙述者（第一叙述者），而"我"则临时让渡出叙述的话语权，变成了这个故事片段叙述者的直接受述者（第一受述者），变成了听众和转述者（间接叙述者），这时的"先生"杉谷义人就变成了间接受述者（第二受述者）。站立在这两个叙述层级之外的读者大众是第三受述者，他们地位超然，看着莫言煞费苦心地用书信体的叙事连环塑造出一群纠结在"生"与"不生"之间的凡俗男女，结撰出一个个惊心动魄的"生人"与"人生"故事，在不知觉间被第一人称叙述者"我"带入故事，对其中人物的情绪、思想感同身受，又不时地被"我"拉着一起，听"我"之外的临时叙述者的声音补充讲述某个故事片段，并被"我"就此展开的、讲给"先生"杉谷义人听的议论所引导，被动或主动地进行着"叙事移情"——与故事人物"对话"或对故事情节与人物的情感进行"填空"。

当第一人称限知叙述者"我"为了向"先生"杉谷义人叙述出一个完整的以"姑姑"为中心的高密东北乡生育史故事时，"我"就要不时地让渡出故事的叙述话语权，作者在故事正本中大量使用"父亲说"、"姑姑说"、"姑姑后来说"、"姑姑哀伤地说"、"听说"、"有文化的哥哥说"、"母亲道"、"我听到他说"、"他站在那些卖鱼虾的人面前，充满感情地说"、"听父亲说"、"王肝悄悄告诉我们"、"王肝继续说"等来引领故事人物的叙述片段，以使整个以"姑姑"为中心的高密东北乡生育史故事保持书信体叙事自由倾诉、真切可信的特点，同时又不至于出现故事情节或叙述情感上的阻隔或停滞。很明显，莫言沿用了他早在《爆炸》中就已使用的“省引对话”策略，并将其改造为“省引叙述”，在“××说”之后加缀“，”或“：”来引起故事见证者和参与者的叙述，使之与“我”的叙述有效、有机地结合起来，从而使故事呈现出多人共叙、众声喧哗的多视角散点透视的叙述特点，正是这种多视角散点透视的叙述使故事的不同片段经不同叙述者之口讲出时，呈现出了立体多维和矛盾多元的特点，从而也就有效弥补了第一人称限知视角的视域限制和表现力不足的缺陷，使经过“悠悠众口”叙述出来的“姑姑”的故事和高密东北乡生育史故事能够具有深沉的艺术感染力和混元淋漓之气，而这也正是莫言对第一人称限知视角的改造之功。其实，如果我们试着对整部小说故事正本中的这些“××说”按照话剧剧本的体式截段分行，将人物的言语变成“××说：……”，将人物的动作变成“（××……地）”之类舞台说明的格式的话，整部小说的故事正本就变成了一个典型的话剧剧本，其间人物各按自己的角色粉墨登场。同时，细读故事正本中的人物对话，我们还可以发现这些人物对话多具有明显的“舞台体式”或“话剧腔”，如秦河在大集上乞讨和陈鼻扮演堂吉诃德时的人物语言等，均是如此。

《蛙》的深浅叠加的双层叙事结构和分属于两个叙事层面的“我”让人不禁想起鲁迅先生在《狂人日记》中所设置的那两个文言的“余”和白话的“我”这两个叙述者：“余”并非作者，而是“狂人”故事的发现者、引领者和导读者，交代“狂人”故事的背景，申明“狂人”的来龙去脉，使其与故事正本“狂人日记”中的“狂人”形成一种对比、对照的关系，使读者对“人”的“狂”与“不狂”以及所以“狂”的原因产生思考；而“我”即“狂人”，在“余”交代的故事背景之下，“我”在“日记”里可以随意张狂地言语、思考和行动，而且，对读者而言，“我”所有的张狂言行都是合理的，“我”眼中变形的世界在艺术上都是真实的，“我”所叙述的、经见的所有异于“常人”世界的人与事都具有震撼人心的力量，因此，当“我”最后喊出“救救孩子”的时候，才能振聋发聩、警醒国人。设若《狂人日记》没有前面的“楔子”，开篇即是“日记”正本中的“狂人”言行，这个“狂人”便来得过于突兀，在还是中国现代小说起点阶段的“当时”恐怕难以达到同样的艺术效果。因此可以说，正是借助“余”和“我”这样深浅叠加的双层叙事结构，鲁迅的《狂人日记》开启了中国小说的现代化之路，也正是因为这个文言的“余”和白话的“我”的分立与并用，《狂人日记》才能鲜明地、标本式地象征了中国小说叙事传统由古典向现代的转变。

然而，与《狂人日记》中的“余”和“我”的分立与对峙不同，《蛙》的深浅叠加的双层叙事结构中的两个“我”最终却在小说的“第四部”开始并最终在“第五部”的剧本《蛙》中合二为一：剧作家蝌蚪从浅层叙事结构的讲述走进军官万足始终处于深层叙事结构的生育故事中，蝌蚪与万足从小说开始的同一人却分处于浅层叙事层面中的“笔名”和深层叙事层面中的“真名”合二为之，伴随着身份的合二为一的是“他们”原来分立的故事也逐渐合二为一：在故事正本“第三部”中娶了“小狮子”为妻的“我”——退役军官万足，在“第四部”中因为小狮子“偷采了我的小蝌蚪，使陈眉怀上了我的婴儿”[①] 而当上父亲，而在剧本《蛙》中，当为万足和小狮子代孕的陈眉前来向剧作家蝌蚪讨要自己生下的孩子金娃时，万足和蝌蚪最终合二为一了。至此，原本深浅叠加的双层叙事结构中两个第一人称限知叙述者“我”走进了剧本《蛙》中，变成了话剧舞台上一个被全能叙述者叙述和表现的对象，蝌蚪从原来的叙述者一变而成为一个完全的舞台人物，通过自己的言语行动向读者展示自己的故事。

从以上分析来看，“五封信”、“故事正本”和剧本《蛙》中的人物和故事呈现出虚实相间、深浅互动的互文性特征，而作为主要叙述形式的书信中夹杂的话剧剧本和书信体故事正本中的“话剧化”倾向则是一种文体杂糅，此外，散点透视式的“省引叙述”加上小说中的“怪人”、“怪语”频现（如秦河、郝大手、陈鼻和晚年“姑姑”及其言行）、间有意识流点染其间，使整部小说呈现出众声喧哗、杂语交响的复调叙事的特点，这既是莫言对鲁迅在《狂人日记》中开创的深浅叠加的双层叙事结构的继承和发展，也是对他自己早年在《天堂蒜薹之歌》、《酒国》和《四十一炮》中就已使用的文体杂糅和双线叙事的发展和创新。

---

① 莫言：《蛙》，上海文艺出版社 2012 年版，第 247 页。

第三节 “三原则”之下的“罪”与“罚”书写

莫言曾在《蛙》的“后记”中提出了一个自己创作的“三项基本原则”，即“在良心的指引下，选择能激发创作灵感的素材；在我的小说美学的指导下，决定小说的形式；在一种强烈的自我剖析的意识引导下，在揭示人物内心的同时也将自己的内心袒露给读者”①。我们不妨姑且将其简单概括为“良心素材”、“形式美学”和“自我剖析”的莫言小说创作“三原则”，这其实是一个“写什么？”“怎么写？”和“用什么样的情怀去写？写什么样的情绪”的问题。我们不妨结合上述分析，对莫言创作的这“三项基本原则”在《蛙》中的体现做一个简单的分析。

“写什么？”是每一个作家都最关心的问题，这直接决定了一个作家作品的思想深度和艺术品位。关于《蛙》的“素材”的敏感度，前文已有论及。“直面敏感问题是我写作以来的一贯坚持，因为文学的精魂还是要关注人的问题，关注人的痛苦，人的命运。而敏感问题，总是能最集中地表现人的本性，总是更能让人物丰富立体。”② 的确，莫言小说的主题选择一直都有鲜明的现实性，从莫言真正意义上的第一部长篇小说《天堂蒜薹之歌》写农村基层官民矛盾开始，到《酒国》对于“食”、“色”误人误国的担忧，到《四十一炮》对“肉”与“欲”的炮火连天的轰击，再到《蛙》对关系国族命运的生育和“计生”问题的关注，莫言始终对“人”、“人性”和“人的生存困境”等主题怀抱着浓烈的现实关怀情绪。他以“作为老百姓写作”的姿态，为民“鼓与呼”，批判根深蒂固的小农意识，“哀其不幸，怒其不争”，对民族文化根本中的劣根性因子进行深刻的、艺术的、毫不留情的批判，对于敏感但涉及全体大陆中国人的生育问题保持了24年的密切关注、深刻反思和认真书写。对于《蛙》的选材原因，莫言曾说：“大陆的计划生育，实行三十年来，的确减缓了人口增长的速度，但在执行这‘基本国策’的过程中，确也发生了许多触目惊心的事件。中国的问题非常复杂，中国的计划生育问题尤其复杂，

① 莫言：《听取蛙声一片——代后记》，莫言：《蛙》，上海文艺出版社2012年版，第343页。

② 同上。

它涉及到了政治、经济、人伦、道德等诸多方面。”[①] 而正是因为生育和“计生”话题在当代中国语境中的敏感度和复杂性，它才几成文学禁区，少有作家作品涉及。莫言对这一题材的长期关注正是因为他本身具有浓厚的现实关怀情绪和出色的文学表现力。

“怎么写？”是作家在确定了主题之后要认真考虑的形式选择，作品的形式决定了一个作家作品的主题表现力和审美气质。关于《蛙》的形式，莫言曾说过：“我是不满足于平铺直叙地讲述一个故事的，因此，小说的第五部分就成了一部可与正文部分互相补充的带有某些灵幻色彩的话剧，希望读者能从这两种文体的转换中理解我的良苦用心。”[②] 在《蛙》中，莫言采用书信体的结构模式和叙述方式，主要还是因为在创作该小说时，虽然社会上关于改革已经执行了20多年的“计生”政策的讨论已经很热烈了，但毕竟官方还没有明确的关于政策变化的表态，即便是对其进行文学化的、艺术的处理也需要审慎地掌握尺度和分寸。因此，书信体的私密性、自我性、自由性、倾诉性和亲切性都可以从某种程度上消解小说主题的敏感度，削弱对于涉及法理问题的过度阐释和过度反应。从本书的分析来看，书信体、第一人称限知视角叙事和散点透视的“省引叙述”的融合使用，使叙述者可以讲述/记录自己经历过的以及听来的、看到的、读到的自己的或他人的故事，使叙述既有第一人称限知视角叙述的亲切、私密、可信，又有散点透视的立体多维、后知甚或全知叙述的特点，既有效拉开作者与叙述者的距离，又有利于叙述者代表作者把控叙事的节奏、品评人物的思想言行，既有利于作者更好地引导读者理解其创作意图，又避免读者将故事人物对敏感的“计生”问题的态度和观点混淆等同为作者的个人观点。

“用什么样的情怀去写？写什么样的情绪？”表征着一个作家、一部作品的情感深度、道德高度和思想格局。莫言在《蛙》中写了新中国的生育史，重点写了计划生育及其在实施过程中出现的“涉及到了政治、经济、人伦、道德等诸多方面”的“许多触目惊心的事件”[③]，写

① 莫言：《听取蛙声一片——代后记》，莫言：《蛙》，上海文艺出版社2012年版，第342页。

② 同上。

③ 同上。

到了男性的结扎、女性的种种避孕措施的推广、堕胎(小月份胎儿的流产和大月份胎儿的引产)、部分政策执行者对“超生”人员的粗暴执法、各种钻政策空子的借腹生子和代孕等许多与中国传统生育观念和道德伦理观念相冲突的“计生”乱象,对这些社会问题的书写需要巨大的勇气和高度的艺术表现的自信,因此可以说,莫言是以一种对当代中国社会负责、为同代人画像、为后代人留史的社会担当和艺术良知进行《蛙》的创作的。在小说中,故事人物和故事叙述者的情绪是复杂多样的:有因不解而产生的抵触、有因不甘产生的反抗、有因不舍产生的哭闹、有因生死产生的悲剧、有因执行政策产生的信念与怨念、有因道德谴责和伦理自责产生的忏悔与赎罪。坚决执法、铁面无私的“姑姑”晚年生活在道德自责和忏悔赎罪之中:“一个有罪的人不能也没有权力去死,她必须活着,经受折磨,煎熬,像煎鱼一样翻来覆去地煎,像熬药一样咕嘟咕嘟地熬,用这样的方式来赎自己的罪,罪赎完了,才能一身轻松地去死。”① “姑姑”通过与姑父复制并供奉经自己的手流掉的那些婴儿泥塑的方式来赎罪;“他们有罪,我亦有罪”②,“我”曾为了自己的前途断送了前妻王仁美和她腹中孩子的性命,也曾和小狮子一起让陈眉代孕并与他们合谋抢回了金娃,“我是真正的罪魁祸首”,“我”满心希望用写作来赎罪,却发现“剧本完成后,心中的罪感非但没有减弱,反而变得更加沉重”③。最后,赎罪无门的“我”发出振聋发聩、引人深思的自问:“沾到手上的血,是不是永远也洗不净呢?被罪恶纠缠的灵魂,是不是永远也得不到解脱呢?”④ 这个疑问无疑会触及每一个曾经历过“计生”困惑的中国人灵魂深处的隐痛,“他人有罪,我亦有罪”?那么,我的罪,该怎么赎?“生人”之困带来的“罪”与“罚”不仅导致了“人生”之难,它本身就是一种无可遁逃的“人生”之难。莫言在《蛙》中的确做到了“强烈的自我剖析”,而这正是其强烈的现实关怀情绪的自然倾泻。

此外,《蛙》中的几处文化象喻也是颇具深意的。小说及小说中的话

① 莫言:《蛙》,上海文艺出版社 2012 年版,第 339 页。

② 莫言:《听取蛙声一片——代后记》,莫言:《蛙》,上海文艺出版社 2012 年版,第 343 页。

③ 莫言:《蛙》,上海文艺出版社 2012 年版,第 281 页。

④ 同上书,第 282 页。

剧均取名为《蛙》，在剧本《蛙》中，莫言曾借“蝌蚪”之口说明原因：“暂名青蛙的‘蛙’，当然也可以改成娃娃的‘娃’，当然也可以改成女娲的‘娲’。女娲造人，蛙是多子的象征，蛙是咱们高密东北乡的图腾，我们的泥塑、年画里，都有蛙崇拜的实例。”① 简言之，“蛙”是一种生殖崇拜的图腾，象征着民间对于多子多福的生活的祈望，以其来命名一部以计划生育为主题的小说，恰是一个矛盾性的悖论，还有些许反讽的意味，此其一也；其二，“我确实怕极了青蛙。我一想到它们那鼓凸的眼睛和潮湿的皮肤便感到不寒而栗，为什么怕？不知道”②。或许正是因为莫言对“青蛙”的莫名的恐惧与他要在小说中表现的“姑姑”和“蝌蚪”对不可救赎的罪过的恐惧具有某种相似性，他才将这部道德赎罪和人性反思之作命名为《蛙》。其他如万足的笔名“蝌蚪”，既是“蛙”的幼体，又暗指男性的精子，是生育力的象征，而名为“蝌蚪”的剧作家和妻子却恰恰因为生育困难而找人代孕；小说人物多以身体部位命名，大概有众人皆是手足的寓意吧，那么因为计划生育而引起的人际争执与斗争，是否暗含了“手足相煎”的痛苦与无奈呢？

《蛙》描写了“姑姑”在特殊时代和特殊意识形态操控下对于传统生育观和计划生育的矛盾心态与内心挣扎：从最初“新式接生”的“送子娘娘”到进行“强制流产/结扎”的“计生”政策的坚决执行者再到晚年自认为“罪大恶极，不可救赎”的忏悔者和赎罪者。一个国家为了民族命运所进行的生育控制的罪与罚都重压到一个妇科医生兼“计生”工作者的身上，其对生育的态度、对于违反国家生育政策者的态度和晚年的反思与忏悔正是整个民族几代人所经历的痛苦挣扎和深刻反思的生动而典型的写照。而对于“计生”时代的普通民众而言，“生不生？”“生不生男孩？”和“生几个”的问题是一种在“计生”语境中纠结于道德、伦理和“传宗接代”的代际矛盾的人生困惑，是一个难题，因为所有的“生”和“不生”都是困扰。

《蛙》写出了被传统的生育伦理和现实政治意识形态挤压、扭曲并异化的人性之“恶”，写出了纠缠在一起的近四十年间当代中国人所经历的

---

① 莫言：《蛙》，上海文艺出版社2012年版，第308页。

② 莫言：《听取蛙声一片——代后记》，莫言：《蛙》，上海文艺出版社2012年版，第341页。

“生人”之困和“人生”之难，是一部“描写了人类不可克服的弱点和病态人格导致的悲剧命运”的“真正的悲剧”，是一部“具有‘拷问灵魂’的深度和力度”的“真正的大悲悯”① 之作。

① 莫言：《捍卫长篇小说的尊严——代序言》，莫言：《蛙》，上海文艺出版社 2012 年版，第 3 页。

第八章

《生死疲劳》的“寄居叙事”与视角叠加

从开始小说创作之初，莫言就表现出对“叙事物”（非人的叙事者）的高度兴趣，在其早期的作品如《红高粱家族·狗道》中被战乱和饥荒野化的狗们和《球状闪电》中的母牛“花花”和刺猬“刺球”等“叙事物”，都是莫言借动物的视角来反观人类的行为和思想、使其经历故事并参与叙事的典型文例，这在当时是颇为新颖独特的，研究者一般将其归为“动物视角”来加以分析讨论，视其为莫言在小说叙事视角上的一种创新与实验。如果仅从这个意义上来看待莫言小说中的“叙事物”的“物视角”（非人视角）的话，即便是认可其在叙事上的实验性和创新性，也仍然低估了莫言小说中这种叙事视角和人称机制探索所具有的美学价值和意义，究其原因，是这种观点只注意到了莫言所使用的这种叙事视角浅层的从“人”到“物”的变化与创新，却没有认识到其深层的“物的外形+人的品性”的这种“亦人亦物”又“非人非物”的“人”与“物”的视角叠加和叙事情感与心态的重合与互补，从而也就忽略了莫言这种叙事探索在叙事美学上所具有的高度的创新价值和意义。

第一节　“物”叙事：“寄居”式“移情”型叠加视角

作家把“叙事物”（非人的叙事者）放置到小说叙事主人公的位置上，以“物”叙“事”，并悄悄在其身上灌注进人类的思想、情感和意识，乍看似是“动物视角”叙事或“拟人叙事”，但是，请注意，这些“叙事物”的叙述视域与观照范围——其所叙述的故事的深度、广度和高度虽符合其“物”（非人）的身份特征却又兼具“人”的情感温度，是作者在“物”的外“壳”里塞进一个寄居的“人”的精神内核，这个“人”的叙事情感和视域又受到“物”所属物群特点的影响和限制，是一种典型的“借壳叙事”和“寄居叙事”。作者托“物”叙“事”言“情”，借用一种“非人”的“他者”的视角来讲述某一个居于故事核心位置的人（或物）的故事，或者“借壳”来抒发胸臆，移己情入人情、移“人”情入“物”形，移一人/物之情入“他人/物”之形，使叙事主人公具有一种“借壳”的面具感或“寄居”的神秘感，是一种“移情叙事”，这与莫言在其早中期作品中的“我向思维叙事”及其主打的“我爷爷”、“我奶奶”等复合型人称视角和类第一人称叙事视角是大不相同的，是一种颇为典型的视角叠加，造成了一种“寄居”式“移情”型叠加视角，莫言较多地将其惯用的第一人称或类第一人称叙述视角与被“借壳”或被“寄居”的“他人/物”视角进行了叙事人称指代功能的叠加和叙事视角阈值的重合和互补，从而使站在叙述者背后的作者在结撰故事、编织情节时获得了在故事时间和叙事时间间游移腾挪和“随意超越”的高度自由，这其实正是传统“魔幻现实主义”叙事的精髓，但莫言通过这种“寄居”视角所创造的“移情叙事”实际上已经完成了对拉美传统魔幻现实主义叙事及中国古典志异志怪小说叙事在叙事视角及其美学功能上的再造与超越，赋予了魔幻现实主义以“中国风格”和“莫言特色”，使其小说叙事中的叙事主人公都具有了细致入微、立体丰满、感人至深的艺术魅力，使其故事与故事人物都具有了独特新颖的陌生化美学效果。

我们首先要辨识的是，莫言笔下的“寄居”“叙事物”不同于中国古典志异志怪小说中的狐灵鬼仙。在中国古代志异作家的认知中，这些“狐灵鬼仙”或苦修多年而得人形，或是人死而灵魂精气不灭，根于物而成/呈人形，具有完整的人的思维能力和思维模式，仅保留一点其成灵成仙前“物”的些微习性，如猪八戒“猪”的贪嗔蠢惰、孙悟空“猴”的急躁多动、狐仙每每藏不住的尾巴等，即便是这些残留着的“物”的习性也还是志异作家们为了强化某些“人性”（“人”的社会属性）中的“物性”（“人”的自然属性）而着意设计出来的。通过阅读，我们不难发现，中国古代志异志怪小说中的“狐灵鬼仙”多被作家置于全能叙事语境中，以第三人称故事主人公或故事参与者的身份，被一个全知全能的叙述者所讲述，在故事中，他们多被全能叙述者牵引着被动前行，在作家设计好的情节中扮演着故事人物的角色，其言行举止和思维动向，皆需通过全能叙述者的叙述来呈现。

中国古典小说鲜有第一人称内视角叙事的文本，也较少使用心理描写，但志异志怪小说家们却更多地偏爱描写其笔下“狐灵鬼仙”的心理活动，这大概是因为作家们感受到其自身在人物形象塑造上的创新与突破，知其与既有叙事传统中的人物“和而不同”——同具人性、却另有动物性。正是这些关于“狐灵鬼仙”的心理描写，使中国古典小说叙事出现了从全能叙事向人物内聚焦叙事和散点透视式叙事转变的萌芽，使故事人物被赋予了以主动呈现自我内心世界和思想形态来参与故事进而推动故事情节发展的能力，这种转变给中国古典文学在叙事精神和人物形象塑造上带来了新变，也产生了辉煌的巨著，《聊斋志异》、《西游记》、《封神演义》和诸多笔记小说中的志异志怪短篇佳作等皆属此类。我们不妨暂且将这些“狐灵鬼仙”概括为“被叙述的人形人性物灵”，他们由“物”而“人”，是被叙述的、具有了人形和人的行为能力和思维方式的物灵，多为被叙述的故事参与者，个别因作家自觉的、在叙事上创新求变的需要，在心理描写中被赋予了“自曝”内心世界的叙述权力，并以一种异于全能叙述者的声音部分地参与故事的叙述，这是内聚焦叙事和散点透视式叙事的雏形，但中国古典小说家们的探索仅止于此，没有赋予这些“狐灵鬼仙”更多的叙述权力。这种志异志怪小说“人+物”式的叙事模式的当代激活、转型与创新是由莫言完成的。

第二节　从拟人到“物+人”的身份叠加

前文已有专章讨论过莫言发表于《收获》1985 年第 5 期上的中篇小说《球状闪电》的叙事结构和叙事视角，有一点再重复一下，在《球状闪电》中，刺猬“刺球”和奶牛“花花”被作家拉入叙事圆环，承担起从他们的视角讲述他们作为动物所经见的故事片段的叙事任务，他们与蝈蝈、毛艳等内聚焦“人”视角叙述者一样，是多视角散点透视的两个透视“点”，是纯粹的“动物视角”，是被作家拟人化了的作为故事参与者和经历者的内聚焦“物”视角叙述者，这种视角在中国文学自身的叙事传统及作品发表的“当时”虽已非常新颖独特，但与西方现代派小说叙事视角的“现代性”和“先锋性”相比，还是较为“传统”的。

我们再看发表在《十月》1986 年第 4 期上的中篇小说《狗道》，这篇小说是《红高粱》故事的延续，是“红高粱家族”系列中篇小说的第三部，莫言以第三人称全能叙事视角讲述了抗日战争中因为日本人的野蛮屠杀使高密东北乡人口锐减，“我”家红、绿、黑三条狗带领周边村子里的群狗变成了以吃人肉为生的野狗，“我”的“父亲”、“母亲”和他们的小伙伴们与吃人的狗群之间展开了生死搏斗，原本是人类的驯良朋友的狗们恢复了野性，并在动物的野性之外具有了“人性”思维能力，在形容“狗性”时，作家使用了通常用来形容“人性”的文辞，如“群狗心事重重，跃跃欲试”①、“我家的红狗、黑狗和绿狗都不动声色，互相用眼角瞥着，狭长的脸上挂着狡猾的笑容”②、“绿狗队里一个厚颜无耻、生着两片厚唇、鼓着两只鱼眼睛的公狗——它生着一身蓝黄夹杂的狗毛——竟然大胆调戏红狗队里与狗队长关系异常密切的一只漂亮的花脸小母狗”③、“黑狗站在它昔日的两个伙伴之间，和事佬般地叫了一声”④ 等，这时的“狗”们，虽仍只是被全能叙述者所讲述、描述的故事参与者，但是，它们已经具有了“狗性”和“人性”的叠加，具有了人的思维能力，我们可以说这是一种拟人化的写法，但是，细心的读者会发现，作家在描写狗的心理活动和狗与人之间的对峙关系时写道：“红狗知道，与它们作对的，是几个刁钻古怪的小人儿，其中一个，还模模糊糊地认识，不干掉这几个小畜生，狗群就休想安享这满洼地的美餐”⑤，“它刚刚迂回到洼地后边，看到掩体里那几个指手画脚的小人时。就听到洼地前的狗道上响起了手榴弹的爆炸声。它心中惊悸不安，见狗群中也慌乱起来；这种杀伤力极大的黑色屎壳螂，使所有的狗都胆寒。它知道，如果自己一草鸡，就会全线崩溃”⑥。这些对于狗的心理活动的描写，看似是作者使用了全能视角在叙述故事、进行心理描写，但其实已经具有较为明显的内聚焦叙事的特点，“狗”的视角的方向性已经在引导读者的阅读，尽管这种引导是比较隐蔽的，但作者已经在有意无意地、零星地向被叙述的“狗”让渡叙述的权力了，至少是借助狗的意识流动在推动故事了；而且，狗身上的“人性+物性”使其初步具有了“人+物”的感知能力和一点微弱的“人”与“物”相叠加的叙述视域。说得远一点，作家是在写日本人与中国人

① 莫言：《红高粱家族》，南海出版公司 2000 年版，第 207 页。
② 同上。
③ 同上书，第 208 页。
④ 同上。
⑤ 同上书，第 212 页。
⑥ 同上。

的战争、中国各派势力之间斗争的背景之下，写了《狗道》来写人与狗的对峙与斗争、狗群与狗群之间的斗争，这似乎可以理解为一种对人类动物性、兽性的一种极为形象的喻指：在民族存亡的斗争之中，“人”被残酷的战争“物”化、“兽”化、“异化”了，“人”变成了“兽”，正如曾经的家犬变成了吃人的野兽。同时，极具讽刺意味的是，原本是人类朋友的狗在野性回归的同时，居然也具有了人性。人耶？兽耶？殊难分辨！这是多么深刻的比拟。

在同年发表于《昆仑》第6期上的《奇死》中，莫言写到了另外一种来自中国民间文化传说中的“人”“物”交混：弥留之际的二奶奶被曾把她魅住又被她打死的黄鼠狼借尸还魂了，被打死的黄鼠狼阴魂不散，借二奶奶之口“通说”，“在绿色灯光照耀下的二奶奶的脸，已经失去了人类的表情”，“这声音根本不是二奶奶的声音，倒像一个年过半百的老头”①。这个情节在叙事的手法上倒是没有什么特别之处，所以要列举出来，是想以此来旁证一下莫言对于“人”与“物”结合的热衷。同样的例子，还有如莫言笔下的“鸟人”：《球状闪电》中每天晚上在酒铺里往自己身上粘羽毛、嘴里叫着“我要飞”的、“似鸟非鸟似人非人的怪物”“鸟老头”②，是一个生而为“人”却梦想者能够像鸟儿一样飞翔的“怪人”，一个有着由“人”而“物”的理想的“怪人”；《丰乳肥臀》中的“鸟仙”三姐因吃了一只肉味鲜美的大鸟肉而具有了“鸟仙”的神通，能未卜先知、悬壶济世，而且，在外形上当“她完全进入了鸟仙状态的时候，她鼻子弯曲了，她的眼珠变黄了，她的脖子缩进了腔子，她的头发变成了羽毛，她的双臂变成了翅膀”③，但当“她舞动着翅膀，沿着逐渐倾斜的山坡，鸣叫着，旁若无人，扑向悬崖”④时，这个有着神通的“鸟仙”却没能真的飞起来，“等我们清醒过来时，她已在悬崖下翱翔——我宁愿说她是翱翔，而不愿说她坠落。悬崖下的草地上，腾起一股细小的绿色烟雾”，她“落地时发出了清脆的声音，好像摔碎了一块玻璃”⑤，“鸟

① 莫言：《红高粱家族》，南海出版公司2000年版，第366页。

② 莫言：《球状闪电》，莫言：《莫言文集·白棉花》，当代世界出版社2003年版，第438页。

③ 莫言：《丰乳肥臀》，当代世界出版社2003年版，第180—181页。

④ 同上书，第181页。

⑤ 同上。

仙”摔死在悬崖下了，这是一个把“翱翔”的梦想误当成了现实而死于梦想的“鸟人”。这两个“鸟人”，“鸟老头”受尽了白眼，“鸟仙”受到世人尊重，但却都是因为“生命中不能承受之重”而被动地生发出了精神上“翱翔”的理想，这是一种精神病态之下想要逃离残酷现实和生存困境的理想，是一种被生活的重压所压抑出来的人的“异化”了的理想。

真正“翱翔”起来的“人”，是发表于1991年的短篇小说《翱翔》中的燕燕，这是一个被母亲逼着为哥哥“换亲”的可怜女子，她“容长脸儿，细眉高鼻，双眼细长，像凤凰的眼睛”，有着“修长的双臂、纤细的腰肢”和“超出常人的美丽”①，被迫嫁给“四十岁了，一脸大麻子”的“高密东北乡著名的老光棍”② 洪喜。洞房之日才初见洪喜的燕燕“看到了洪喜的脸，怔怔地立住，半袋烟工夫，突然哀号一声，撒腿就往外跑”③。被洪喜的长相吓坏了的燕燕，在悲苦的“换亲”命运面前，选择了“跑”，她想逃离苦难，但是，没有人同情这个不幸的弱女子，反倒觉得“跑了新媳妇，是整个高密东北乡的耻辱。男人们下了狠劲，四面包抄过去”④，被围追堵截的燕燕却突然“挥舞着双臂，并拢着双腿，像一只美丽的大蝴蝶，袅袅娜娜地飞出了包围圈”，“落在墓田中央最高最大的一株老松树上”⑤，引来全村人和“乡公安派出所的警察”一起想尽办法要把“会飞”的燕燕弄下来。最后，警察把燕燕两箭射下，故事至此结束。作为故事主角的燕燕，是一个婚嫁陋习导致的人间悲剧的牺牲者，在小说中自始至终没有说一句话，甚至也没有关于燕燕的心理描写，她只是作为一个被全能叙述者讲述的可怜女子，她的“翱翔”无疑只存在于作家的虚构性想象中，是一种艺术层面的真实，是莫言学习西方现代派小说技法和中国古典志异志怪小说人物形象塑造模式的一次尝试。那个“翱翔”的、“沉默”的燕燕，是一个无声的控诉者，是莫言笔下最早的由“人”而“物”的被“异化”的“人”。在《翱翔》中，她只是一个被“远观”、被叙述的故事人物，还没有从自己的视角参与故事的叙述。

---

① 莫言：《翱翔》，莫言：《莫言文集·白狗秋千架》，当代世界出版社2003年版，第417页。

② 同上。

③ 同上书，第418页。

④ 同上。

⑤ 同上书，第419页。

在这个人物身上有明显的模仿卡夫卡的《变形记》的人物形象塑造手法的痕迹，作家要借其表现的也是“人”在生存困境中的“异化”主题。

从比较纯粹的拟人化的动物视角，到逐渐清晰明了的“物+人”的故事人物的身份叠加的变化，体现出莫言表达人性关怀的力度与角度的与众不同。在西方现代派小说人物塑造方法和人文关怀方式的影响下，莫言在其早年作品中塑造了多个兼具“人性”和“物性”的故事人/物，使其具有更宽广的艺术承载力、更深刻的现实批判力和更浓郁的人文关怀感染力。还有一点需要强调，这些人/物身上的“人性”与“物性”既不以善恶区分，也不是简单的善恶相加，既非“杂取种种，合成一个”的纯粹人性的拼贴，也不是单一的“牛头马面”的兽性组合，而是一种基于身份叠加的人物审美内涵和外延的拓展，因而具有了复杂多义、朦胧多解的艺术魅力。这是莫言在人物形象塑造上的创新，也是其此后小说叙述者视角叠加和视域扩展的基础。

第三节　“寄居叙事”：“人”与“物”的视角叠加和视域扩展

与卡夫卡的《变形记》和中国古典神幻小说如《西游记》等中的核心人物相比，《生死疲劳》中的人物兼具故事叙述者和参与者的身份。哪怕仅从故事人物的身份及其形象意义来看，《生死疲劳》中的人物也别具风采。《西游记》中的悟空、八戒和各色妖魔鬼怪等在外形上是“人”、“物”一身，是一种想象中的“人”与“物”的肢体杂合，在精神气质上或是“人形物性”，或是“物形人性”，但多兼具“人性”和“物性”，每个人物都因此在审美内涵和外延上具有更高的象征性和更广的指代性，但是，他们的形象一旦确立，就少有变化，在故事里，他们的言行思维会顺着他们既有的性格模式生发，而不会有明显的或突然的改变，甚至读者在阅读故事时能根据作家设计的情境对这些人物的言语行动作出大致的预期，作家对这些人物的言语行动和内心活动的描述，基本上都是全能叙事，他们就像作家手中的提线木偶，按照既定的性格路数在相对模式化的故事轨迹上作惯性滑行。

《变形记》中的格里高尔因受到生活工作的重重挤压而变异为一只“甲虫”，由“人”而“物”，外具“物”形而内保“人”性。作为一个故事人物，他始终把自己关在屋子里，与其他故事人物的互动，限于隔着房门的言语对话和对往事的追忆，没有与其他人物面对面的言语交际和肢体互动。作为一个故事人物，变成甲虫之后的格里高尔是自我隔离的，他的故事始于“变形”，也止于“变形”，卡夫卡要表现的不是高潮迭起、人物繁多、波澜壮阔的矛盾冲突或情节复杂多变的故事，而是人在现代社会重压下的“变形”和“异化”主题，格里高尔这一人物形象的生动性来自其复杂的心理活动而非被置于“冲突”之中的人际互动。因此，对“变了形”的格里高尔而言，甲虫的外壳体现了他在重压面前隐藏自己、保护自我的逃避和自闭心理，虽然甲虫的外壳让他在行动上不自由，但在精神和心理上，他始终是一个完整的、完全的现代人，他在外形上被动地由“人”而变成了“虫”，但在心理上，他倔强地保持着“人性”，在他身上基本没有“人性”与“物性”的叠加。在叙事上，卡夫卡既让一个全能叙述者来讲述格里高尔的“变形”故事，又使用内聚焦来展现其内心丰富而涌动的焦虑，不管何时，他都是“物形人性”，对于甲虫的外壳，他时时感受到的是不便、懊恼和恐惧，“物形”——甲虫的外形与“人性”—— 人的品性在他身上基本是分离的。

和《球状闪电》的叙事圆环相似，《生死疲劳》中西门闹的故事也是一个叙事圆圈，小说的叙述始于大头儿蓝千岁的一句“我的故事，从1950年1月1日讲起”①，在经历了“驴折腾”、“牛犟劲”、“猪撒欢”、“狗精神”和“广场猴戏”后，又回到并终于这句“我的故事，从1950年1月1日讲起”②。所不同的是，《球状闪电》的叙事圆环中的各故事片段和不同环节，是由不同的叙述者兼故事参与者或见证者分别从自己的角度、以自己的视角来讲述的，是典型的多重话语（分述式）散点透视的叙事模式，故事的叙述者展开叙述接力，叙述权交替更迭，同时，因为叙述者的立场、角度和所处叙事时间和故事时间的不同，由不同叙述者讲述出来的故事也呈现出“杂语交响”的复调叙事特征，不同叙述者的声音在立体化了的叙事时间之中相互对话、诘难和质辩，从而使故事呈现出多解、歧义的话语矛盾和叙事张力，从而更好看耐读。《生死疲劳》中的故事主人公西门闹经历了驴、牛、猪、狗、猴和大头儿的六道轮回，看似是

① 莫言：《生死疲劳》，作家出版社2012年版，第3页。

② 同上书，第571页。

在不停地转换身份讲述从西门闹到大头儿蓝千岁的轮回故事，中间还夹杂着一个全能叙述者的声音，但从叙述者的精神气质来看，就只有一个核心叙述者——西门闹，他的精魂不灭，在六道轮回中转世投胎六次，“寄居”在驴、牛、猪、狗、猴和大头儿的皮囊里，经历并讲述自己的故事，故事表面的叙述者是大头儿蓝千岁，但在整个故事的叙事圆环中，是西门闹的精魂所寄居的那些人/物从自己的角度在讲述其被西门闹的精魂“寄居”时段的故事。故事的叙述者随着故事的推进变换着不同的“物形”，但“寄居”在其体内的“人性”——西门闹的人性是始终未曾有大变化的，只不过随着“物形”的变化而在西门闹的“人性”之外又附加了与其“寄居”的“物形”对应的“物性”，这就有了所谓的“驴折腾”、“牛犟劲”、“猪撒欢”和“狗精神”，从而使得故事的叙述者外具“物形”——驴、牛、猪、狗、猴和大头儿——而内保“人性”，保留了故事核心“人”西门闹的记忆和思维能力，同时又兼有“物性”—— 驴的“折腾”、牛的“犟劲”、猪的“撒欢”和狗的“精神”。当叙述者“寄居”在驴、牛、猪、狗、猴的皮囊里时，他是融入该物群、并与其周围的“人/物”互动的，又因不断在六道中轮回，出入阴阳两界，深度体验了人情、物情的冷暖，以“物形”行于世间而兼具“人性”、“物性”和“人姓”（如西门驴、西门牛、西门猪等称谓），是“物形+人性+物性”的视角叠加和视域杂合的叙事混合体。

第四节　《生死疲劳》：视角叠加中的三线叙事与“对话叙事”

《生死疲劳》的主体性叙事基本上都是以第一人称“我”的视角展开的，但是这个“我”是随着西门闹的“生死疲劳”故事及其叙事脉络的变化而变化的。《生死疲劳》中有三条叙事线和三个“我”：第一条叙事线上的叙述者“我”，是化身大头儿蓝千岁的西门闹的精魂——一个矛盾的、纠结于阴阳两界、人畜之间的寄居叙事者，这个“我”对叙述对象另一个“我”蓝解放讲述西门闹的精魂转世寄居在驴、猪、狗体内时所经历的故事，故事的显在叙述者是西门闹转世投胎所生的大头儿蓝千岁，但故事的经历者却是“寄居”的西门闹的精魂，在讲述西门闹转世为驴、猪、狗时，“我”就不再是蓝千岁，而是西门驴、西门猪和西门狗，其叙述视域和知域就是“物形+人性+物性”的视角叠加和视域杂合，即“驴/猪/狗的外形+西门闹的人间情感和记忆+驴/猪/狗的习性与思维方式”，或者说在这条叙事线上，当叙述者的声音出现时，“我”是“蓝千岁”，当故事经历者的声音出现时，“我”是“西门驴/猪/狗”，在这条叙事线上还有一个显在的叙述对象，即另一个“我”蓝解放——蓝千岁所叙述故事的听众。

在这条叙事线上，西门闹记忆中他作为人时所经历的故事与其死后不屈不灭的精魂“寄居”在不同的“物体”之中所经历的故事是交织在一起的。从“1950 年 1 月 1 日”起，被枪决的西门闹经过六道轮回，寄居在驴、牛、猪、狗、猴和大头儿的体内，“虽死犹生”地经历着“人世”与“畜类”、阳界与阴间的故事，他在“人”的不甘与怨愤之中回忆往事，又在驴、猪、狗的生涯中经历着“折腾”、“撒欢”和“精神”，挣扎在“过去”与“现在”、“人”与“畜”、怨与怒之间，他始终在轮回里挣扎，时而“人”的记忆复活，时而“畜”性大发，“尽管我不甘为驴，但无法摆脱驴的躯体。西门闹冤屈的灵魂，像炽热的岩浆，在驴的躯壳里奔突；驴的习性和爱好，也难以压抑地蓬勃生长；我在驴和人之间摇摆，驴的意识和人的记忆混杂在一起，时时想分裂，但分裂的意图导致的总是更亲密地融合。刚为了人的记忆而痛苦，又为了驴的生活而欢乐。”① 大头儿蓝千岁以追忆性视角使用第一人称“我”来讲述其从西门闹到驴、猪、狗的轮回中所经历的故事，这个“我”是寄居在不同躯壳里的西门闹的精魂，其在具体故事中的形体，时而是西门闹，时而是西门驴、西门猪或西门狗。在蓝千岁的叙述之中，西门驴、西门猪和西门狗的故事时间虽有先后，但都是按照顺时序有序推进的，并无明显交叉与互动，但这三段故事却都各自与西门闹的故事构成一种交叉、互动和对话的关系。如果说大头儿蓝千岁叙述故事的时间是“现在时”，即叙述时间是“现在”，那么，西门驴、西门猪、西门狗的故事时间就是“过去时”，而西门闹的故事时间则是“过去的过去”，即“过去完成时”。寄居在驴、猪、狗的躯壳里的西门闹的精魂不时地从“过去”跳回到“过去的过去”，不断唤醒其作为人——西门闹——时的记忆和记忆里的人事，不断进行着“人”——西门闹和“物”——驴、

① 莫言：《生死疲劳》，作家出版社 2012 年版，第 19 页。

猪、狗的视域和知域叠加，从而有效地呈现了时代、社会和人事变迁之中人的情感、性格和命运的变化。小说中西门闹的妻妾子女及长工蓝脸、义子黄瞳等人的性格、命运在时代浪潮中的变化对其自身来说或是无奈之举或是自然而然的事，但对于保有前世记忆却不得不寄居在动物体内的西门闹的精魂而言，却是多么伤情、伤心和绝望的事，这样的情节安排、人物关系的结构和叙述视角的使用就使得小说人物形象所具有的审美内涵和情感能指更为宽广博大，也因此更多地刻上了时代变迁的印记，而且这种印记的刻画方式也是非常巧妙而不着匠气的。

《生死疲劳》的第二条叙事线是“我”蓝解放所叙述的西门牛的故事。在这条叙事线上，“我”蓝解放是以一个顽固单干户蓝脸的儿子的身份作为第一人称叙述者来讲述其曾经历并见证过的西门闹寄居在“西门牛”体内时的故事。“我”蓝解放以一种“后知后觉”的语调和情绪追忆并对“你”蓝千岁讲述围绕西门牛所发生的故事，蓝千岁是西门牛故事的受述者。在这条叙事线上，因为西门闹对其为“人”时的记忆超出了叙述者“我”蓝解放的视域和知域范围而暂时隐退。叙述者“我”蓝解放的“后知后觉”是指“我”蓝解放在叙述故事时已经知道坐在“我”对面、听“我”讲述西门牛故事的大头儿蓝千岁其实就是经历了六道轮回、保有其轮回记忆的“西门闹”的转世，在小说“第十二章 大头儿说破轮回事 西门牛落户蓝脸家”的开头，就有一段“我”蓝解放和大头儿蓝千岁关于其由驴转世为牛的对话，之后“我看看那颗与他的年龄、身材相比大得不成比例的脑袋，看看他那张滔滔不绝地讲话的大嘴，看看他脸上那些若隐若现的多种动物的表情，——驴的潇洒与放荡、牛的憨直与倔强、猪的贪婪与暴烈、狗的忠诚与谄媚、猴的机警与调皮——看看上述这些因素综合而成的那种沧桑而悲凉的表情，有关那头牛的回忆纷至沓来……”①，而“我”蓝解放“现在”是在和大头儿蓝千岁一起通过回忆讲述“西门牛”“过去”的故事，是叙述者“我”——四十年前的蓝解放和受述者“你”——大头儿蓝千岁的前世西门牛曾经一起经历过的故事，“尽管现在我是个五十多岁的老男人，而你只是个年仅五岁的儿童，但退回去四十年，也就是 1965 年，那个动荡不安的春天，我们的关系，

① 莫言：《生死疲劳》，作家出版社 2012 年版，第 99 页。

却是一个十五岁少年与一头小公牛的关系"[①]，在这里，"我"蓝解放既是西门牛故事的叙述者又是经历者，只不过作为西门牛故事经历者的"我"蓝解放和西门牛故事叙述者的"我"蓝解放在"故事"和"叙述"两个层面上的年龄发生了变化，从"十五岁少年"到"五十多岁的老男人"，而作为西门牛故事受述者的大头儿蓝千岁和作为西门牛故事经历者的西门牛则在前后发生了形体上的变化，一个是五岁的儿童，一个是一头公牛，维系其前后精神气质层面上的一致关系的是西门闹不死不灭的精魂及其关于前生今世的记忆，因此，"我"蓝解放在向"你"大头儿蓝千岁讲述西门牛的故事时，不时地向"你"求证"你"作为牛的"当时"的"思想"和"情绪"，如"这时，我们听到，从我家的牛棚里传出来一种奇怪的声音，像哭、像笑、又像叹息。这是牛发出的声音。你当时，到底是哭、是笑、还是叹息？"[②]"——事情也许没这么复杂，大头儿蓝千岁道，也许我当时是被一口草卡住了喉咙，才发出了那样古怪的声音"[③]，西门牛的故事就在这样的对话式叙述中铺陈开来，这就在"我"讲故事给"你"听之外，增加了一种"你"反过来会与"我"讨论故事的进程与细节、参与故事情节的结撰，构成一种颇为奇异的叙事互动的景观，而这种叙事互动是颇具魔幻现实主义色彩的。另外，颇值得注意的是"牛犟劲"这段文本中的时间张力，作为西门牛故事叙述者的"我"（五十多岁的蓝解放）的叙述时间和作为故事受述者大头儿蓝千岁的受述时间是一致的，是"现在时"，而作为西门牛故事参与者的"我"（少年蓝解放）的故事时间与西门牛故事的主角西门牛的故事时间是一致的，是"过去时"，这两种时态在"故事"与"叙述"之中是交织在一起的，是一种时而对立时而对话的关系，是一种以残酷的时间落差来映照人生的无奈与命运的无情的"时间拼贴法"，这是莫言在《红高粱家族》中就已经运用纯熟了的叙事手法。

在追忆西门牛的故事时，叙述者"我"蓝解放的叙述都是基于其在故事发生的"四十年前"的"当时"和讲述故事时的"现在"的所闻、所见、所思、所感。西门牛虽仍是故事的主角和叙述所围绕展开的核心，但其作为西门闹的精魂所寄居的动物母体的思想、感觉和感情却因受叙述

---

① 莫言：《生死疲劳》，作家出版社 2012 年版，第 106 页。

② 同上书，第 156—157 页。

③ 同上书，第 157 页。

者“我”蓝解放的视域和知域限制而无法呈现，如果确有需要，叙述者“我”会采用上述临时停止叙述、向大头儿求证的方式来做必要的补充。那么，我们不禁要问，作者为什么要在“第二部 牛犟劲”里使用这样的叙述方式呢？细究其原因，恐怕是因为作者在这一部分里要重点呈现的是在西门牛故事的时间段里发生的“人事”——人民公社化过程中和“文化大革命”期间蓝脸所经历的“单干”的坚守与焦虑以及“运动”中的人们在特殊的年代里所经历的命运与人生的突变——而非“物情”——西门牛的思想和情感。西门牛的经历变成了动荡的“人间”故事的陪衬，西门金龙毒打烧死西门牛的场景正生动地表现了其作为“人”被政治高压挤压而极度扭曲变态的心理，西门金龙被政治逼到了命运的死角，当他把对“人”的仇恨转嫁倾泻到一头牛身上时，他作为“人”已经被“异化”得完全“非人”了！而要表现此时“人”的无助、焦虑、苦闷和悲愤，“人”——“我”蓝解放、单干户蓝脸的儿子、经历了人生大起落大波折的西门金龙的重山兄弟——的视角无疑会比西门牛的视角更具有情感体验和思想生发上的优势和更强烈的历史感、真实感和引领读者情感代入的亲历感。关于这一点，我们只需要读一读莫言蘸着血泪写下的几段文字就不难体会他借西门金龙打牛来写人世悲辛、谴责并悲悯经历了苦难却又无比残忍的“人”的良苦用心，“金龙是那样的变态，那样的凶狠”① 地打牛烧牛，是因为“他把自己政治上的失意，被监督劳动的怨恨，全部变本加厉地发泄到了你身上”②，他打牛，“牛身上，鞭痕纵横交叉，终于渗出血迹。鞭梢沾了血，打出来的声音更加清脆，打下去的力道更加凶狠，你的脊梁、肚腹，犹如剁肉的案板，血肉模糊”③，他烧牛，“牛的皮肉被烧焦了，臭气发散，令人作呕，但没人呕。西门牛，你的嘴巴拱到土里，你的脊梁如同一条头被钉住的蛇，拧着，发出啪啪的声响。……呜呼，西门牛，你的后半截，已经被烧得惨不忍睹了”④。对这样的施暴场面的描写和叙述，无疑是需要“人”的视角的，也正是借助“人”的视角，在描述完这样颇具象征意味的人间惨剧时，莫言才能借叙述者之口发

① 莫言：《生死疲劳》，作家出版社 2012 年版，第 194 页。

② 同上。

③ 同上书，第 196 页。

④ 同上书，第 198 页。

出了止暴的呼喊：“人们，不要对他人施暴，对牛也不要；不要强迫别人干他不愿意干的事情，对牛也不要。”①

另外，值得注意的是《生死疲劳》中不同叙述声音间的对话与互动，这种对话与互动既存在于第一人称叙述者“我”蓝千岁所叙述的“第一部 驴折腾”、“第三部 猪撒欢”和第一人称叙述者“我”蓝解放所叙述的“第二部 牛犟劲”的故事之间，也更明显地存在于“第四部 狗精神”的叙述之中。在第四部里，第一人称叙述者“我”时而是五十多岁的男人蓝解放（在故事时间里是酝酿、经历婚变时的蓝解放），时而是五岁的大头儿蓝千岁（在故事时间里是西门闹的精魂所寄居的西门狗），这两个第一人称叙述者分别从其各自的视角依次隔章讲述了其在同一故事时间里作为正在经历婚变的蓝解放和西门狗所经历的自己的故事及其见证的对方为人/为狗的故事。蓝解放的婚变故事和西门狗的故事通过这两个第一人称叙述者的“交互式”隔章叙述相互交织、纠缠在一起，构成一种互补、互证和对话的关系。这两个叙述者的叙述甚至在小说的“第五十二章 解放春苗假戏唱真 泰岳金龙同归于尽”中发展成为一种直接的“对话叙述”，两个原本就“对坐”着轮流讲故事给对方听的叙述者直接通过“你一言我一语”的“对话”共同叙述了一段颇为离奇的出殡活剧和爆炸惨案，这一章的故事主角是蓝解放，核心故事是蓝解放与庞春苗惊世骇俗的爱情故事，“对话叙述者”之一的“我”蓝解放自曝了其隐秘的情感历程和思想变化，而“对话叙述者”之二的西门狗则以一个兼有西门闹的思维能力和狗的行为、感觉能力的“人+物”的叠加视角对其所经见的蓝解放的情事和婚变中的其他当事人如蓝解放的妻儿等的言语动作作了补充性叙述，弥补了“我”蓝解放第一人称叙述视角的视域和知域限制的不足，使其婚变故事变得完整、丰富、立体，既有当事人叙述的亲历、亲感、亲见的真实生动，又有旁观者叙述的客观与冷静，更何况这位旁观的叙述者还是“寄居”了西门闹的精魂的西门狗的再转世——蓝千岁呢？

《生死疲劳》的第三条叙事线是由大头儿蓝千岁在其叙述中反复提及并多次引用的故事人物、小说家“莫言”写的14篇小说以及“莫言”以第一人称全能叙述视角讲述的“第五部 结局与开端”中的故事。在蓝千岁的叙述中，多次提到故事人物兼小说家“莫言”写的《苦胆记》、《养

① 莫言：《生死疲劳》，作家出版社2012年版，第197页。

猪记》、《新石头记》、《复仇记》、《后革命战士》、《辫子》、《圆月》、《太岁》、《人死屌不死》、《方天画戟》、《黑驴记》、《杏花烂漫》、《撑杆跳跃》和《爆炸》14篇小说，其中《太岁》、《黑驴记》、《养猪记》、《杏花烂漫》和《撑杆跳跃》5篇的内容以引文的形式出现在小说文本中，其他篇什的内容则由叙述者蓝千岁根据其叙述的需要作简要概述。这些篇名除《爆炸》确是现实中的作家莫言创作的中篇小说外，其他均是叙述者蓝千岁杜撰出来的“莫言小说”，究其功用有二：其一，对叙述者蓝千岁的叙述进行某一方面的故事细部或人物情感方面的补充，主要还是借“莫言”这一故事人物的视域和知域来弥补蓝千岁经历故事时的动物视角视域与知域的不足，从而使故事完整、人物情感自然丰满；其二，叙述者蓝千岁在引述“莫言小说”的故事片段时，总是在质疑或论证其小说叙述的虚假和不可靠，如在提到“莫言小说”《苦胆记》时，他说：“他小说里描写的那些事，基本上都是胡诌，千万不要信以为真”[①]，又如：“莫言从小就喜欢妖言惑众，他写到小说里的那些话，更是真真假假，不可不信又不可全信。《养猪记》里所写，时间、地点都是对的，雪景的描写也是对的，但猪的头数和来路却有所篡改”[②]，“按照莫言小说里的说法，……他的话不能全信，他写到小说里的那些话更是云山雾罩，追风捕影，仅供参考”[③]等。那么，我们不禁要问，既然叙述者蓝千岁不停地提及“莫言小说”并引用其中的片段，那么，他又为何要不停地告诉受述者蓝解放（及万千读者）“千万不要信以为真”、“不可不信又不可全信”、“不能全信”呢？这看似是一种“元小说”——叙述者故意向读者暴露故事的虚构性从而解构故事和叙事——的叙事手法，但通过认真分析，我们会发现其实不然。作家莫言让叙述者蓝千岁揭露“莫言小说”叙述的“不可信”恰恰是为了让读者通过对比这两个叙述者所叙述故事的真实性的差异来将其引向更大的“真实性”——使其确信蓝千岁所叙述故事的真实性，这是一种基于“元小说”却不同于“元小说”的叙事策略，是不能简单地将其概括为“元小说”。

另外要说的是，作家莫言多次将“莫言”写进小说，使其成为某一

① 莫言：《生死疲劳》，作家出版社2012年版，第8页。

② 同上书，第260页。

③ 同上书，第287页。

故事中的人物，且在虚构的故事中多扮演小说家的角色，以似真还假的身份参与故事，这样的写法使其小说具有了真假难辨、虚实相生的艺术魅力，《酒国》中的“莫言”是这样，《生死疲劳》中的“莫言”也是如此。在《生死疲劳》中，当蓝千岁述及“我在后来转生为狗的日子里，曾亲耳听莫言对你说过，要把他的《养猪记》写成一部伟大的小说，他说要用《养猪记》把他的写作与那些掌握了伟大小说秘密配方的人的写作区别开来，就像汪洋大海中的鲸鱼用它笨重的身体、粗暴的呼吸、血腥的胎生把自己与那些体形优美、行动敏捷、高傲冷酷的鲨鱼区别开来一样”① 时，让人无法不联想到刘再复对于莫言创作的“鲸鱼状态”② 的期许；而当读者看到“六月的西安尘土飞扬，……我看到有一个名叫庄蝴蝶的风流作家坐在一具遮阳伞下，用筷子敲着碗沿，在那儿有板有眼地大吼秦腔……莫言与庄蝴蝶是酒肉朋友，经常在自家小报上为之鼓吹呐喊”③ 时，很容易就会想到与莫言私交甚笃的陕西作家贾平凹的小说名篇《废都》中的风流作家庄之蝶；再当读者读到“我像莫言的小说《爆炸》中那个挨了父亲一记响亮的耳光后的儿子想得一样多”时，因为现实中的作家莫言确有一部题为《爆炸》的著名中篇小说，我们不禁困惑，“此莫言”是“彼莫言”耶？非“彼莫言”耶？真实的莫言与虚构的“莫言”一时真假难辨！而这正是作家莫言所极力追求的“虚实相生”的、“煞有介事”的叙事美学风格。更有意味的是，在“第五部 结局与开端”中，原来一直“潜伏”在蓝千岁的叙述中的“莫言”走向前台，取代了前两位第一人称叙述者蓝千岁和蓝解放，用全能叙述视角，以旁观者的身份讲述了原来两条叙事线上的故事人物的命运和结局。这种叙事手法，是作家莫言在《天堂蒜薹之歌》中就已开始使用，并在《丰乳肥臀》中就已使用纯熟了的“全能的大团圆叙述”，是其在尽情挥洒其叙事天才完成故事的主体叙述之后惯用的收束故事的结构方式。

莫言在《生死疲劳》中使用的三线并进、分头叙述的叙事模式，造成了一种话语交响和复调叙事的艺术效果。尽管表层的叙述者是三个“我”——大头儿蓝千岁、蓝解放和“莫言”，但因为上述分析所及的叙

① 莫言：《生死疲劳》，作家出版社 2012 年版，第 341 页。

② 刘再复：《莫言了不起》，东方出版社 2013 年版，第 51 页。

③ 莫言：《生死疲劳》，作家出版社 2012 年版，第 533 页。

述者与故事经历者的复杂的精神与身份的重合与分离——大头儿蓝千岁历经西门闹、西门驴、西门牛、西门猪、西门狗和西门猴的身份变迁，蓝解放的作为叙述者的老年蓝解放和作为故事经历者的少年蓝解放与中年蓝解放的身份重合，以及“莫言”作为影射真实作家的莫言和作为虚构人物的“莫言”的身份分离，导致了叙述声音的复杂多元和叙述者间的对话互动，使故事与叙事多元共生、互动互补，从而营造了一种生机勃勃、立体丰满的叙事生态。

第五节 《生死疲劳》叙事形式与叙事精神的美学意义

《生死疲劳》叙事形式的起点是《球状闪电》的“叙事圆环”和“散点透视”，经《天堂蒜薹之歌》的多重话语叙事、《酒国》的虚实相生、《四十一炮》“煞有介事”的双线叙事和《檀香刑》杂语交响的复调叙事，而发展成《生死疲劳》的“视角叠加”基础上的“寄居叙事”和“对话叙事”，使莫言小说的叙事创新与探索达到了其自身和中外文学叙事艺术的新高度。回望莫言所有的小说，其对叙事艺术上的创新追求（即形式创新）与其现实关怀精神的坚守（即作家在哲学层面上对“人”的思考和对世界的观照）始终是热情而坚韧的，而且在莫言的小说中，他的形式创新与现实关怀始终是互为表里、互相服务与促进的，无论是《球状闪电》对于改革者的情感关怀、《天堂蒜薹之歌》为农民兄弟的遭际抱打不平、《酒国》对于国人在经济与欲望浪潮中道德崩塌的担忧、还是《四十一炮》对于城市化进程中“人”的生存与精神困境的关注与焦虑、抑或是《檀香刑》对于民族根性的挖掘与批判，莫言的现实关怀聚焦不同，小说的形式也在在皆新。到《生死疲劳》，莫言关注的焦点落在了新中国成立之后的历次重大政治运动中人的不自由与政治对于人的精神的“异化”上，为了最艺术地表现这种关怀，作家用心良苦地营造出了一个个能够出入阴阳两界、人畜之间，兼有“物形”、“人性”和“物性”的、通过“视角叠加”获得了“超级视域”的“寄居叙事者”，使其能最大化地叙述新中国的政治运动史和精神与人性变迁史，并使这种叙述在艺术上具有独特的创新性和陌生化效果。

《生死疲劳》叙事精神的起点是《生蹼的祖先》和《战友重逢》，这三部作品中有一种一脉相承的魔幻现实主义的气质：灵魂在时间中任意穿越、不同时空里的人物可以共同参与某一故事或故事片段、叙述者使用“时间拼贴法”打乱故事时间和情节安排并重新排列以赋予故事以更深的审美内涵和更广的能指外延、叙述者叙述视角的知域和视域得到某种程度的拓展等。使《生死疲劳》与众不同的，是莫言所独创的“视角叠加”基础上的“寄居叙事”，这是古今中外文学史上所罕见的一种旨在拓展叙述者的知域和叙述能力的颇为成功的尝试和创新，其意义与莫言所独创的“我向思维叙事”具有同等重要的文学史价值和意义。莫言在《生死疲劳》中赋予西门闹的精魂以“寄居叙事”的能力，使其叙述视域与知域得以扩张，这既超越了卡夫卡所开创的“异化”叙事，也超越了中国古典小说的志异志怪叙事传统，更不同于现代电影和戏剧艺术中的“穿越”叙事，是一种崭新的现代性叙事策略，其艺术价值远还没有受到充分的重视和评价，其对当代文学叙事精神的影响还远没有显现出来。

总之，莫言通过“寄居叙事”的“视角叠加”所获得的高度的叙事自由和强大的叙事能力以及他通过这种叙事能力所表达的现实关怀情绪，是其小说艺术魅力的重要技术支撑和情感表征。

第九章

叙事形式探索与人物形象塑造的审美关联：兼论莫言小说中“被压抑”与“自我解放”的女性形象

据笔者的个人经验，阅读莫言的过程就是不断遭遇讶异、感受新奇、阅读经验和审美体验不断“被”刷新的过程。从20世纪80年代初登文坛至今，莫言在其几乎所有的作品中不断通过叙事视角/人称转换、时空剪接拼贴、语言变形、文体杂糅、话语叠加和人物（故事参与物）设置多样化等方式来进行小说艺术的创新求变①，以求用陌生化的甚至是炫技式的故事、叙述、语言和人物形象创新带给读者惊艳新奇的阅读体验②，造成强烈的审美冲击力和艺术感染力，并使其作品能够在新时期以来繁花似锦的当代文坛上脱颖而出。莫言在多个审美向度上对其作品中的诸种审美因素所进行的合理、和谐调配使其小说呈现出陌生化程度高、独创性强、审美冲击力大等艺术特点，使其作品的审美气质浑然一体、元气淋漓。

笔者认为，在较早发表的《天马行空》和《我痛恨所有的神灵》这两篇创作谈中，莫言就已经发布了统领其所有创作的“文学宣言”，他此后的创作实践、创作谈、关于创作的讲演、访谈和对话等，都是对其创作

---

① 莫言曾说：“要搞创作，就要敢于冲破旧框框的束缚，最大限度地进行新的探索，犹如猛虎下山、蛟龙入海，……文学应该百无禁忌（特定意义），应该大胆地凌云健笔，……创作者要有天马行空的狂气和雄气。无论在创作思想上，还是在艺术风格上，都应该有点邪劲儿。”见莫言《旧“创作谈”批判》，《小说的气味》，当代世界出版社2003年版，第286页。

② 莫言自陈道：“刚开始的写作，如果要被人注意，大概都要有些出奇之处，要让人感到新意，无论是他讲述的故事还是他使用的语言，都应该与流行的东西有明显的区别。”见莫言《做为老百姓写作》，《小说的气味》，当代世界出版社2003年版，第127页。

观的进一步阐发、解释和完善。在“天马行空”、“打破神像，张扬个性”[①] 的艺术追求的驱驰之下，莫言不断解放其文学观和艺术思想，开始了其从作品的表现形式到思想内涵的全方位探索与实验。

第一节 形式探索与对“人”的关怀

在形式探索尤其是叙事创新方面，莫言进行了三个方面的努力，即：其一，创造了“高密东北乡”这一文学地理叙事空间，使其天才的想象力和飞扬的叙事激情与“高密东北乡”所能指涉的故事原型无缝对接；其二，通过变换叠加叙事视角/人称和创造性地使用“我爷爷”、“我奶奶”等复合型人称视角开启了“我向思维叙事”模式，展现了强大的叙事包容性和可塑性；其三，通过“二元对立/和谐对称”的叙事及人物关系设置，突破并颠覆了此前中国小说叙事模式的时空观念和人物设置模式，开启了中国当代文学的“新历史主义”叙事。在作品思想内涵的拓展方面，莫言一直保持着对“人”的历史的热切关怀，通过文学的虚构对历史进行解构和重构，以《红高粱家族》开启了中国当代“新历史主义”文学大潮，并用《丰乳肥臀》将其推向高潮[②]。莫言强烈的现实关怀情绪让他始终抱持着“作为老百姓写作”的创作理念，密切关注“人”的生存现状，尤其是普通人的生存困境，保持着为民鼓呼和文化批判的高度热情。

对于小说叙事艺术的实验性探索并没有影响莫言对小说“本质”的体认：“不知是不是观念的倒退，越来越觉得小说还是要讲故事，当然讲

---

① 莫言：《我痛恨所有的神灵——为张志忠著〈莫言论〉写的跋》，《小说的气味》，当代世界出版社 2003 年版，第 121 页。

② 在论证“新历史主义”文学思潮时，张清华多次提及莫言对于当代“新历史主义”文学运动的贡献，援引并高度评价《红高粱家族》和《丰乳肥臀》，称“《红高粱家族》在一定程度上弥补和矫正了以往专业历史叙事和文学历史叙事所共有的偏差。……把当代中国历史空间的文学叙事，引向了一个以民间叙事为基本构架与价值标尺的时代。在这个意义上，说它推动了当代新历史主义文学叙事的兴起，应该是不过分的。”（见张清华《启蒙历史叙事的重现与转型》，《境外谈文》，花山文艺出版社 2003 年版，第 55 页。）并称“从一定意义上来说，《丰乳肥臀》是一个具有总括和典型意义的新历史主义小说文本。”（见张清华《十年新历史主义思潮回顾》，《钟山》1998 年第 4 期）

故事的方法也很重要，当然锤炼出一手优美的语言也很重要。能用富有特色的语言讲述妙趣横生的故事的人我认为就是一个好的小说家了。”① 莫言一语道出了“故事”、“讲述”和“语言”对于小说的意义。然而，小说创作的目的究竟是什么？作家精神劳动的意义何在？难道仅仅是用“花言巧语”叙述一个个“天花乱坠”的“故事”吗？对于这个问题，莫言的回答是：“我觉得小说越来越变为人类情感的容器，故事、语言、人物都是制造这容器的材料。所以，衡量小说的终极标准，应该是小说里包容着的人类的——当然是打上了时代烙印、富有民族特色、普遍性和特殊性矛盾统一的——情绪。”② 我们不妨沿着莫言的思路再向前推进一点：小说要通过“故事”和“人物”来表现并表达人类的“情绪”。当莫言在其首部真正意义上的长篇小说《天堂蒜薹之歌》的“自序”中谈及“故事/事件”和“人物”的关系时，曾说：“小说中的事件，只不过是悬挂小说中人物的钉子。”③ 因此，我们可以推知莫言在小说创作中最关注也最在意人物形象塑造和人物情绪、情感的表现与表达的效果。那么，在本章的论述正式展开之前，我们不妨先验地提出如下理论假设：一、在莫言小说种种陌生化追求和创新性艺术探索之中，人物的设置、塑造及人物情感的表达是其作品艺术独特性探索的一大重点，也应该是一大亮点。二、莫言小说的人物设置、塑造及人物情感的表达需要通过种种形式创新探索来实现，又反过来增加了形式探索的思想意义和审美表现力。

莫言着力塑造了众多鲜活、丰满、立体感强、有艺术魅力和道德感染力的人物，形象地、创新性地、有深度地表达了他对“人”的关注和对人类社会百态的思考，正如诺贝尔文学奖评委会主席佩尔·瓦斯特伯格在给莫言的授奖辞中所言：“莫言是一个诗人，他撕扯下程式化的宣传画，使个人从无名的茫茫大众中突显出来。”④ 而通读莫言所有的作品（小说、

---

① 莫言：《旧“创作谈”批判》，《小说的气味》，当代世界出版社 2003 年版，第 292 页。

② 同上书，第 288 页。

③ 莫言：《自序》，《天堂蒜薹之歌》，北岳文艺出版社 2001 年版，第 5 页。

④ 引者译，原文如下：“Mo Yan is a poet who tears down stereotypical propaganda posters, elevating the individual from an anonymous human mass.” 见佩尔·瓦斯特伯格《莫言诺奖授奖词英文全文》（The Nobel Prize in Literature 2012 Award Ceremony Speech, Presentation Speech by Per Wästberg, Writer, Member of the Swedish Academy, Chairman of the Nobel Committee, 10 December 2012.），谭五昌：《见证莫言——莫言获诺奖现在进行时》，漓江出版社 2012 年版，第 230 页。

戏剧、散文、影视剧本)，我们就会发现，在莫言塑造的所有人物及“类人物”① 中，女性人物明显更具光彩和审美张力，尤其是那些在故事的戏剧冲突中担任主角、备受压抑、饱尝生活艰辛的女人们，她们多体型高大、肉身丰满、性格泼实、坚忍顽强、敢说敢做、敢恨敢爱。在面对生活的重压时，她们一开始多无奈地选择悲苦而坚忍地承受，而在经历了无助、无解或饱尝催逼，被生活逼入死角的时候，她们多勇毅果敢地选择身体抗争或精神突围，以大胆的、叛逆的甚至是惊世骇俗的方式来寻求脱离苦难，以肉搏、放纵肉欲、追随爱情、皈依宗教、怪异/通灵（通说）甚至死亡等方式来实现肉身与精神的自我解脱与救赎。“莫言的小说披着神话和寓言的外衣，颠覆了所有的价值观。在他的小说中，我们看不到毛时代中国社会的理想公民式的人物。莫言笔下的人物都充满生气，为了生存，他们甚至采用最不道德的手段去冲破命运和政治的牢笼。”② 毫无疑问，随着莫言获得诺奖、作品被更多地译入世界各国语言、研究的深度和广度逐渐增加，莫言笔下的这些女人们，已经以“自我解放者”的形象在中国当代文学史乃至世界文学史的人物长廊中大放异彩了。

第二节　“内部二元对立”叙事中的男人与女人：性别对立、性格对称

一般说来，我们对于男女之间关系平等与否的讨论都是基于社会政治经济层面的诸种因素来考量的。随着社会的发展，民主、平等、自由等现代社会意识深入人心，女性主义的社会思潮改造着男人的头脑，也解放了作为“第二性”的女人们。然而，中国社会数千年养成的“男尊女卑”

① 指非人却被拟人化的动物或故事参与物，它们具有人的思维、行动和观察能力，是莫言笔下一种独有的“非人”故事参与者和叙事视角。

② 引者译，原文如下：“Mo Yan's stories have mythical and allegorical pretensions and turn all values on their heads. We never meet that ideal citizen who was a standard feature in Mao's China. Mo Yan's characters bubble with vitality and take even the most amoral steps and measures to fulfil their lives and burst the cages they have been confined in by fate and politics.”见佩尔·瓦斯特伯格《莫言诺奖授奖词英文全文》(The Nobel Prize in Literature 2012 Award Ceremony Speech，Presentation Speech by Per Wästberg，Writer，Member of the Swedish Academy，Chairman of the Nobel Committee，10 December 2012.)，谭五昌：《见证莫言——莫言获诺奖现在进行时》，漓江出版社 2012 年版，第 231 页。

的思想已深深浸入我们这个民族的血液，成为一种社会性别伦理和文化“基因缺陷”，即使在已经大大现代化和国际化了的当代中国，对女性的显性轻慢和隐性歧视也几乎无处不在，更遑论在封建自闭、迷信保守的旧中国！即使在“妇女能顶半边天”的“激情化性别平等”时代，女性在整个社会中的地位，也是一种不正常的“被平等”——一种被政治热情所鼓动起来的“暴发”式的性别平等，这种“平等”使新中国女性变得盲目自信、过度乐观并对男女间天然的性别差异有意忽视，使女性在追求平等和奉献社会时忽略了自己作为女人的特殊之处，从而带来了严重的身体和精神自戕，而这种伤害又是被社会和男性所忽视的。莫言在农村生活的年代（1955—1976 年），中国农村虽正经历着新社会种种“理想化”的改造，但仍处于旧道德、旧文化和旧思想的实际控制之下，仍是令人窒息的、让年轻的莫言努力要逃离和挣脱的。可以想见，在这样底层的农村社会中，处于最底层的女人们又曾经历过怎样的生活艰辛和内心苦闷。敏感的少年莫言观察着、感受着身边男男女女的喜怒哀乐，对于女性尤其是农村女性艰难挣扎的生活故事，莫言见的听的太多太多了，他曾回忆说：“在我的青少年时期，中国社会正在文化大革命时期，在那些饥饿和混乱的岁月里，我发现了男人的外强中干和脆弱，发现了女性的生存能力和坚强。……女人较之男人，更能忍受苦难。”① 正是基于对女性在苦难面前坚忍美德的认同和悲悯，莫言在其创作中塑造了一群“被压抑”的女人，一群悲剧命运的苦难承受者。

20 世纪 80 年代初开始创作的莫言，一方面怀着“对沉重的历史的恐惧和反感，……不屑于近距离地反映现实生活”②，刻意远离政治敏感话题，另一方面又锐意求新求变，他选择“把笔触伸向遥远的过去”③，试图“召唤出那些游荡在我的故乡无边无际的通红的高粱地里的英魂和冤魂”④。在故乡，莫言找到了独特的文学叙事空间——“高密东北乡”⑤，创造性地使用了“我爷爷”、“我奶奶”等复合型叙事人称视角，找到了

① 莫言：《关于男人和女人——2006 年 10 月与越南方南出版公司阮丽芝对话》，《莫言对话新录》，文化艺术出版社 2009 年版，第 284 页。

② 莫言：《自序》，《天堂蒜薹之歌》，北岳文艺出版社 2001 年版，第 4 页。

③ 同上。

④ 莫言：《题记》，《红高粱家族》，南海出版公司 2000 年版，扉页。

⑤ “高密东北乡”这一文学叙事空间概念最早出现在发表于 1985 年的《白狗秋千架》中。

通过小说进行“精神还乡”、虚构家族传奇的金钥匙。那么，此时“创作欲极强，恨不得把文坛炸平”[①]，又极力求新求变的莫言选择以其同情、赞美的“被压抑”的苦难承受者——农村女性作为其小说人物形象创新的主要突破口，就不难理解了。

1985年，身处“新历史主义”文学潮头的莫言，借助“我爷爷”、“我奶奶”等复合型叙事人称视角（后来发展为“我向思维叙事”模式），开创了其“虚构家族传奇”人物系列，并一发不可收拾，几乎将这一人物系列贯穿其此后所有的长、中、短篇小说中。这些人物活跃在《秋水》、《爆炸》、《红高粱家族》[②]、《生蹼的祖先》[③]、《姑妈的宝刀》、《神嫖》、《良医》、《丰乳肥臀》、《我们的七叔》、《四十一炮》、《野骡子》和《蛙》等“虚构家族传奇”系列小说中。这些作品在叙事风格、人称视角机制上是相似的，小说人物在精神气质上是一脉相承的，而且叙事上的“内部二元对立”模式也同样被作者纯熟地使用在人物的设置上，造成了一种“对立/对称”的人物配置模式，即在人物关系的设置上男女之间性别对立、性格对称，男女性格之间构成明显的对应、互补与反衬，在中心人物的周围，会相应地配置与其性格对比鲜明的人物来相互凸显各自的性格特点。限于论题和篇幅，我们仅以莫言主要长篇中的女性人物为例，将讨论的重点放在故事中的女性和她们承受的“压抑”和她们的“情绪”上。

在《红高粱家族》中，莫言分别以“我爷爷”、“我奶奶”为核心人物，随着他们各自故事的发展塑造了若干组对立/对称的人物组合。在“我爷爷”的故事里，主要有三个女人：“我老奶奶”（余占鳌早年寡居的母亲）、“我奶奶”（戴凤莲）和“二奶奶”（恋儿）。余占鳌的母亲在他的故事里是一个短暂的存在：这个不幸的女人，儿子六岁时丧夫守寡，带着孤儿“耕种三亩薄地度日”[④]，她在精神上的“压抑”和物质上的孤苦

---

① 莫言、管谟贤：《莫言年谱》，管谟贤：《大哥说莫言》，山东人民出版社2013年版，第234页。

② 由5个先后发表的中篇连缀而成的长篇，包括《红高粱》、《高粱酒》、《高粱殡》、《狗道》和《奇死》。

③ 由6个先后发表的中篇以“六梦”连缀而成，包括《红蝗》、《玫瑰玫瑰香气扑鼻》、《生蹼的祖先们》、《复仇记》、《二姑随后就到》和《马驹横穿沼泽》。

④ 莫言：《红高粱家族》，南海出版公司2000年版，第98页。

无依可想而知。在余占鳌十三四岁时她与天齐庙里的一个“永远整整洁洁，清清爽爽”[①] 的和尚偷偷“有了来往”，并有了身孕，她与和尚的“来往”不仅不能见容于邻里，也不能见容于已经16岁、受不了“乡里秽传”的儿子，这使她倍感“压抑”。在那个年代，贫苦的女人丧夫之后即使再嫁也无非是迫于生计寻条活路，但是，这个为了孤儿苦守了十年的女人，最后却生生死在了“乡里秽传”、情人被儿子刺死、腹中孩子难以见容于世人世俗的伦理道德的重压之下。生长于封建伦理道德文化之中，余占鳌难容母亲与和尚的“来往”，而作为母亲的她，也对自己的情感未来充满无奈、无解，而最后“道德廉耻”的礼制和文化陋习逼迫她自尽了断。从莫言对和尚的形容和对余占鳌在“春雨之夜”将和尚刺死在“梨花溪畔”[②] 的用词和描写来看，莫言对这个女人是充满同情的，尽管这种描写是为了铺陈余占鳌杀人越货的“土匪气”。

在成为“我奶奶”之前，待嫁的九儿“已经出落得丰满秀丽”，“盼着有一个识文解字、眉目清秀、知冷知热的好女婿。……渴望着躺在一个伟岸的男子怀抱里缓解焦虑消除孤寂”[③]。然而，贪财的爹娘收下了丰厚的彩礼就把她骗上了出嫁的花轿，让她嫁给一个“像窖藏的腐烂萝卜一样的男人”[④]，甚至在她回门向她爹哭诉单扁郎是个麻风病人时，得到的回答却是“你公公要给咱家一头骡子”[⑤]。这样的现实和心理落差对于一个对婚姻充满了美好期待、“鲜嫩茂盛，水分充足”[⑥] 的16岁女子来说，是灾难性的。在成为“我奶奶”之后，戴凤莲得到了情人、儿子、财富和“三十年红高粱般充实的生活”[⑦]，其间却经历了情感危机——情人余占鳌背叛她，和丫头恋儿（二奶奶）搬出去住；经历了余占鳌被曹梦久设计抓走之后为了在乱世中生存下去，也为了报复余占鳌的情感背叛，她委身铁板会头子黑眼；最后，在余占鳌领导的墨水河抗日伏击战中，她惨遭日军机枪扫射而死。她的一生充满戏剧性的大转变、大波折，悲喜往往

---

① 莫言：《红高粱家族》，南海出版公司2000年版，第102页。

② 同上书，第98页。

③ 同上书，第37—38页。

④ 同上书，第82页。

⑤ 同上书，第66页。

⑥ 同上书，第39页。

⑦ 同上书，第69页。

都突如其来。

在余占鳌生命中的三个女人里，“二奶奶”恋儿的命运是最悲苦的，她自生自灭地在乡间长大，在烧酒作坊里做使唤丫头，到十八岁时已经成长得“身体健壮，腿长脚大，黑魆魆的脸上生着两只圆溜溜的眼睛，小巧玲珑的鼻子下，有两片肥厚、性感的嘴唇”①。她在经历了和余占鳌雨天疯狂做爱三天的激情之后，“把两条健美的大腿插在爷爷和奶奶之间”，虽也过了一段时间的恩爱生活，但时代的离乱还是带来了她的苦难，先是土匪情人余占鳌被抓走，她被“我奶奶”赶出家门八年，在一次去高粱地挖苦菜时又被黄鼠狼魅住，神智时清时乱，好不容易盼到情人活着归来，却又不得不与“我奶奶”严格按日子“分享”着情人。更为不幸的是，万恶的日本人蹂躏了她的肉体，使她失去了腹中的胎儿，又用刺刀挑死了她的女儿香官，这一切的刺激，使她陷入万劫不复的精神错乱，魇症重又缠住她，即使在临死前，她又经历了一场令人毛骨悚然的“奇死”。在这诸种不幸之外，最不幸的是情人余占鳌对她的三心二意：余占鳌一方面迷恋着她“黑色的、结实的、修长的身躯……围绕着她的躯体的金黄色的火苗和从她眼睛里迸出的蓝色火花”②，另一方面又“看着她不知厌足的黑色身体，一种隐隐约约的厌恶产生了。他从眼下的这个黑色肉体想到了她的雪白的肉体，想起几年前那个闷热的下午，他把她抱到铺在高粱密荫下的大蓑衣上的情景”③。从上述“二奶奶”所经历的人生凄苦和情感遭际来看，不负责任的土匪情人余占鳌和日本人的残暴入侵带来了她的人生悲剧。她破坏了“我爷爷”“我奶奶”之间原本融洽的情人关系，给“我奶奶”的情感财富和物质财富带来了威胁，反过来，她对物质的欲求、对余占鳌的肉欲需要和情感依赖也都受到了情敌——同为女人的“我奶奶”的强烈压制。而日本人的入侵则让原本满足于部分拥有“我爷爷”的“二奶奶”彻底覆灭。她无疑是那个时代民族矛盾（中日矛盾）、阶级斗争（国共之争）、情感纠葛（如上述）、制度弊端（男权社会一夫多妻制）和文化陋习（迷信鬼神）等的最大牺牲品，是挣扎在那个时代的中国底层女性的代表，她的悲苦集中代表了那个时代中国女人的大

① 莫言：《红高粱家族》，南海出版公司 2000 年版，第 277 页。

② 同上书，第 294 页。

③ 同上书，第 295 页。

悲苦。

如果从女性命运的视角来看，围绕着余占鳌设置的这三个女人的故事，倒是让余占鳌这个“抗日土匪”的形象不那么光彩了。他导致了与他关系最亲密的三个女人的悲苦命运和悲剧结局。从人物关系的设置来看，男人与女人的对立，可以分为儿子与母亲的对立、情人与情人的对立、情敌间的对立，然而，在性格上，余占鳌和戴凤莲最相像，都有强烈的叛逆精神和无惧无畏的“土匪习气”，“母亲”和恋儿较相像，渴望被爱，却被社会或亲人长期压抑。《红高粱家族》是莫言小说“内部二元对立、多元共生、众语喧哗”的叙事风格的典型代表，他用人物的“性别对立、性格对称”这一人物设置模式完美地配合了他在叙事结构和故事结撰上求新求变的努力，初步实现了他“天马行空”的文学梦想。

在莫言的“虚构家族传奇”系列小说中，最典型的“被压抑”的女性形象集中出现在史诗性鸿篇巨制《丰乳肥臀》中。这部长篇小说是莫言向母亲的致敬之作，整部作品大气磅礴，以大开大合的笔调和气势描写了几乎整个 20 世纪中国的历史，是当代“新历史主义”文学的巅峰之作。在这部作品中，莫言继承和发展了《红高粱家族》的叙事策略，使用复合型叙述人称，交错使用第三人称全知视角、第一人称非限知视角和人物内视角。但不同于《红高粱家族》的“家族传奇叙事”中“我”的后辈人追忆性叙述视角，《丰乳肥臀》中的第一人称叙述者“我”——上官金童兼有故事人物和故事叙述者的身份，是现在性视角，同时，兼用追忆性视角。上官金童以第一人称“我”叙述上官家在社会剧变、历史动荡中所经历的风风雨雨，小说的故事空间仍是“高密东北乡”，小说主体部分的第一人称叙述使得小说具有了家族史的味道。上官鲁氏和她的九个子女的命运与近现代中国社会的政治风云紧紧纠缠在一起，与每种在中国近现代史上发生过影响的政治势力都有瓜葛，这种瓜葛在文本中也是通过与上官家的九个子女发生联系的异性间的男女两性关系来表现的，上官家的子女各因其性格特点与命运轨迹与一个或若干个代表不同政治势力和文化背景的异性之间构成“性别对立、性格对称”的人物关系。小说叙述的核心人物有两个：“地母”般坚忍、伟岸、饱经苦难的“母亲”上官鲁氏和“杂种”、“恋乳癖”患者、精神病人上官金童。上官鲁氏的一生经历了近现代中国历史上几乎所有的重大事件：德国人占山东、民国风云、抗日战争、解放战争、新中国成立后的政治运动直至改革开放，与种种政治、文化势力发生过被动的联系，她是整部小说的叙事核心，她的受难是贯穿故事始终的，小说中，她被文化陋习（裹小脚）、封建家族制（恶婆婆、无能却凶残家暴的丈夫）、民族矛盾（德、日帝国主义势力先后入侵山东）、阶级压迫（国共内战）、性别歧视（为了生儿子八次借种野合，并因此受丈夫虐待）所“压抑/压迫”，活得异常艰辛。就个人生活而言，她经历了幼年失怙、婚后受虐和借种野合、战乱、兵燹、大饥荒，看着自己的八个女儿一个个因与各种势力的纠葛而悲惨离世，对她打击最大的应该是她小心护佑的“杂种”儿子金童长成了一个吊在女人奶头上长不大的恋乳癖患者。

小说中上官金童的八个姐姐们都是“母亲”为了生儿子被迫借种与人野合生下的，从一出生就被家族歧视，被奶奶称为“吃白食的”，她们在被忽略中长大，被20世纪中国社会的政治风云所裹挟，走上了不同的人生道路：要么被卖入妓院、要么被迫嫁人、要么神经错乱、要么被敌对政治势力处死、要么在大饥荒中用身体换来食物却因暴食撑死、要么自杀身亡。她们一长大就迫不及待地要逃离多灾多难、缺乏温暖、让她们感觉“压抑”的家庭，所以，她们一旦步入社会，都表现出了与在家的胆小、懦弱完全相反的强悍、果敢，对爱情更是大胆地孜孜以求。然而，社会也是残酷的，她们在社会急剧变革的旋涡里备受政治、经济和男性的压抑，虽极力挣扎，却难逃悲剧命运。她们是整个中国近现当代社会变迁中苦难女性的形象代言。

“上官家母鸡打鸣公鸡不下蛋”①。与上官家的强悍、坚忍的女人们相比，上官家的男人们则不那么伟岸。上官福禄和上官寿喜“父子俩都没有力气，轻飘飘，软绵绵，灯心草，败棉絮”②，被上官吕氏呼来喝去。而上官金童这个被上官家寄托了传宗接代厚望的“杂种”，不仅性无能，而且是个吊在女人奶头上长不大的恋乳癖患者。在小说中，他一直矛盾地存在着：身体成长而精神幼稚，高大漂亮却懦弱无能，恋乳成癖却又被当作精神病人，盼望能成就一番事业却总被利用、愚弄、抛弃。与他的矛盾性格相对应的是他多舛的命运：在荣辱之间忽起忽落，在悲喜之间悠来荡去。

《丰乳肥臀》的叙事兼用全知视角、第一人称叙述视角和人物内视

① 莫言：《丰乳肥臀》，当代世界出版社2004年版，第27页。

② 同上书，第12页。

角，使小说具有了复调叙事的典型特征，这样的叙事安排无疑大大强化了小说的史诗性美学追求，使读者在阅读故事、沉入情节的同时，也被小说厚重的历史气息和强烈的社会脉动所感动。小说的人物设置也具有类似的结构：小说围绕着两个核心人物展开叙述，具有强烈的解构主义戏剧性特征。“母亲”的野性、坚强与金童的懦弱、恋乳形成相反相衬的性格矛盾，这正是莫言小说人物“性别对立/性格对称”设置模式的继续。同时，围绕着“母亲”的野性、坚强与深重苦难展开的叙述、围绕着金童的懦弱无能、恋乳幼稚展开的叙述和围绕着上官家的八个女儿与各种政治、文化势力相纠缠的命运展开的叙述构成了一个多声部的人物命运合奏曲。

《檀香刑》中的孙眉娘是莫言着力塑造的一个被压抑的悲苦女性形象，她在小说中被置于与四个男人的“纠葛”之中，以一个娇媚、聪慧、刚毅、多情的女性形象与风流、阴狠、痴傻、负心的四个男性形象之间构成了“性别对立、性格对称”的人物关系。她亲爹孙丙因参加义和团抗德被捕，要受“檀香刑”，而将孙丙抓捕归案的正是自己的情人“干爹”——知县钱丁，执刑的却又恰恰是自己的公爹——大清朝首席刽子手赵甲，行刑的帮手是自己的丈夫——痴痴傻傻的赵小甲，激烈的戏剧性矛盾冲突集中在一个敢爱敢恨的风流女子身上，她的嬉笑怒骂、哀乐悲欢拉扯出了故事的主要矛盾和情节源头。眉娘的亲爹孙丙先是猫腔戏班的班主，因为风流不羁气死了眉娘的亲娘，这是眉娘的第一苦；后来孙丙又因续娶的小桃红被德国人侮辱致死愤而参加义和团，最后被捕羁押，这是眉娘的第二苦；孙丙“为人父”的不称职导致了眉娘的下嫁傻子小甲，一个风流艳丽的美娇娘和一个不更世事的傻子的婚姻生活，怎么会有幸福可言？这是眉娘的第三苦；为了营救父亲孙丙，眉娘万般无奈间只好舍出自己千娇百媚的身体，希望县太爷钱丁能够放了父亲，这是眉娘的第四苦；然而，事情的发展超出了眉娘的预期和钱丁的掌控，眉娘的公爹——大清第一刽子手赵甲要带着他的儿子、眉娘的丈夫赵小甲对孙丙施残忍的“檀香刑”，这是眉娘的第五苦。在这五种苦楚的重压之下，孙眉娘真个叫天不应，呼地不灵。

在“凤头部”的众语喧哗——“眉娘浪语”、“赵甲狂言”、“小甲傻话”和“钱丁恨声”中，小说的主要人物依次粉墨登场，其在叙述上的主要目的是敷设叙述线索、张开戏剧性矛盾冲突的大网，同时人物自说自话，各设悬疑，吊起读者的胃口，并通过人物自身的言语、行为展示他们的性格特点和心理矛盾，也侧面照出别人的影子，形成互相言说、述与被述的关系。“豹尾部”以五个人物的视角（依次是“赵甲道白”、“眉娘诉说”、“孙丙说戏”、“小甲放歌”、“知县绝唱”），依据自己各各不同的视域和知域来共同完成对“檀香刑”施刑过程的叙述。每个人物都在叙述自己参与的故事部分，互为补充或相互重叠，人物之间不同的价值立场、不同的思维习惯、不同的情感方式，使得他们对“檀香刑”的叙述、对彼此的叙述呈矛盾和分裂甚至对立状态，人物之间的矛盾通过其内视角第一人称的叙述完全暴露在读者面前，从而构成了小说叙述的内在张力。人物性格的对立就借助叙事的矛盾、分裂和对立得以强化和放大，从而使故事中人物的情感和性格真实可感、立体丰满。

此外，莫言还塑造了很多因为“被压抑”而被异化的女性形象，如《白狗秋千架》里的暖，受不了家暴的丈夫和三个儿子都是哑巴而无人交流说话的苦闷，为了生个会说话的“响巴”，在高粱地祈求与“我”野合，她是生活艰辛和情感苦闷的“被压抑者”；《丰乳肥臀》中的独乳老金、龙青萍、鸟仙，《红树林》中的林岚（女市长）和《金发婴儿》中的紫荆，《野骡子》中的“野骡子”姑姑和“母亲”杨玉珍等，都是被性压抑或爱情悲剧所异化的悲剧女人；《蛙》中的“姑姑”因为不能生育而对计划生育工作充满了高度热情；袖珍美人“王胆”为了生儿子，在洪水之中乘着木筏子躲避“姑姑”的追捕而难产致死；《爆炸》中的“妻子”和《蛙》中的“王仁美”都是想生儿子却被迫流产而死在了产房里，她们都是在传统生育文化和计划生育政策双重压制下“被异化”的悲剧女人；《四十一炮》中的“母亲”杨玉珍、《天堂蒜薹之歌》中的金菊、四婶和《酒国》中的女人们则是被经济困境所压迫着的女人。

综上所述，莫言塑造了一系列极具文学史颠覆性的女性形象，这些人物在小说叙事中多处于“被压抑者”的地位，是制度弊端、民族矛盾、阶级压迫、文化陋习和性别歧视语境下“被压抑的”“第二性”。她们所处时代社会环境不同、身份地位外貌各异，多是某种时代悲剧、某种制度弊端或情感压抑的“被牺牲者”和悲剧命运的苦难承受者。这些女性人物形象的塑造，是与莫言小说对历史的解构与重构、对现实的显性批评与隐性讽喻和他的内部二元对立、多元共生、众语喧哗的“莫言体”小说叙述风格相对应的。

第三节 崛起的“母权”：叙事“对立”中的女性反叛

需要指出的是，莫言小说中的人物关系设置上的“对立/对称”模式不是他的独创，却被他熟练地甚至是刻意地用来表现女性人物，使他塑造出了一批强势的“女汉子”形象。莫言小说人物设置上有一种“对称”之美，她们与男人的关系是一种依靠与背叛、爱与恨相交织的关系，而这些女人的性格和外形也绝无圆满、完美之美，却因其“自我二元对立”的性格特点（自我矛盾、自我反叛）、亦正亦邪的道德表现，而呈现出既温柔又泼辣、既心思细密又大胆果敢的丰满之美。这是与其小说创作的阳刚、泼实、雄壮的整体性叙事语言风格和故事结撰模式相统一并共同构筑起了莫言小说壮美大气的整体美学风格，有盛唐文学的豪壮雄浑之美。莫言笔下的女人总体是以山东女人为故事、性格和气质原型的，无论人物生活的时代、环境如何变换，莫言笔下的这些女人们的思想、行为和言语像极了山东乡下的大嫂，她们骨骼粗大、丰乳肥臀、外形粗放又不乏精致之美，最鲜明的是她们泼辣、果敢、大气的性格，明显洋溢着齐文化活泼、灵动的气息。为此，“《华盛顿邮报》的资深书评人乔纳森·亚德利（Jonathan Yardley）甚至送给我一个‘激情女权主义’的称号”①。

《红高粱》中的戴凤莲带了一把剪刀上花轿，以赴死的态度出嫁，这是一种无奈、无解中的决绝，但是当命运的转机——土匪余占鳌把她劫进高粱地——到来的时候，她“暗呼苍天，一阵类似幸福的强烈震颤冲激得奶奶热泪盈眶”②，对于麻风丈夫单扁郎，她毅然决然地选择了背叛，“奶奶和爷爷在生机勃勃的高粱地里相亲相爱，两颗蔑视人间法规的不羁心灵，比他们彼此愉悦的肉体贴得还要紧”③。这种“紧贴”其实首先是戴凤莲对悲苦命运的激烈的反抗方式，她并没有期待余占鳌后来会替她“杀人越货”，其次，通过这种背叛，她也实现了对封建伦理道德的背叛和超越，也正是因为这种背叛，她实现了对“被压抑”的悲苦命运的

---

① 莫言：《关于男人和女人——2006 年 10 月与越南方南出版公司阮丽芝对话》，《莫言对话新录》，文化艺术出版社 2009 年版，第 284 页。

② 莫言：《红高粱家族》，南海出版公司 2000 年版，第 67 页。

③ 同上。

“自我解放”。所以，在临死之前，她才会喊出：“天，你认为我有罪吗？你认为我跟一个麻风病人同枕交颈，生出一窝癞皮烂肉的魔鬼，使这个美丽的世界污秽不堪是对还是错？天，什么叫贞节？什么叫正道？什么是善良？什么是邪恶？你一直没有告诉过我，我只是按着自己的想法去办，我爱幸福，我爱力量，我爱美，我的身体是我的，我为自己做主，我不怕罪，不怕罚，我不怕进你的十八层地狱。我该做的都做了，该干的都干了，我什么都不怕。”[①] 这简直是一篇女权主义的“独立宣言”，正是这种无惧无畏的对自由的追求让戴凤莲获得了自在的生命和激荡的爱情，使她在莫言的女性人物系列中获得了新颖独特的艺术魅力，正是这一人物形象大大提高了《红高粱家族》小说的艺术感染力，作为与之“对立/对称”的人物余占鳌才不突兀、不矫情。对于此后的命运波折，但凡有反抗的希望与可能，戴凤莲都不妥协：对余占鳌的情感背叛，她除了肉体搏斗之外，也用尽心机，甚至不惜委身铁板会头子黑眼以为报复；对官府的欺压，她机智地拜县长曹梦久为干爹，送金给干娘以求庇护；对于日本人杀死罗汉大叔，她鼓动余占鳌打伏击，并在为游击队送饭的路上被敌人乱枪扫射而死。终其一生，戴凤莲过得辉煌灿烂，究其缘由，她是一个个人命运的“自我解放者”。

莫言的这种“对立/对称”的人物设置模式也帮助莫言在人物形象塑造上完成了从“‘父权世界’向‘母权世界’的转变”[②]。《丰乳肥臀》中的上官鲁氏就是这样一个女人，她的命运故事就是这样一个从“‘父权世界’向‘母权世界’的转变”的故事。上官鲁氏的前半生就是在要生个儿子的梦想与梦魇中度过的，为此，她到处借种，与人野合，这是一种近乎疯狂的生儿子的生理和精神渴求在驱动着她，因为婆婆告诉她：“没有儿子，你一辈子都是奴；有了儿子，你立马就是主”[③]。为了生儿子而向姑父于大巴掌借种时，她甚至劝慰愧疚的姑父说：“人活一世就是这么回事，我要做贞节烈妇，就要挨打、受骂、被休回家；我要偷人借种，反倒成了正人君子”；她的借种也是对残暴而无能的丈夫和恶婆婆的反抗，在

① 莫言：《红高粱家族》，南海出版公司 2000 年版，第 69 页。

② Chan, Shelly W., “From Fatherland to Motherland: On Mo Yan's *Red Sorghum* and *Big Breasts and Full Hips*.” World Literature Today, 74 (3), 2000: 495-500.

③ 莫言：《丰乳肥臀》，当代世界出版社 2004 年版，第 8—9 页。

遭受无能丈夫上官寿喜的毒打之后，“母亲怀着对上官家的满腔仇恨，把自己的肉体交给沙口子村打狗卖肉为生的光棍汉子高大彪子糟蹋了三天。”① 即便是上官鲁氏为了给上官家传宗接代而承受了如此的苦难，在第七个女儿上官求弟出生之后，失望的丈夫“冲进屋，掀起破布一看，往后便跌倒了。他清醒过来的第一件事，便是抄起门后捶衣服的棒槌，对准老婆的头砸了一下。鲜血喷溅在墙壁上。这个气疯了的小男人，恨恨地跑出去，从铁匠炉里夹出了一块暗红的铁，烙在妻子的双腿之间。”② 面对如此非人的折磨，上官鲁氏转向宗教寻求精神的庇护，并与洋牧师马洛亚产生了爱情，最终生下了上官金童和上官玉女。上官鲁氏的借种野合是一种生存需要，也是一种“自我的解救”，因为她既有“越是苦，越要咬着牙活下去”③ 的这种中国民间最朴素的生存哲学，也有后来皈依天主教之后的精神力量的支撑。在《丰乳肥臀》中，从上官吕氏、上官鲁氏和她的女儿以及龙青萍、独乳老金等这些女人们的人生经历来看，她们全都用不同的方式反抗着命运的不公，用自我的觉醒与男性世界和男权体制进行着“自我解放”，她们用肉体、美色、金钱甚或死亡对男权进行着反抗与解构，她们全都与和她们“对立/对称”的男人之间构成了一种明显的对比、反衬的关系，女人们性格强势果敢、外形高大健壮，而男人们却性格懦弱卑怯、外形猥琐，构成了一种强烈的错位和对比，反差明显。

在莫言的小说叙述中，这些悲剧命运的苦难承受者们都在进行着令人讶异的精神觉醒和“行为革命”，她们以“人”的最朴素的对“生”的向往、对“自我”生命主体性的追求、对“爱情”的最简单纯粹的渴望，或者因为某种物质诱惑或情感责任的驱动，被动地在环境的催逼下完成了精神层面的“自我觉醒”。她们顽强抗争、自我解放，以或坚毅、或叛逆、或自由、或奔放、或快活的女性形象对“压迫性”的外在环境进行或喜或悲、亦弱亦强的冲击与嘲讽。她们的最终命运与结局不一，但都体现了作家莫言试图借助“女性”这一性别视角解构历史、描画时代精神、批评社会弊病和表达人文关怀的叙事意图。同时，莫言的这种叙事努力也为当代文学的人物图谱增加了诸多新颖独特、个性鲜明、形象丰满的女性

① 莫言：《丰乳肥臀》，当代世界出版社 2004 年版，第 559 页。

② 同上书，第 562 页。

③ 同上书，第 383 页。

人物形象。

第四节　形式探索与人物形象塑造的审美关联

莫言对女性的描写和塑造一方面是“道法自然”的，不求其“全”，不责其“咎”，貌未必齐整、心不尽臻美。莫言笔下没有在外形和道德气质上都完美无缺的女人，她们要么身体有残疾，要么道德不完美，在笔者看来，这样的女性形象更接地气，更具有艺术真实和生活真实，莫言曾说过：“我的小说里没有完人，不论男女，都是有缺点的，正因为他们与她们有缺点，才显得可爱。”① 另一方面，莫言又为其笔下的那些作为“第二性”的女性人物形象设置了对立/对称的男性形象，以造成强烈的反衬和反差，以懦弱的、痴傻的、匪气（流氓气）十足的男性来反衬这些女性的精神气质、形体力量和道德范儿，这是一种男性与女性性别、性格差异的错位之美。这种人物关系设置模式和莫言小说叙事艺术中的“内部二元对立”、多元共生、众语喧哗和时空错位等形式结构模式一样，源自莫言在军旅生涯中做政治教员时对马克思主义唯物辩证法“对立统一观”的接受，“生活中处处充满这种对立，既对立又统一，果然是辩证法，人也是既对立又统一的物件”②。

莫言从齐文化的瑰丽、灵动、飘逸的精神中汲取艺术营养，借鉴中国文学叙事传统和人物塑造经验，又杂以他对西方文学经典叙事美学和人物塑造经验的批判性学习，深入挖掘故乡民间文化资源和个人生存体验，在锐意创新求变的精神激励下，通过其独创的文学叙事空间和叙事视角，借助其天才的想象力，创作出了在叙事和语言上都具有明丽的汉唐气象的莫言体小说，莫言的整个文学世界大气磅礴、各种文体并存、和而不同，莫言笔下的女体、女性描写具有大气淋漓的汉唐气质，丰满、开放、有英气。莫言对于作为历史和现实弱者的女性（母亲、妻子、女儿和情人）命运及其情绪的关注，实际上是对人的自身的关注、对两性和谐的关注、对于人的历史（以母亲为象征体）、现实（以妻子为象征体）、未来（以女儿为象征体）和那个思想或情感开小差的自我（以情人为象征体）的

① 莫言：《我想做一个谦虚的人》，《小说的气味》，当代世界出版社 2003 年版，第 343 页。

② 莫言：《我痛恨所有的神灵》，《小说的气味》，当代世界出版社 2003 年版，第 118 页。

关注，即对“我”和“她”的关注，具有深刻的文化反思和审美自塑的意义，而这些都使其作品好看、耐看，也即拥有了形式审美和人文精神的双重艺术魅力。

莫言对女性的描写方式及其赋予女性的性格特征和人格尊严以及她们为了生存下去和活得精彩所进行的抗争，显示了莫言在思想上、意识上所具有的悲天悯人的情怀及其对于旧的道德体系和畸形人际关系（尤其是男女关系）的嫌恶和猛烈抨击，正是通过女人——“我们的奶奶、母亲、妻子、情人、女儿、密友”[①]，莫言表达了他对人的存在的深切关怀，而且是一种更容易引起读者心理共鸣和审美“移情”的关怀。莫言笔下的女人们丰乳肥臀、皮实泼辣，她们或热情洋溢，或放荡不羁，或花颜云鬓，或风流妩媚，正是在莫言的笔下，中国近、现、当代女性才真正以骄傲而艳丽的丰姿浮出了历史的地表，傲然挺立、卓尔不群。

① 莫言：《我想做一个谦虚的人》，《小说的气味》，当代世界出版社 2003 年版，第 342 页。

第十章

文化母本与叙事空间营建：莫言的“高密东北乡”与贾平凹的“商州山地”之比较

同是“出身乡村、客居城市”的作家，莫言和贾平凹的文学活动轨迹和文学思想的变迁具有很大的相似性和可比性：他们是同代人，经历了中国当代社会的政治变革和历史变迁，经历了从农村到城市的身份迁移；他们冷静观察、认真思考并以艺术的、审美的方式呈现并批判了当代中国社会、人文的“病”与“变”；他们通过不断的探索和努力参与开创并代表了在中国当代文学史上具有鲜明艺术特色的两个地域文化作家群——“鲁军”和“陕军”；他们笔耕不辍，求新不断，均有大量作品出版，并不断自我超越、自我更新作品的叙事艺术和审美风格，多次引起批评热潮；在过去的三十余年间，他们通过众多精彩的故事、鲜明的人物形象和有深度的反思与批判，以文学的方式表现了他们对于中国当代社会转型的个性思考和民族性时代印象，记录了大变革时代的民生、民风、民情、民瘼，是20世纪下半叶和21世纪初叶中国社会政治、经济、思想和文化变革的审美记录者。

莫言和贾平凹是中国当代文学史上屈指可数的高产、高质作家，均多次以其作品引起文坛评论热潮，均多次获得国内外诸多文学大奖，均有作品被国外翻译家译成外文，获得世界文学声誉，最重要的是他们都有很强的叙事创新自觉，均不断通过叙事探索和创新为读者奉献了深具地域色彩和中国气派却又个性鲜明的文学精品。我们知道，莫言获得诺贝尔文学奖的一个重要原因是他代表中国当代文学向西方文学阅读期待展现了中国作家在叙事艺术和现实关怀层面上所达到的高度与深度，通过独特的“高密东北乡体现了中国的民间故事与历史”，“生动地向我们展示了一个被人遗忘的农民世界”①；而贾平凹的小说创作也具有同样的艺术特质：在叙事上借鉴中国古典小说的优秀传统，立足自己熟悉的“商州山地”和“西京城”，不遗余力地表现着山民与市民的喜怒哀乐和时代变迁。

作为“从乡村到城市”的“文化迁移者”，莫言和贾平凹都以生养自己的“故乡”及其文化深蕴作为其文学叙事的空间蓝本和文化底本，不断结撰出具有浓郁地域文化色彩和鲜明个人气质的“乡村/城市故事”，分别营造出了具有中国气派、享誉世界文坛的“高密东北乡”和“商州山地”。

第一节 莫言与贾平凹小说叙事的文化母本与审美“血地”

在《艺术哲学》一书中，丹纳指出了影响艺术家产生及其艺术风格形成的三种要素：种族、环境和时代。在比较分析莫言和贾平凹小说艺术风格的过程中，因其所属种族与所处时代一致，我们重点关注“环境”——物质生存环境和故乡文化母本对作家创作风格形成的影响。

从两位作家出生地的地理位置和所属的文化样态来看，莫言出生长大的高密县境属古齐国故地，齐地近海，齐文化具有鲜明的开放、大气、奇伟、神秘的海洋文明的特点。古齐国是兵家文化的发祥地，兵家文化大开大合、神秘“诡诈”、有大气魄。因此，在民俗上，齐地的民俗和民间文艺充满“奇思怪想，天马行空，取材随意，情趣盎然”②；在民风上，齐人“刚健不屈，侠肝义胆，豪放旷达”③；在文学上，齐地民间文学资源丰富，民间故事多涉神鬼狐怪，想象丰富大胆，寓民间正义于奇谭怪事之中，产生了《聊斋志异》这样志异志怪、神秘奇幻、想象力丰富的文学巨著。新中国成立之后，董均伦和江源收集整理山东民间故事，结集为《聊斋汉子》和《聊斋汉子续集》，其中的故事多流传于齐地，是齐地志异文化的遗存，其中有多个故事和人物都被莫言化用，成为其小说的故事

① ［瑞典］瓦斯特伯格：《莫言诺奖授奖词》，谭五昌：《见证莫言——莫言获诺奖现在进行时》，漓江出版社2012年版，第229页。

② 杨守森：《高密文化与莫言小说》，莫言研究会：《莫言与高密》，中国青年出版社2011年版，第7页。

③ 同上书，第6页。

母本和人物原型。莫言有一本颇具志异色彩的短篇小说集，题为《学习蒲松龄》，其中的《学习蒲松龄》、《奇遇》、《夜渔》、《良医》、《翱翔》、《嗅味族》、《草鞋窨子》等篇什无疑是其追忆童年“耳朵阅读”经历和向故乡文学大师蒲松龄学习、致敬的作品。在提及幼年在故乡听到的故事时，莫言说：“这些故事一类是妖魔鬼怪，一类是奇人奇事。对于作家来说，这是一笔巨大的财富，是故乡最丰厚的馈赠。故乡的传说和故事，应该属于文化的范畴，这种非典籍文化，正是民族的独特气质和禀赋的摇篮，也是作家个性形成的重要因素。”① 可以说，受故乡古齐文化影响的莫言一身灵气和“匪气”，很好地继承并发扬了《聊斋志异》等志异志怪小说和明清笔记小说的叙事传统。

故乡的风土人情、故人故事，无疑是作家进行创作所要依凭的一种重要文化资源。关于故乡对其创作的影响，莫言曾说过：“故乡留给我的印象，是我小说的魂魄，故乡的土地与河流、庄稼与树木、飞禽与走兽、神话与传说、妖魔与鬼怪、恩人与仇人，都是我小说的内容。”② 莫言在农村生活期间，乡村娱乐项目少，讲故事是农村人闲时尤其是夜晚打发时间、对孩童进行道德教育的一种重要方式。而对于作家莫言来说，这恰恰是一种有效的文学教育方式，是一种“耳朵的阅读”。莫言自述幼年爱读书，其教育经历也基本上是自学，但正是这种自由的文学教育在某种程度上帮助他可以免受正规教育中某些程式化的意识形态性规范和认知限制，从而使他的文学天才得以自由舒张和发展；莫言后来在解放军艺术学院文学系和北京师范大学研究生班的学习，则引导他对其既有的创作经验进行了理论总结。正是在其硕士学位论文《超越故乡》中，莫言认真而自觉地思考和总结了“小说家与故乡的关系，更准确地说是：小说家创造的小说与小说家的故乡的关系”③，指出“故乡是‘血地’”④，认真思考、总结并坚定了坚持以“高密东北乡”作为其整个文学世界核心叙事空间的信念。

凡此种种，都是莫言生长、浸淫其间的文化和文学教育环境，敏感多

---

① 莫言：《超越故乡》，莫言：《我的高密》，中国青年出版社 2010 年版，第 271 页。

② 同上书，第 40 页。

③ 同上书，第 253 页。

④ 同上书，第 257 页。

思的莫言长期受这种具有海洋文明特征、具有想象力启发作用的文化资源的影响，加上他童年少年时代聪慧敏感却又内心孤独，在长兄的引导下，在写作可以改变命运的时代文学氛围里，莫言在学习借鉴中国古典文学传统和外国文学先进经验的基础上，积极地调动其故乡故土的文化资源，将其变成了个人文学创作的“文化母本”，并以其作为审美精神依托，创造性地使用“高密东北乡”作为其叙述故乡故事的叙事空间。

就莫言小说已经表现出的审美气质和文化样态来看，开放大气的海洋性齐地齐风齐文化赋予了莫言小说以下几种独特的文学气质和美学特征：众声喧哗的杂语交响、虚实相生的叙事结构、煞有介事的叙事腔调、天马行空的意象交织、泥沙俱下的语言浊流、深沉刻薄的思想能力、亲切真诚的民间立场和模糊朦胧的文本表意等。莫言小说中的种种创新与陌生化追求，贯穿其小说创作的方方面面，不管是故事情节的安排、人物关系的设置、故事的叙述方式、叙述者的身份、语言风格还是意象的营造，都具有明显的多变性和复合性。不管评论界将其定义为作家有意识的锐意创新、努力求变，还是将其评价为借鉴模仿、先锋作怪，甚至将其贬斥为乱耍花枪、故弄玄虚，但是大家都无法否认莫言作品本身的生气、灵气、大气和鬼气，而这“四气”恰就是齐文化的精气所在。

贾平凹出生在秦巴山腹地的古商地——商洛市丹凤县，这里地处陕西省东南部的秦岭南坡，西邻西安，东通鄂豫，山岭交错、千沟万壑，沟大、沟多、沟深、石多、土薄；这里是秦时卫鞅的封地，商山四皓①的隐居地。北有百里秦岭苍茫大山使之与历代政治、经济和文化中心长安（西安）相阻隔，四围皆山，在地理上处于南北交界处，却是偏南方的气候，山水灵秀。地理上的闭塞，在客观上造成了经济的落后和思想的保守，造就了商州的“美丽与神秘”，使之适合隐逸。这里是典型的内陆山地，不便农耕，商业也不发达，因而民风淳朴。同时，关中、长安（西安）地区是中国古代佛道文化的核心地带，佛道文化对当地民风和文化思想影响最为深远，而中国古代隐逸文化正是佛道文化中“出世”思想的重要一脉。受此影响，商州山地中形成了相对封闭又自成一体的“商

① 商山四皓，秦时隐士，汉代逸民。是居住在陕西商山深处的四位白发皓须、德高望重、品行高洁的老者。他们四位分别是苏州太湖甪里先生周术，河南商丘东园公唐秉，湖北通城绮里季吴实，浙江宁波夏黄公崔广。

州山地文化”和“商山隐逸文化”，这种文化样态具有中国农耕文明的典型特征：即在中心城市的左近山区，常常会有在政治上不得志的或出世的知识分子隐避山林、晴耕雨读，使得中国古典文学中长有田园文学和山林文学两脉。隐于山水或生长于山地的知识分子，其文化心理和审美取向上都是偏于出世的，因而文风、格调也偏于清淡、静穆、平和，追求节奏的舒缓和审美的雅致。

与莫言的父辈世代务农不同，贾平凹出生在农村读书人家庭，父亲是中学教师，“对我是寄了很大的希望的，只说我会上完初中，再上高中，然后去省城上大学，成为贾家荣宗耀祖的人物”①。贾平凹接受过完整的基础教育，“文化大革命”结束高考恢复之初就进入西北大学中文系接受了正规系统的文学教育。同样是早年敏慧，莫言多语，贾平凹少言。早年的农村生活经验对两人的创作都产生了深远的影响，这一点贾、莫两位都多次自报，在《我是农民》和《变》中各有详述。在两位作家的个人经历和文学成长过程中，都有多次“还乡”经历，他们出身乡村，客居城市，“精神还乡”。正是在一次次的“还乡”之中，他们不断对比着“城”与“乡”的差别，尤其是在新时期的文学变革大潮中，他们都在认真思考、寻找着文学创作的突破口和叙事展开的“文化场”，他们几乎不约而同地把目光投向了自己生养其间的“故乡”“故土”。在试笔成功之后，他们都不断加大对“故乡”的书写力度和挖掘深度，不断开疆拓土，但是两位作家努力的方向和效果却又大不相同，此处按下，下文详述之。

在贾平凹的文学创作过程中有一个“回归商州和创作质变”的转折，“1983年初，贾平凹在遇到创作的大苦闷时，产生了一个大行动，一过春节，他就重返商洛。……思想上经过苦闷之后的深刻反省，行动上领略商州的大山大河，感受时代迁转流动的风云，使贾平凹创作出现了一次质的飞越。……他不但更深入地认识了商州，也吃惊地发现了自己；不但找寻到自己最适宜的描写地域，也从商州民俗向中国文化系连，摸出了同商州世界相应合的美学精神”②。此时贾平凹在创作上已经初有成就，这次“回归商州”其实是一次文学审美精神上的回归，是在有了城市生活经验之后反观“故乡”“故土”，是一种“还乡书写”，这与莫言在《白狗秋

① 贾平凹：《我是农民》，陕西旅游出版社2000年版，第35页。

② 费秉勋：《贾平凹与商州》，《唐都学刊》1993年第1期。

千架》中首次使用“高密东北乡”作为其叙事空间来铺陈故事是一样的，是与当时的“寻根文学”主潮合拍的。而这也与中国现代文学史上鲁迅、沈从文等的“还乡书写”是一脉相承的。贾平凹在这次回归之后创作的《商州三录》、《小月前本》、《腊月·正月》、《商州》等篇什，都明显着力于展现商州山地文化的魅力，在文风和格调上也明显倾向于借鉴中国古典文学中散文和笔记小说的笔法，追求简洁、雅致，尚白描，而这种文风的变化也是与贾平凹的阅读经验紧密相关的，“在此之前他阅读过各方面的杂书，熟悉了中国古籍中洒脱简括富于神韵的叙写文字，这次他每到一县，先阅读县志，县志是一种地域史，对该县辖区的地理、历史、民俗、人物都进行纵的和横的大扫描。这种方志文体的全局眼光，质实而又通脱自由的描述，给贾平凹创造新文体以极大的启发，正应合了他俯瞰地、历史化地表现商州的形式需要”①。我们不难推断，阅读这些由商州历代士人编撰的地方史志，无疑会让贾平凹在文化精神、审美气质和语言风格上更深刻地体认“商州山地文化”和“商山隐逸文化”的精髓，以其作为文学创作的“文化母本”，并以这种自己携带的地域性文化基因去对接、“系连”中国文化，从而可以“较多地继承了从《世说新语》、唐人传奇、宋人话本到《浮生六记》、《聊斋志异》、《金瓶梅》、《红楼梦》一脉相承的古典艺术美学精神”②。因此可以说，费秉勋先生所谓的贾平凹“摸出了同商州世界相应合的美学精神”，无疑是指贾平凹对于“商州山地文化”与“商山隐逸文化”的发现与继承发扬，这倒是与上文论及的“商山隐逸文化”的特点颇有渊源。而贾平凹对“商州”的发现，其实就是对其个人审美气质的发现和再造，并在此基础上形成了鲜明的个人审美风格。

第二节 “文学故乡”——叙事场：莫言的“高密东北乡”和贾平凹的“商州山地”

在总结自己的创作经验时，关于“故乡”，莫言更多地强调其早年农村生活的苦难、孤独与饥饿，在对待“故乡”的态度上，是爱恨交织的。

① 费秉勋：《贾平凹与商州》，《唐都学刊》1993年第1期。

② 李星：《序》，贾平凹：《贾平凹文集·第1卷》，陕西人民出版社1998年版，第5页。

因此，在其“故乡书写”中，莫言并没有对“高密东北乡”表现出太多的温情和回望时的怀念与向往，他没有固守“高密东北乡”的实在地域，而是不断对其时空外延进行拓展，使之成为一个可以涵盖一切事件、包罗所有人物、容纳各种情绪的叙事场。贾平凹对待“故乡”的态度则是前后变化的，早期多以温婉唯美的笔调摹写故乡人事、民风民俗和自然山水，有空灵高蹈的庄禅味，是学习孙犁《白洋淀纪事》风格而对故乡山水田园牧歌般赞美式的回望；后期则反思改革和现代文明给乡土社会带来的负面影响，书写被现代文明熏染了的乡村和自然的种种不美好和无奈。作为叙事场的故乡“商州”的时空外延基本上没有得到拓展，故乡故人故事都还是作家“还乡”时的观察所得，“商州”一直都是贾平凹的实在“故乡”商州，其间的人事，在文化外形和精神内质上都具有典型的商州特色，而不像莫言笔下的“高密东北乡”的人物和故事，多是挪移而来，包罗万象。“莫言地理建构的历史跨度很大，自清末以来至今天一百多年历史的重大事件、细枝末节、野史狐禅尽收笔底，这与鲁迅、沈从文他们从一己经验出发的、对于故乡的现时进行描写是不一样的，也因此他的作品多长江大河式的长篇巨卷，这反映出作家想以自己建构的一小块地理作为民族国家的历史缩影、历史寓言的野心。”①

关于“高密东北乡”这一叙事空间，莫言自己曾做过这样的表述：“高密东北乡是一个文学的概念而不是一个地理的概念，高密东北乡是一个开放的概念而不是一个封闭的概念，高密东北乡是在我童年经验的基础上想象出来的一个文学的幻境，我努力地要使它成为中国的缩影，我努力地想使那里的痛苦和欢乐，与全人类的痛苦和欢乐保持一致，我努力地想使我的高密东北乡故事能打动各个国家的读者，这将是我终生的奋斗目标。”② 我们不妨对这段话语进行简单的分析和解读：其一，莫言清醒地认识到了“地理故乡”与“文学故乡”的差异，“地理故乡”是父母之邦，个人的“血地”，而“文学故乡”则是对“地理故乡”的诗意想象与审美扩张，是开放的，可以不断生成新的时空意义，其目的是“为了

① 李俏梅：《“文学地理”建构背后的宏大文化理念》，《广州大学学报》（社会科学版）2014 年第 7 期，第 89 页。

② 莫言：《福克纳大叔，你好吗？——在加州大学伯克莱校区的演讲》，莫言：《我的高密》，中国青年出版社 2010 年版，第 213—214 页。

进入与自己的童年经历紧密相连的人文地理环境”[①]，是一种展开审美想象的“故乡文化酵母”；其二，这种审美想象的深层次目的是表现中国生活，讲述中国故事，并使小说成为“人类情绪的容器”和“人类寻找失落的精神家园的古老的雄心”[②]；其三，因其阅读西方文学经典的经验所致，莫言也为自己的文学创作设定了高层次的、与世界文学对话接轨的目标，期待其创作可以获得国外读者的认同和共鸣。在这个意义上，莫言获得诺贝尔文学奖，无疑是对他这种叙事空间营建努力的最高奖励和认可。

贾平凹书写“商州山地”的目的，却不像莫言那样试图将其营造成一个包罗万象的叙事场，而只是出于对故乡故土人文的亲近和讲述故事的情感便利，尽管“高密东北乡”在莫言的笔下也有同样的功用。贾平凹书写“商州山地”，有着文学和审美之外的现实目的：“商州到底过去是什么样子，这么多年来又是什么样子，而现在又是什么样子，这已经成了极需要向外面世界披露的问题，所以，这也是我写这本小书的目的。”[③]简言之，在莫言笔下，“高密东北乡”是作为文学想象的“故事”的发生地，是作为叙事的背景和空间场域而被书写的，并非是莫言小说创作的最高目的和最终指向；而在贾平凹的笔下，尤其在其散文和数量众多的“商州小说”里，“商州”就是作者书写的对象和目的，是其文学世界的中心意象。也正因为如此，莫言的“高密东北乡”是一个在“实在”地理区域基础上的想象性审美生成，是一个被作家想象出来的、美学意义上的“故乡”——“文学故乡”；而贾平凹的“商州”则更多的是作者对“商州”现实世界审美过滤后的艺术呈现，是一个经作家艺术加工过的现实“故乡”的审美翻版，是一个“文学化的故乡”。

两位作家关于“故乡”的定位有很大差异，莫言“再造”了一个属于他自己的“高密东北乡”，贾平凹“再现”了一个属于全体商州人的“商州山地”，并因此导致他们在这两个性质和时空外延均不相同的叙事场里演绎“故乡”“故事”时的叙事身份、情感认同和对待城乡关系态度上的差异。

---

① 莫言：《神秘的日本文学与我的文学历程——在日本驹泽大学的即席演讲》，莫言：《我的高密》，中国青年出版社 2010 年版，第 169 页。

② 莫言：《超越故乡》，莫言：《我的高密》，中国青年出版社 2010 年版，第 251 页。

③ 贾平凹：《商州三录》，陕西旅游出版社 2001 年版，第 8 页。

在莫言的小说中，总有一个显在的、作为故事人物或叙事者的“我”或“莫言”存在着，这是与其“想象故乡”或“故乡想象”的叙事方式有关的。莫言在其小说文本世界里结撰了很多“虚构家族传奇”故事，大量使用第一人称和“类第一人称”叙事视角（复合人称视角）来讲述故事。作者的故乡——“高密东北乡”——无疑是放置这一类故事和叙事人称的最佳场域。这类叙事人称视角的大量使用，是莫言为了增强“故乡叙事”的“我在”感和现场感，是为了获得叙事语境和情感上的参与感和亲近感，是叙事的人称机制和叙事空间的紧密而完美的结合。值得一提的是，在莫言小说积极而有效的叙事探索中，叙事视角的变化所带来的叙事美学上的创新是最具有文本试验意义的，这种叙事上的“耍花枪”无疑是与作者所长期浸淫其间的齐文化“志异志怪”的陌生化审美追求传统和兵家文化“诡/诈”的言行方式有莫大关联的。在贾平凹的“故乡书写”或“书写故乡”叙事中总有一个隐在的“我”，这个“我”藏而不露、秘不示人，这与其小说叙事多采用全能叙事视角有关。因其是全能叙事视角，作者不便以第一人称“我”去参与故事或叙述故事，而只能以全知全能的叙事手法来讲述“故乡”“故事”，但因其所叙述的这个“故乡”“故事”只能是作者的“故乡”“故事”，那么这个隐在的叙事者便与作者高度重合了。贾平凹对故事叙述节奏的把控力是超强的，贾平凹的叙事不尚渲染与铺排，而是高度的收放自如和大开大合，而这恰恰又是全能叙事的优点。作者“隐在”却又无处不在，故乡、故人、故事、故情都在其笔下自然地、原生态地呈现，这无疑与贾平凹深受“商州山地文化”自闭内敛和“商山隐逸文化”“隐”与“藏”的精神追求的影响有直接关系，同时也是贾氏对明清小说叙事传统——全能叙事、全面掌控、舒缓自如——的继承与发扬。

莫言对“高密东北乡”的情感态度基本上保持着“最英雄好汉最王八蛋”的那种爱恨交织的情怀，在叙事的情感维度上是连贯的、完整的；莫言对“高密东北乡”的赋形完全因时因地制宜，“高密东北乡”时而是一个村子，时而是一个县城，时而是城市边缘的郊区，时而是外族入侵时的“难所”，时而是现代化进程中的“屠宰村”。而贾平凹文学世界的叙事空间则是分立的“商州山地”与“废都西京”并存，贾平凹对城市与乡土的情感也是自我矛盾、前后冲突的。贾平凹早期的文学书写歌咏乡野之美，却也真心礼赞乡村与农民的现代化进步，表现出对城市文明的向往；而在其中后期的城市叙事中，则又表现出对城市与市民的厌弃，以及对乡村现代化给植根于农耕文明的道德传统带来的冲击和乡民精神世界失序的焦虑与担忧。因此可以说，在贾平凹的“城”与“乡”的二维叙事空间里，他的叙事情感是矛盾的、对立的。此外，关于城市（现代）文明与乡村（传统）文明之间的关系，贾平凹基本上将其处理为对立的、对峙的关系，而莫言基本上将其处理为对话、融合的关系。

我们不妨再把两位作家对于“故乡”的书写放置到整个“乡土中国”的文化语境中进行观照。在中国古典文学史上，关于“乡土”，莫不是“田园”、“山林”和“怀乡”，我们可以称之为“乡土叙事/乡野抒情”；在中国现代文学史上，关于“乡土”，夹杂在近现代化大潮中的从乡村走向城市的一代代知识分子，在回望故乡时，多怀着对故乡故土的思念与怀想，进行着“乡土文学”的书写，或对故乡进行田园牧歌式的礼赞，或痛苦地批判着故乡的落后愚昧，或哀伤地咏叹着旧乡村的凋败，我们可以称之为“还乡叙事”；在中国当代文学史上，关于“乡土”，寻根作家们进行着文化自拯式的文化寻根书写，知青作家们感念着农村对自己的接纳或痛恨着下乡带给自己的伤害，我们可以称之为“下乡叙事”和“乡下叙事”。在这诸种关于“乡土”的叙事之中，“故乡”都是那个自然的、实在的故乡。在鲁迅、沈从文、许杰、废名等作家笔下，“故乡”是一个令人哀伤的字眼，是近现代化进程中“老中国”的凄凉背影。在这样的中国“乡土文学”背景下，我们可以见出莫言和贾平凹在“故乡叙事”叙事空间营建上的异同：两者的相同之处在于，莫言和贾平凹的小说在叙事空间的营建上具有一致性，都在“故乡”找到了叙事场域和叙事激情，其叙事精神都深深植根于、汲力于故乡的文学精神传统，浸淫其间，深受地域历史文化影响，并以天纵之才将其发扬，自成其惊泣鬼神的巨匠神气，在文学创新的同时，不断感受着时代的脉动，书写着自己的“家国情怀”。不同之处在于，莫言和贾平凹小说“故乡叙事”场域的时空外延不同，莫言的“高密东北乡”是一个“想象的故乡”——一个审美意义上的“文学故乡”，贾平凹的“商州”是一个“实在的故乡”——一个“文学化的故乡”，尽管二者都是作家的文学世界中的“故乡”，但它们在作家的文学创作中所占的权重不同，莫言的“高密东北乡”是作家精心营建的一个叙事场域，但却不是作家书写的重点和中心。贾平凹的“商州”则先是作家倾力表现的对象，后来才又变成其“商州故事”的叙事场。

从地域文化和“文学地理学”的角度来看，莫言和贾平凹分别营造出了“高密东北乡”和“商州山地”，为新时期以来的中国当代文坛奉献了独具艺术魅力的“高密东北乡”故事和“商州系列”散文、小说。虽然限于论题，我们在上文中没有论及外国文学对两位作家“故乡”叙事空间营建的影响，但不可否认，在两位作家的文学教育和文学阅读经验中，外国文学的某些作品的确触发了他们营建“故乡”叙事空间、进行“故乡叙事”的灵感，从文学叙事的方式和场域上给他们以启迪。但是，需要指出的是，莫言和贾平凹都是天才的作家，其对外国文学叙事精神的学习和借鉴是深深扎根于其实在“故乡”的地域性文化资源和文化母本中的。“为什么这么多作家开始有意识地建构他们的纸上故乡，外来的文学影响固然是一个诱因，更深刻的诱因却在本土文化历史语境中，它使得‘地理的’在此时不仅仅是‘地理的’，不仅仅是某种美学风格上的偏锋，而是一种被挖掘的文化力量，用来补充主流政治文化，修复和抗衡已经十分单调的民族主流文化的文化建设行为。”[①] 与鲁迅的“鲁镇”、沈从文的“湘西”、马尔克斯的“马孔多”和福克纳的“约克纳帕塔法县”等文学叙事场域一样，莫言的“高密东北乡”和贾平凹的“商州山地”已经成为世界文学叙事场域中的重要板块，代表着一方独特的风土和人情，在文学叙事空间和文化指代上具有广泛的包容性和创新性，这种文学叙事空间的营建赋予了作家空前的叙述权力和想象自由。

有必要再次强调一下莫言和贾平凹小说叙事空间的差异：莫言关于“故乡”的书写是与现代世界文学的想象性故乡书写的叙事风格和审美追求高度一致的，“故乡”只是其展开叙事的引子、飞扬想象的审美酵母，包罗其天才想象力的巨大空间容器。“故乡”——高密东北乡——给予其想象的自由和天然的叙事上的亲近感，使其获得叙事与抒情的高度自由，作家的创作也因此在文学史上具有了独异性，其笔下的人、事、情以及写人、叙事、抒情的语言风格、叙事策略及其实现的审美效果也因此独异而别致。贾平凹关于“故乡”的书写是“原始故乡”的书写，承继了中国现代知识分子作家“还乡书写”的传统，笔下所涉均是“故乡”、“故

① 李俏梅：《“文学地理”建构背后的宏大文化理念》，《广州大学学报》（社会科学版）2014 年第 7 期，第 87 页。

土”、“故人”、“故事”，虚构与写实并行，但是在人物的精神面貌上偏重于写实。这种差异也是莫言与其他中国现当代“乡土叙事”作家在小说叙事空间营建上的差异。莫言的“文学故乡”——“高密东北乡”——在文化指代功能和时空外延扩展能力上都要优于其他作家的“文学化的故乡”，因而也具有了领先于当代世界文学叙事空间营建能力的意味。

结　语

莫言小说的叙事探索主要体现在叙事视角实验方面，视角的变换、复合型叙事视角的知域叠加、极致化的人称转换、“我向思维叙事”、“寄居叙事”和多重话语复调叙事等，让莫言的小说呈现出独特的艺术魅力。

在莫言长达二十年的农村生活经验中，童年孤独的言语禁闭造成了他强烈的话语欲望，童年时的耳朵阅读经验为他的小说叙事提供了丰富的故事资源储备；“文化大革命”时代的语言暴力和文学语言政治化所造成的社会性“煞有介事”的话语腔调，对他的小说叙事语言产生了深刻的影响；向民间叙事话语传统和西方小说叙事新势力的借鉴，以及莫言出众的感悟能力和强烈的创新欲望，使他不断求新探索，并总有骄人收获；大胆的理论探索精神、高涨的创作实践热情、系统的理论修养和广泛涉猎中外文学经典名著的阅读经验，为他的叙事探索提供了广阔的世界性文学视野；超常敏锐的感觉能力和天才的想象力，让他的小说叙事具有了天马行空的狂气和雄气。

这几种艺术因素的合力作用共同孵化出了莫言小说叙事的以下几种美学风格：众声喧哗的杂语交响、虚实相生的叙事结构、煞有介事的叙事腔调、天马行空的意象交织①、泥沙俱下的语言浊流、深沉刻薄的思想能力、亲切真诚的民间立场、模糊朦胧的文本表意。

在对莫言小说的阅读过程中，读者往往会发现，历史的庄严凝重感在他“煞有介事”的颠覆性话语腔调和解构性叙事策略的夹击之下土崩瓦解，谢去了权力话语苦心涂抹的浓妆的历史往事，在文本中获得了读者的认同，得以归真，从而使人有沉入故事的感觉，对人物的感觉如同身受。

---

① 对此点，限于论题，本书基本未涉及，但因其是莫言小说叙事的一个重要特征，姑且存之。

同时，作家又运用元（小说）叙事技巧来暴露小说的虚构性，以造成读者对人物故事情感和作家叙事情感的间离。作家深沉刻薄的思想能力、真诚的民间文化立场和价值取向，使他的小说文本呈现出强烈的文化批判意识和现实关怀情绪。同时，小说叙事视角的频繁转换，也造成了小说文本的模糊多义和严重的阅读接受障碍，部分地遭到了阅读和批评的离弃。

长盛不衰的创新求新精神和积极深刻的思想能力，让莫言的叙事努力具有了超群的艺术表达能力，使他得以常立于当代文学小说叙事探索的潮头。他的小说叙事观念在实践中不断更新的过程，也是他不断超越自我、打破常规的过程。他在艺术的海滩上用各色语言的沙子雕砌起一座座叙事的迷宫，又不停地引来躁动的海潮，将其轻轻抹去，因为，他想要更新更好的小说叙事艺术的沙雕。

附录一

莫言小说叙事研究文献目录

1. 期刊论文（1986—2017 年，按作者姓氏字母顺序排列）

艾懿：《莫言小说人称的人际意义》，《短篇小说》（原创版）2012 年第 24 期。

安静：《民间传奇与完整长度——90 年代长篇小说所追求的两大奇书叙事特征》，《海南师范大学学报》（社会科学版）2007 年第 2 期。

敖先红：《浅论莫言〈檀香刑〉叙述主题的悖论性》，《现代语文》（文学研究版）2011 年第 5 期。

毕光明：《“酒国”故事及文本世界的互涉——莫言〈酒国〉重读》，《文艺争鸣》2013 年第 6 期。

毕光明：《〈生死疲劳〉：对历史的深度把握》，《小说评论》2006 年第 5 期。

毕兆明：《他山之石　可以攻玉——谈魔幻现实主义对莫言的影响》，《呼兰师专学报》2003 年第 4 期。

布小继：《莫言小说历史叙述的多维性探究》，《芒种》2013 年第 14 期。

曹金合：《莫言小说创作的独特心理机制探寻——顽童心态、先锋意识、民间立场的和谐统一》，《当代文坛》2016 年第 4 期。

曹学聪：《论〈酒国〉的“陌生化”手法》，《十堰职业技术学院学报》2009 年第 3 期。

柴琳：《古久的恐惧——〈食草家族〉与〈百年孤独〉中“乱伦”叙述》，《北方文学》2012 年第 2 期。

陈海燕：《论〈白狗秋千架〉的复调》，《职大学报》2015 年第 3 期。

陈娇华：《“大踏步撤退”与莫言的新历史小说创作》，《苏州科技学院学报》（社会科学版）2009 年第 1 期。

陈离：《是“民间叙事”还是精神逃亡——从莫言的长篇小说〈檀香刑〉说起》，《江西师范大学学报》2013 年第 3 期。

陈亮：《重复与隐喻　架构与节奏——浅谈莫言长篇小说〈蛙〉的写作技法》，《山东女子学院学报》2015 年第 1 期。

陈思：《〈红高粱〉叙事视角研究》，《文学教育》2015 年 9 月。

陈思和：《莫言近年小说创作的民间叙述——莫言论之一》，《钟山》2001 年第 5 期。

陈思和：《“历史—家族”民间叙事模式的创新尝试》，《当代作家评论》2008 年第 6 期。

陈思和：《人畜混杂，阴阳并存的叙事结构及其意义》，《当代作家评论》2008 年第 6 期。

陈熙熙：《社会生活的空间视界与叙事实践——莫言小说〈蛙〉的空间叙事探析》，《文艺争鸣》2014 年第 8 期。

陈侠：《莫言〈生死疲劳〉的叙事特征》，《开封教育学院学报》2014 年第 5 期。

陈小强：《莫言〈枯河〉中的变异及叙事策略》，《文学教育》（上）2008 年第 7 期。

陈小叶：《超越传统：福克纳和莫言作品的多元叙事视角诠释》，《陇东学院学报》2016 年第 4 期。

陈晓兰：《死亡仪式的狂欢化再现——关于〈檀香刑〉》，《创作》2002 年第 5 期。

陈晓明：《莫言小说的形式意味》（选自陈晓明著《表意的焦虑》，第二章第一节），中央编译出版社 2002 年版。

陈晓明：《“动刀”：当代小说叙事的暴力美学》，《社会科学》2010 年第 5 期。

陈晓明：《乡土中国的寓言化叙事——莫言长篇小说〈生死疲劳〉》，《文艺报》2006 年 3 月 14 日第二版。

陈晓明：《历史尽头的自觉——新世纪中国长篇小说的艺术流变》，《社会科学》2012 年第 8 期。

陈晓明：《乡土中国、现代主义与世界——对 80 年代以来乡土叙事转向的反思》，《文艺争鸣》2014 年第 7 期。

陈晓燕：《论莫言小说中的河流叙事》，《中国现代文学研究丛刊》

2016 年第 4 期。

陈新瑶：《论莫言小说的“言说策略”》，《湖北理工学院学报》（人文社会科学版）2015 年第 2 期。

陈彦馨：《莫言小说的杂语性特征》，《安徽文学》2008 年第 12 期。

陈燕遐：《莫言的〈酒国〉与巴赫汀的小说理论》，《二十一世纪》（网络版）2003 年（总第 13 期）第 4 期。

陈卓、王永兵：《论莫言新历史小说的民间叙事》，《当代文坛》2016 年第 2 期。

程德培：《被记忆缠绕的世界——莫言创作中的童年视角》，《上海文学》1986 年第 4 期。

程敏：《关于民间叙事困境的思考——以莫言小说〈蛙〉为例》，《安徽广播电视大学学报》2012 年第 2 期。

程明霞：《〈檀香刑〉，奏响一曲历史悲歌：从人的视角探讨》，《金山》2010 年第 5 期。

程艳芳：《独特的视角　夸张的感觉——〈透明的红萝卜〉艺术手法浅析》，《沧州师范专科学校学报》2006 年第 2 期。

初清华：《在叙述中穿越民间与历史》，《当代作家评论》2004 年第 6 期。

楚恒叶：《荒诞下的真实——论莫言〈酒国〉虚实互写下的意象传达》，《牡丹江大学学报》2015 年第 8 期。

楚军、吕汀：《认知叙事学视域下的幻觉现实主义叙事策略探析》，《当代文坛》2015 年第 3 期。

达吾：《艺术的叙述和“载道”的期许——〈冰雪美人〉的阅读体验》，《名作欣赏》（鉴赏版）2003 年第 5 期。

戴国庆、李永东：《生命强力的高扬，感觉世界的狂欢——评〈红高粱〉的艺术追求》，《郴州师范高等专科学校学报》2001 年第 6 期。

邓金洲：《论莫言“新历史小说”中历史的民间想象的倾向》，《邵阳学院学报》2007 年第 5 期。

邓嗣明：《用感觉编织的艺术世界——莫言小说技法探宗》，《写作》1989 年第 1 期。

邓招华、李亚辉：《民间话语下的历史审视——评莫言的〈生死疲劳〉》，《山东理工大学学报》（社会科学版）2007 年第 6 期。

丁柏铨、王树桃：《“五四”小说与新时期小说叙事视角比较》，《南京大学学报》（哲学·人文·社会科学）1995年第1期。

丁国兴、陈海权：《神魔共舞的狂欢化叙事——〈红高粱家族〉中莫言的叙事特色》，《江西社会科学》2005年第1期。

丁念保：《对莫言的彻底颠覆——先锋小说、新写实小说合论》，《飞天》1990年第11期。

丁万武、李进学：《把家乡安放在世界文学的版图上——试论莫言小说创作的艺术特征》，《语文教学通讯》2015年第8期。

董国俊：《高密东北乡：莫言小说的虚幻叙事与“真实”细节》，《理论学刊》2012年第12期。

董希文：《莫言小说〈蛙〉戏仿叙事艺术探究》，《中州学刊》2014年第3期。

杜克洁：《叙事的张力与文本的深意——再解读莫言〈白狗秋千架〉》，《菏泽学院学报》2017年第1期。

杜丽华：《想象的民间——论莫言〈檀香刑〉中的民间叙事》，《西安建筑科技大学学报》2016年第2期。

［美］杜迈可：《论〈天堂蒜薹之歌〉》，《当代作家评论》2006年第6期。

杜文娟：《简谈莫言〈生死疲劳〉对新历史主义的深化》，《现代语文》（文学研究）2011年第4期。

段宇晖：《莫言的小说笔法——〈丰乳肥臀〉人物叙事论》，《重庆文理学院学报》（社会科学版）2015年第4期。

樊保玲：《莫言小说叙事分析》，《泉州师范学院学报》2007年第5期。

樊保玲：《历史叙述与个人言说——莫言小说分析》，《泉州师范学院学报》2008年第3期。

樊东宁、姚红静：《评〈红树林〉的叙事手法》，《衡水学院学报》2014年第2期。

范吴喆：《莫言作品〈蛙〉的魔幻现实主义色彩剖析》，《科技创业》2016年第7期。

方敏惠：《福克纳和莫言作品中的创伤叙事》，《淮海工学院学报》（人文社会科学版）2016年第2期。

房福贤、王春霞：《新时期“灵异山东”叙事》，《文艺争鸣》2008年第12期。

房绍伟：《意象：文本的“核心”——试论莫言小说意象化的文本建构策略》，《山东文学》2006年第3期。

冯火魁：《论莫言小说中民族特色与魔幻现实主义的结合——以〈丰乳肥臀〉为例》，《剑南文学》（经典阅读）2013年第2期。

冯晓燕：《从〈檀香刑〉看莫言小说的荒诞叙事》，《青海师范大学学报》（哲学社会科学版）2013年第4期。

凤媛：《撤退与进击——试论〈檀香刑〉的叙事艺术及意义》，《安徽教育学院学报》2003年第2期。

凤卓、彭正生：《历史的突围与超越——论莫言〈檀香刑〉狂欢化叙事美学》，《阜阳师范学院学报》（社会科学版）2015年第5期。

付水英：《传统守望者和创新先行者——浅析莫言〈生死疲劳〉的创作技巧》，《长春教育学院学报》2013年第12期。

傅小平：《莫言从“低处”建构叙事奇观》，《文学报》2011年8月25日第002版。

高翠英：《莫言小说创作的转型》，《中国石油大学胜利学院学报》2010年第4期。

高文霞、任慧芳：《莫言小说叙事空间研究》，《廊坊师范学院学报》（社会科学版）2012年第6期。

高文霞：《莫言小说的叙事视角》，《石家庄铁道大学学报》（社会科学版）2013年第1期。

高文霞：《莫言小说叙事时间研究》，《沧州师范学院学报》2013年第1期。

高选勤：《莫言小说的叙述语言与视角》，《写作》（高级版）2001年第11期。

高媛媛：《莫言小说的艺术技巧研究》，《考试周刊》2011年第85期。

高志、赵静：《莫言〈红高粱家族〉叙事艺术研究》，《电影评介》2010年第9期。

龚刚：《论〈生死疲劳〉的超现实主义叙事》，《华文文学》2014年第2期。

关峰:《〈生死疲劳〉:莫言讲故事的民间写作》,《贵州大学学报》(社会科学版)2014 年第 2 期。

关峰:《莫言“文化大革命”叙事论略》,《江苏大学学报》(社会科学版)2014 年第 4 期。

关峰:《中国故事的日常生活叙事——莫言新世纪长篇小说综论》,《江南大学学报》2017 年第 1 期。

郭冰茹:《寻找一种叙述方式:论莫言长篇小说对传统叙述方式的创造性吸纳》,《当代作家评论》2006 年第 6 期。

郭群:《论莫言乡土小说狂欢化的话语策略》,《长春理工大学学报》(社会科学版)2014 年第 1 期。

行超:《莫言小说特质及中国文学发展的可能性》,《文艺报》2012 年 10 月 24 日第 002 版。

郝丹:《魔幻的“根”与“根”的魔幻——莫言“寻根文学”的魔幻现实主义色彩》,《名作欣赏》2013 年第 6 期。

郝敬波:《〈蛙〉:小说叙事与国家形象》,《江苏师范大学学报》(哲学社会科学版)2013 年第 5 期。

何龙:《冲破传统叙述模式之后——探索中的小说叙述艺术》,《文艺理论研究》1989 年第 2 期。

贺立华:《童年记忆　文学境界　男性视角——艺术内外说莫言》,《山东女子学院学报》2013 年第 1 期。

贺绍俊、潘凯雄:《莫言的小说模式及其意义初探》,《文学评论家》1986 年第 5 期。

贺玉庆、董正宇:《战争叙事的新变——论莫言小说〈红高粱家族〉》,《创作与评论》2013 年第 18 期。

衡学民:《传统与现代的融合:莫言小说对中国叙事传统的继承与创造》,《江西社会科学》2016 年第 9 期。

洪治纲:《论莫言小说的混杂性美学追求》,《中国现代文学研究丛刊》2015 年第 8 期。

侯立兵:《也谈莫言〈檀香刑〉的生命权力叙事——兼与温泉先生商榷》,《文艺争鸣》2017 年第 3 期。

侯令琳:《论〈天堂蒜薹之歌〉的叙事技巧》,《文学教育》(下)2006 年第 1 期。

侯晓凤：《狂欢的背后——读〈四十一炮〉》，《现代语文》（文学研究）2011 年第 5 期。

侯运华：《论莫言小说的女性崇拜与叙事特征》，《新乡师范高等专科学校学报》2001 年第 3 期。

胡守贵：《浅谈莫言小说叙事的民间立场》，《时代文学》（双月上半月）2009 年第 4 期。

胡秀丽：《莫言近年中短篇小说透视》，《当代文坛》2002 第 5 期。

胡燕春：《历史与话语的狂欢——莫言小说〈檀香刑〉浅论》，《曲靖师范学院学报》2002 年第 2 期。

黄道玉：《论莫言〈蛙〉文体互渗中的多视角叙事》，《黑龙江教育学院学报》2015 年第 12 期。

黄发有：《影像化叙事与莫言的小说创作》（选自黄发有《准个体时代的写作——20 世纪 90 年代中国小说研究》第六章），上海三联书店 2002 年版。

黄婕：《断头与分身——中国现当代小说身体叙事的另类维度》，《东南学术》2017 年第 2 期。

黄立华：《论门罗与莫言小说叙事风格的相似性》，《求索》2015 年第 7 期。

黄善明：《一种孤独远行的尝试——〈酒国〉之于莫言小说的创新意义》，《当代作家评论》2001 年第 5 期。

黄世权：《多元文化互渗时期的写作策略——论莫言〈檀香刑〉文化杂糅的意义及其成败》，《理论与创作》2005 年第 4 期。

黄万华：《自由的诉说：莫言叙事的天籁之声——莫言新世纪 10 年的小说》，《东岳论丛》2012 年第 10 期。

黄勇：《地主讲土改——莫言〈生死疲劳〉叙事视角的新变》，《扬子江评论》2009 年第 6 期。

姬凤霞：《解读莫言〈檀香刑〉的叙事形态》，《青海师范大学学报》（哲学社会科学版）2004 年第 5 期。

季红真：《神话结构的自由置换——试论莫言长篇小说的文体创新》，《当代作家评论》2006 年第 6 期。

季红真：《历史叙事的血肉标记——莫言小说女性身体的多重表义功能》，《山东女子学院学报》2015 年第 4 期。

季红真：《大地诗学中心灵磁场的核心故事——莫言小说的生殖叙事》，《文艺争鸣》2016年第6期。

贾翠花：《另一种叙述的探索——关于〈生死疲劳〉》，《现代语文》（文学研究版）2008年第2期。

贾蔓：《神秘的全知叙述者：评莫言小说〈红树林〉》，《当代文坛》2007年第5期。

贾艳艳：《概念与经验之间的叙事困境——对小说创作现状的一种思考》，《社会科学》2010年第12期。

姜春：《莫言小说叙事的三种策略》，《求索》2013年第9期。

姜德成：《〈丰乳肥臀〉的历史叙事研究》，《宁波大学学报》（人文科学版）2015年第3期。

蒋霞、杨晓河：《关于权力之暴力的叙事——读莫言的〈檀香刑〉》，《红河学院学报》2014年第1期。

蒋原伦：《中国风格——关于〈檀香刑〉》，《南方文坛》2001年第6期。

金凤：《神魔共舞的狂欢化诗学风格——浅析莫言的作品风格》，《湖北经济学院学报》2007年第11期。

景银辉：《童年创伤、历史记忆与文化症候——莫言小说中的饥饿叙事》，《小说评论》2013年第1期。

康建伟：《"回归传统"后的"讲故事"——从叙事视角解读2000年以来莫言长篇小说》，《创作与评论》2015年第24期。

旷新年：《莫言的〈红高粱〉与"新历史小说"》，《杭州师范学院学报》2005年第4期。

赖晓玥：《真实与虚构之间——论莫言短篇小说〈木匠与狗〉的叙事策略》，《攀枝花学院学报》2013年第5期。

兰明娣、杨丹丹：《〈红高粱〉的文本叙述和影像阐释》，《神州》2012年第33期。

李程：《莫言〈生死疲劳〉的隐性叙事进程》，《邢台学院学报》2013年第2期。

李传忠：《极致的叙述　蒸腾的欲望——评莫言〈四十一炮〉》，《现代语文》（文学研究版）2006年第7期。

李丹：《一出庸俗的惨剧——长篇小说〈蛙〉批判》，《当代文坛》

2010 年第 4 期。

李刚、石兴泽：《窃窃私语的“镶嵌本文”——莫言小说的民间品性》，《中国社会科学院研究生院学报》2007 年第 2 期。

李刚、周锁英：《中国经验与莫言小说的狂欢情节》，《山东教育学院学报》2009 年第 6 期。

李贵苍、陈超君：《叙事的狂欢：莫言与格拉斯笔下的侏儒形象》，《中国比较文学》2014 年第 4 期。

李国：《民间记忆的历史触摸：莫言小说的叙事特点》，《衡阳师范学院学报》2010 年第 5 期。

李国：《祛伪与存真：莫言历史小说的解构策略》，《河北科技大学学报》（社会科学版）2010 年第 3 期。

李国：《欲望化的历史叙事——莫言小说创作的三向维度》，《南都学坛》2010 年第 6 期。

李继林：《〈红高粱〉的叙事艺术和乡土性特征》，《大庆师范学院学报》2015 年第 4 期。

李江梅：《叙事视角越界的“陌生化”创作效果：对〈雌性的草地〉和〈红高粱〉的个案解读》，《当代文坛》2007 年第 4 期。

李杰俊：《莫言的“文化大革命”叙事研究》，《潍坊学院学报》2016 年第 1 期。

李洁非、张陵：《精神分析学与〈红高粱〉的叙事结构》，《北京文学》1987 年第 1 期。

李洁非等：《小说叙事观念的调整——读〈红高粱〉〈灵旗〉〈黑太阳〉所想》，《文艺报》1986 年 11 月 29 日第 2 版。

李静：《不驯的疆土——论莫言》，《当代作家评论》2006 年第 6 期。

李钧：《新历史主义的立场和“作为老百姓的写作”——莫言荣获诺贝尔文学奖的深层原因探析》，《山东师范大学学报》2013 年第 2 期。

李钧：《叙事狂欢与价值迷失——评莫言的〈四十一炮〉》，《海南师范学院学报》2005 年第 2 期。

李俊学：《布尔加科夫与莫言的魔幻叙事之比较》，《名作欣赏》2016 年第 8 期。

李坤玉、傅敏：《莫言小说〈酒国〉中的后现代特征》，《群问天地》2012 年第 5 期。

李莉:《"酷刑"与审美——论莫言〈檀香刑〉的美学风格》,《山东社会科学》2004 年第 4 期。

李莉:《论小说叙事结构与作家思维方式——以〈冈底斯的诱惑〉、〈马桥词典〉、〈檀香刑〉为例》,《河海大学学报》(哲学社会科学版)2006 年第 3 期。

李龙:《莫言与新历史主义小说》,《中国科技博览》2010 年第 2 期。

李茂民:《论莫言小说的苦难叙事——以〈丰乳肥臀〉和〈蛙〉为中心》,《东岳论丛》2015 年第 12 期。

李敏:《寻求一片新的叙事天地——论莫言〈生死疲劳〉的叙述结构与叙述视角》,《文学与艺术》2009 年第 8 期。

李庆信:《"借给"读者一双眼睛——谈〈红高粱〉的艺术"视角"》,《滇池》1988 年第 4 期。

李瑞香、汤景泰:《疯狂与绝望的变奏——论莫言〈四十一炮〉的狂欢化》,《安康师专学报》2004 年第 5 期。

李瑞雪:《莫言的魔幻现实主义与拉美魔幻现实主义——以马尔克斯的〈百年孤独〉为例》,《北方文学》2013 年第 8 期。

李盛涛:《莫言小说〈蛙〉叙事策略背后的意义迷失》,《成都理工大学学报》(社会科学版)2015 年第 5 期。

李书磊:《文体解放与思想解放——也谈〈红高粱〉》,《文论报》1986 年 12 月 21 日。

李威:《莫言作品中的魔幻现实主义风格研究》,《湖北科技学院学报》2013 年第 4 期。

李伟:《战争史诗与爱情传奇——以怪诞视角解读〈红高粱家族〉》,《文学界》(理论版)2012 年第 1 期。

李雪:《民间立场与现代意识的融合与摩擦——评莫言长篇小说》,《社科纵横》2006 年第 7 期。

李益长:《透过心灵的回望与重构——论莫言散文想象与虚构的叙事力量》,《楚雄师范学院学报》2013 年第 11 期。

李勇:《在"现实"与"观念"之间——论 1990 年代的乡村小说叙事格局》,《内蒙古社会科学》2010 年第 1 期。

李宇雯:《现代与传统的交响乐——论〈檀香刑〉叙事结构的艺术独创性》,《剑南文学》(经典阅读)2013 年第 1 期。

李运抟：《论“卡夫卡式”与“马尔克斯式”的中国叙事——中国当代小说叙事试验的一种解读》，《天津师范大学学报》（社会科学版）2015年第5期。

李占伟：《莫言小说的叙事现代性》，《小说评论》2015年第2期。

李梓铭、张学昕：《英语世界里的中国“庙堂之音”——莫言小说〈檀香刑〉中人物声音的重现》，《小说评论》2016年第2期。

李自国：《战争历史的另一种写法——论莫言战争题材小说对历史的解构》，《成才》2002年第5期。

李自国：《讲述历史　反思人性——解读〈生死疲劳〉的叙述者》，《北京广播电视大学学报》2011年第1期。

李自国：《论〈红高粱〉的叙述视角》，《江汉论坛》2012年第2期。

李宗刚：《民间视阈下〈红高粱〉英雄叙事的再解读》，《烟台大学学报》（哲学社会科学版）2005年第1期。

梁珊：《关于莫言〈生死疲劳〉的叙事研究》，《语文建设》2016年6月。

梁小娟：《批判与建构——论莫言乡土小说的叙事伦理》，《长江学术》2012年第1期。

梁晓安：《〈红高粱〉叙事情境及其效果探析》，《长江大学学报》（社会科学版）2014年第2期。

梁振华：《〈蛙〉：时代吊诡与“混沌”美学》，《南方文坛》2010年第3期。

廖传文：《儿童视角与视角的更迭：莫言小说叙述视角浅析》，《中南论坛》2008年第4期。

廖华英：《解放的想象力：也论西方文学资源对于莫言创作的影响》，《中国文学研究》2014年第1期。

林丽、谭文华：《“多声部”演奏莫言的复调小说》，《学理论》2009年第17期。

林霖：《存在：在讲述的名义下——评莫言的长篇小说〈四十一炮〉》，《时代文学》2009年第3期。

林苹：《〈红高粱〉艺术技巧论》，《福建商业高等专科学校学报》1999年第4期。

林宗良：《浅议〈丰乳肥臀〉的叙事艺术》，《阅读与鉴赏》（中旬）

2011 年第 10 期。

凌云岚：《莫言与中国现代乡土小说传统》，《文学评论》2014 年第 2 期。

刘艾婧：《诉说中的狂欢——试论莫言新作〈四十一炮〉》，《沙洋师范高等专科学校学报》2005 年第 1 期。

刘成才：《“文学中国”、亚洲叙事与想象性阅读：日本学者的莫言研究》，《南京师大学报》（社会科学版）2015 年第 6 期。

刘崇华：《〈生死疲劳〉解析莫言小说的魔幻现实主义色彩》，《语文建设》2015 年第 3 期。

刘德银：《经验与记忆：莫言小说创作的三重变奏》，《齐鲁学刊》2014 年第 3 期。

刘鸽：《从修辞学角度看莫言的〈十三步〉》，《吉林省教育学院学报》2014 年第 8 期。

刘广远：《狂欢化：莫言小说的话语方式——试论〈四十一炮〉》，《当代文学研究资料与信息》2005 年第 1 期。

刘广远：《莫言小说的怪诞现实主义》，《辽宁工学院学报》2007 年第 1 期。

刘广远：《论莫言小说的复调叙事模式》，《沈阳师范大学学报》（社会科学版）2007 年第 3 期。

刘国良：《莫言小说的美学追求》，《南通师范专科学校学报》（社会科学版）1991 年第 1 期。

刘国良：《莫言：对传统小说模式的颠覆》，《中学生阅读》（高中版）2006 年第 9 期。

刘海军：《论新世纪乡村小说的碎片化叙事》，《大连理工大学学报》2011 年第 1 期。

刘红：《奇异的复合音响——浅析莫言小说的复调特征》，《山东文学》2007 年第 2 期。

刘红：《浅谈莫言在小说领域内的探索创新》，《才智》2011 年第 23 期。

刘泓：《历史叙事：从史传精神到虚构游戏》，《福建论坛》（文史哲版）1999 年第 2 期。

刘曲：《从巴赫金的“狂欢诗学”看希拉里·曼特尔与莫言作品的狂

欢美》，《前言》2013 年第 2 期。

刘汝慧、傅宗洪：《试析莫言小说的魔幻现实主义成分——以〈怀抱鲜花的女人〉为个案》，《辽宁行政学院学报》2008 年第 8 期。

刘书勤：《天真的看　深邃的思——莫言小说的儿童叙事视角分析》，《理论月刊》2005 年第 11 期。

刘姝：《非长歌何以骋其情？——莫言小说〈天堂蒜薹之歌〉中歌谣的叙事功能》，《柳州师专学报》2013 年第 5 期。

刘婷婷：《浅论〈檀香刑〉的叙事手法》，《大众文艺》（理论）2009 年第 1 期。

刘为钦、刘斯羽：《论莫言叙事的独特性、前卫性和本土性》，《江汉论坛》2014 年第 10 期。

刘伟：《"轮回"叙述中的历史"魅影"——论莫言〈生死疲劳〉的文本策略》，《文艺评论》2007 年第 1 期。

刘香：《叙述的狂欢：写作者的自我救赎之道——评莫言的长篇小说〈四十一炮〉》，《名作欣赏》（下半月刊）2005 年第 3 期。

刘新铭：《猫腔里的爱恨情仇：谈莫言〈檀香刑〉叙事方式的开拓创新》，《剑南文学》2011 年第 5 期。

刘星：《莫言〈蛙〉的叙事视角艺术》，《吕梁学院学报》2016 年第 6 期。

刘研：《反思"东亚"现代性——论〈生死疲劳〉与〈IQ84〉中的神话叙事》，《东北亚外语研究》2014 年第 3 期。

刘宇新：《先锋姿态下的传统叙事——对莫言戏剧创作的文本分析》，《江苏师范大学学报》2013 年第 6 期。

刘郁琪、陶海霞：《莫言小说〈蛙〉的叙事伦理》，《文学教育》（上）2010 年第 13 期。

刘郁琪：《莫言小说〈蛙〉的书信体叙事》，《学理论》2010 年第 20 期。

刘再复：《故事的极致与故事的消解——〈高行健莫言比较论〉续篇》，《当代作家评论》2013 年第 4 期。

刘治洋：《莫言小说的艺术技巧探究》，《华章》2013 年第 11 期。

柳平：《文学世界里的乡村——析莫言小说的村庄叙事》，《柳州职业技术学院学报》2013 年第 4 期。

龙体钦:《论莫言小说的苦难叙事》,《剑南文学》(经典阅读)2012年第5期。

卢金、傅学敏:《浅论莫言〈檀香刑〉的先锋叙事》,《文学教育》(中)2010年第3期。

卢俊兴、周敏:《感觉的奇异与复活——浅析莫言〈红高粱〉陌生化手法》,《名作欣赏》2014年第2期。

卢巧丹:《莫言小说〈檀香刑〉在英语世界的文化行旅》,《小说评论》2015年第4期。

禄永鹏:《论莫言小说狂欢化叙事所彰显的酒神精神》,《社科纵横》2014年第4期。

罗春丽、张学知:《论莫言〈生死疲劳〉的叙事艺术》,《当代教育理论与实践》2014年第6期。

罗慧林:《当代小说的"细节肥大症"反思——以莫言的小说创作为例》,《文艺争鸣》2009年第4期。

吕洁:《莫言长篇小说的主题与叙事评析》,《语文建设》2015年第26期。

吕彤邻:《超越与局限——莫言中篇小说〈红高粱〉分析》,汪宝荣译,《当代作家评论》2016年第5期。

马琳:《父与子的新一轮角力——也谈莫言小说〈生死疲劳〉中的伦理叙事》,《中国校外教育》(理论)2008年第11期。

马跃成:《莫言〈红高粱〉与二人转叙述视角的异同——论跳进跳出叙述视角的独特性》,《戏剧文学》2015年第7期。

马云:《莫言〈生死疲劳〉的超验想象与叙事狂欢》,《文艺争鸣》2014年第6期。

马知遥:《〈檀香刑〉:狂欢化叙述中的女子》,《海南师范大学学报》2007年第6期。

毛克强:《从莫言〈檀香刑〉看长篇小说"史诗"性质的戏剧化演绎》,《宜宾学院学报》2009年第4期。

梅琼林:《对立与虚无——莫言现象的哲学基点和艺术视角论纲》,《华中师范大学研究生学报》1989年第4期。

蒙冬英:《探析莫言小说〈红高粱〉的叙事传播策略》,《四川职业技术学院学报》2016年第4期。

孟琦：《莫言作品〈蛙〉的魔幻现实主义表现》，《语文学刊》2013年第14期。

苗变丽：《仿真与寓言的融合——对长篇小说〈蛙〉的一种阐释》，《理论与创作》2010年第6期。

苗变丽：《论循环时间叙事的精神文化特质——解读莫言的〈生死疲劳〉》，《郑州大学学报》（哲学社会科学版）2013年第4期。

莫言、李敬泽：《向中国古典小说致敬》，《当代作家评论》2006年第2期。

莫言：《捍卫长篇小说的尊严——“小说的现状与可能性”笔谈（上）》，《当代作家评论》2006年第1期。

聂琴珍：《莫言现象：被误解的“魔幻现实主义”——〈丰乳肥臀〉与〈百年孤独〉之比较》，《电影评介》2013年第12期。

牛殿庆：《〈丰乳肥臀〉的艺术建构》，《苏州大学学报》2005年第6期。

牛镭：《莫言小说的狂欢化叙事特色赏析》，《产业与科技论坛》2014年第4期。

潘海军：《论莫言小说中抗战叙事的边缘化和陌生化策略》，《长春大学学报》2009年第3期。

潘旭科：《〈生死疲劳〉：叙述声音的饱满与缺失》，《红河学院学报》2012年第6期。

彭南署：《土匪题材的另类视角：莫言的〈红高粱〉》，《当代教育》2010年第2期。

彭维锋：《消解与颠覆：莫言〈丰乳肥臀〉的叙事策略》，《江西科技师范大学学报》2015年第1期。

彭正生、方维保：《对话·狂欢·多元意识：莫言小说的复调叙事艺术》，《江淮论坛》2015年2月。

彭祖鸿：《论莫言小说残酷叙事策略的美学效应》，《齐齐哈尔师范高等专科学校学报》2006年第1期。

彭祖鸿：《论莫言小说叙事视角选择的美学意蕴》，《扬州职业大学学报》2004年第3期。

皮进：《多元叙事策略成就巨大叙事张力——莫言小说〈生死疲劳〉叙事艺术分析》，《文艺争鸣》2014年第7期。

溥尘：《农耕文明裂变下的乡土叙事：从〈秦腔〉〈笨花〉〈生死疲劳〉解读当代中国乡土小说创作》，《河北日报》2007年7月20日。

綦珊：《“声音”里的多重叙事——以莫言〈檀香刑〉与严歌苓〈雌性的草地〉中的声音分析为例》，《时代文学》2015年11月下半月。

乔卉娴、仝文宁：《论莫言小说中隐含作者的构建——〈丰乳肥臀〉的解读》，《西安文理学院学报》（社会科学版）2011年第4期。

乔鹏涛、李刚：《莫言创作的狂欢情节与民间品性》，《宁波职业技术学院学报》2007年第4期。

秦艳萍、韩鲁华：《中国乡土及乡土经验的文学叙事——以贾平凹、莫言乡土叙事为例》，《西北大学学报》2014年第5期。

邱华栋：《故乡、世界与大地的说书人——莫言论》，《文艺争鸣》2011年第2期。

邱丽婷：《透过童眸看世界——〈透明的红萝卜〉的儿童叙事视角分析》，《青年文学家》2013年第12期。

瞿华兵：《莫言小说艺术特征及其对当下文学创作的启示》，《井冈山大学学报》（社会科学版）2015年第1期。

瞿心兰、杨经建：《现代知识分子的“还乡”叙事——鲁迅〈故乡〉与莫言〈白狗秋千架〉之比较》，《创作与评论》2016年第8期。

邵波：《“全球化”背景下民族历史文化的再反思——〈檀香刑〉中新历史主义的“启蒙叙事”》，《边疆经济与文化》2009年第3期。

邵华：《鱼和熊掌可兼得：叙事人称分析》，《科学与企业》2011年第9期。

邵璐：《翻译中的“叙事世界”——析莫言〈生死疲劳〉葛浩文英译本》，《外语与外语教学》2013年第2期。

沈杏培、姜瑜：《“傻子”：符号的艺术与艺术的符号——论当代小说的“傻子”叙事伦理》，《艺术广角》2005年第2期。

沈杏培：《“巨型文本”与“微型叙事”——新时期历史小说中儿童视角叙事策略的文化剖析》，《南京师范大学文学院学报》2005年第3期。

盛林：《“你”和“他”的妙用——析莫言小说〈你的行为使我们感到恐惧〉的语言》，《语文月刊》1990年第2期。

盛子潮、朱水涌：《小说的时空交错和结构的内在张力》，《文艺研究》1986年第6期。

石冠辉：《元小说与中国当代小说发展》，《社会科学家》2015 年第 11 期。

石天强：《童年记忆的世界——读莫言〈透明的红萝卜〉》，《艺术评论》2011 年第 3 期。

石一枫：《再次炫技：读莫言〈蛙〉》，《当代》（长篇小说选刊）2010 年第 1 期。

黄娟：《从白痴到精灵——论莫言小说中的小男孩形象》，《语文学刊》2010 年第 3 期。

束辉：《莫言小说〈蛙〉戏剧化的分析》，《芒种》2013 年第 14 期。

宋剑华、张冀：《革命英雄传奇神话的历史终结——论莫言〈红高粱家族〉的文学史意义》，《湖南大学学报》（社会科学版）2006 年第 5 期。

宋剑华：《知识分子的民间想象：论莫言〈红高粱家族〉故事叙事的文本意义》，《广东社会科学》2009 年第 2 期。

宋丽娟：《众声喧哗下的〈檀香刑〉》，《安徽文学》（下半月）2011 年第 3 期。

宋学清、陈紫越：《莫言乡土文学中的乡土叙事与城镇叙事》，《百家评论》2015 年第 6 期。

宋学清、张丽军：《论莫言“高密东北乡”的方志体叙事策略》，《当代作家评论》2015 年第 6 期。

宋宇：《〈红高粱家族〉叙述视角的多元解读》，《剑南文学》（经典阅读）2012 年第 2 期。

孙桂芝：《论〈蛙〉与〈百年孤独〉叙事意识之互文性——两部作品女性人物比较研究》，《山西大同大学学报》2013 年第 2 期。

孙华南：《情节的延宕与人物刻画的反差——〈冰雪美人〉的叙事艺术》，《名作欣赏》2003 年第 7 期。

孙俊杰、张学军：《莫言小说中的创世纪神话》，《山东师范大学学报》2017 年第 5 期。

孙俊杰、张学军：《莫言小说中的鬼话人情》，《小说评论》2017 年第 5 期。

孙曼歆：《论莫言〈红高粱〉的死亡叙述》，《黑龙江社会科学》2008 年第 2 期。

孙玉荣、王兰天：《论〈檀香刑〉的血腥暴力写作》，《聊城大学学报》(社会科学版) 2008 年第 2 期。

谭桂林:《论〈丰乳肥臀〉的生殖崇拜与狂欢叙事》,《人文杂志》2001 年第 5 期。

汤静:《论魔幻现实主义对莫言小说创作的影响》,《河南农业》2013 年第 12 期。

唐廷碧:《从〈檀香刑〉看莫言对福克纳多角度叙事的化用》,《文学教育》2014 年 10 月。

唐欣:《论莫言〈倒立〉的权力叙事》,《佳木斯教育学院学报》2013 年第 10 期。

陶东风、罗靖:《身体叙事:前先锋、先锋、后先锋》,《文艺研究》2005 年第 10 期。

滕爱云:《民间视阈下的〈红高粱〉与〈还乡〉的女性叙事》,《天津大学学报》(社会科学版) 2015 年第 1 期。

田家隆:《莫言〈蛙〉中姑姑故事的叙事逻辑分析》,《天水师范学院学报》2015 年第 3 期。

田山民:《〈蛙〉结构特征分析》,《作家》2013 年第 8 期。

田伟、贾石勇:《从〈丰乳肥臀〉看莫言对乡土叙事的创新》,《芒种》2013 年第 16 期。

田文兵:《个人情感与民族叙事的融合——论莫言〈丰乳肥臀〉中情爱书写的文化隐喻》,《海南师范大学学》(社会科学版) 2012 年第 2 期。

涂险兰:《章法革新与文体的解放——以莫言的小说创作为例》,《写作》(高级版) 2009 年第 13 期。

万雪平、邹姣莲:《向土地与生命致敬——浅谈莫言小说〈生死疲劳〉的叙述视角》,《景德镇高专学报》2013 年第 2 期。

汪洁:《论莫言小说中的“鬼魅叙事”》,《科教文汇》2009 年第 8 期。

汪毓楠:《人类叙事中的人称问题——以莫言的长篇小说〈十三步〉为例》,《吉林省教育学院学报》2008 年第 6 期。

王爱菊:《论莫言小说叙事视角的美学意蕴》,《济源职业技术学院学报》2005 年第 1 期。

王北平:《莫言对中国传统小说叙事模式的突破——谈莫言小说的复调》,《贵州工业大学学报》(社会科学版) 2007 年第 4 期。

王传满：《论〈酒国〉的复调结构及狂欢化精神》，《黄山学院学报》2002年第1期。

王春霞：《莫言的“新聊斋小说”及其灵异叙事特征》，《时代文学》2006年第6期。

王春艳：《美丽的荒诞之花　炫目的真实之果——〈檀香刑〉与〈现实一种〉荒诞艺术比较》，《长春工程学院学报》（社会科学版）2014年第1期。

王德领：《莫言与幻觉现实主义》，《首都师范大学学报》2013年第1期。

王德威：《千言万语，何若莫言》，《读书》1999年第3期。

王德威：《魔幻写实，狂言妄语即文章》，《台港文学选刊》2013年第1期。

王德威：《众声喧哗之后：当代小说与叙事伦理》，《汉语言文学研究》2012年第2期。

王飞：《从叙事学角度解读莫言〈球状闪电〉》，《文学教育》（下）2009年第12期。

王海：《浅论小说改编电影中的叙述人称变换》，《哲理》（论坛版）2010年第3期。

王海燕：《论鲁迅与莫言鬼魅叙事的不同形态》，《武汉理工大学学报》（社会科学版）2015年第3期。

王恒升：《论莫言长篇小说〈酒国〉的先锋艺术》，《潍坊学院学报》2016年第3期。

王恒升：《显性结构的温馨与隐性结构的冷酷——析莫言在〈白狗秋千架〉中的矛盾性书写》，《山东文学》2006年第11期。

王红：《回应与反响：新历史小说多重叙事方式探析》，《当代文坛》2006年第5期。

王宏慧、沈红梅：《论莫言的〈丰乳肥臀〉之创作技巧》，《延边大学学报》2013年第4期。

王洪岳：《莫言长篇小说叙事与女性化思维之隐在关系论》，《山东女子学院学报》2015年第1期。

王会青：《宏大历史叙事背后的诗意暗流——论莫言〈蛙〉中的故乡》，《延安职业技术学院学报》2013年第4期。

王纪人：《叙事焦虑中的文学探索和突围》，《南方文坛》2011 年第 6 期。

王剑：《说欲叙——从莫言的小说看一种特殊的叙述方式》，《写作》1991 年第 4 期。

王金胜：《传奇：莫言小说的叙事资源与美学特征——以〈红高粱家族〉及中短篇小说为中心》，《唐都学刊》2005 年第 1 期。

王军利：《解读〈欢乐〉的二元对立叙事艺术》，《安徽文学》2016 年第 7 期。

王坤宇：《莫言——在文化杂糅的中国语境中》，《中国图书评论》2012 年第 12 期。

王磊、李爱华：《生态的忧患与人性的反思——从〈丰乳肥臀〉看莫言生态叙事》，《石家庄学院学报》2016 年第 2 期。

王磊、李爱华：《中国叙事传统和莫言叙事艺术承继与发展向度》，《石家庄学院学报》2016 年第 4 期。

王力平：《〈红高粱〉的结构艺术及其他》，《文论报》1986 年 10 月 11 日。

王丽敏：《“叙事圈套”下的荒诞——论莫言〈生死疲劳〉的叙事艺术》，《闽南师范大学学报》（哲学社会科学版）2015 年第 4 期。

王琳：《宏大叙事与女性角色》，《社会科学研究》2001 年第 3 期。

王猛猛：《从颠覆走向包容：论〈生死疲劳〉与〈兄弟〉的“文化大革命”叙事》，《萍乡高等专科学院学报》2011 年第 5 期。

王明科、曹艳艳、张海燕：《文本细读中的思维穿越与命运挣扎——莫言〈四十一炮〉别一种解读》，《渭南师范学院学报》2013 年第 5 期。

王萍：《论莫言小说历史与虚构叙事的并置——以〈生死疲劳〉、〈丰乳肥臀〉为例》，《社科纵横》2014 年第 9 期。

王文、公荣伟：《莫言与马尔克斯：跨文化的神话叙事》，《江南大学学报》2013 年第 6 期。

王文翠：《论中国 80 年代中后期小说的爱情叙事——以张贤亮、铁凝、莫言、王安忆为例》，《青年文学家》2009 年第 16 期。

王文捷：《〈生死疲劳〉：历史的民间表象建构——论莫言历史叙事的文化方式》，《小说评论》2007 年第 4 期。

王文玲：《新时期小说儿童叙事的双重变奏》，《齐鲁学刊》2008 年第 4 期。

王西强：《叙事语境转换中的现实关怀言说——从〈红高粱家族〉到〈天堂蒜薹之歌〉》，《陕西教育学院学报》2005 年第 1 期。

王西强：《“旧谱新词”：众语喧哗的狂欢化叙事范本——〈檀香刑〉的叙事视角解读》，《当代小说》（下半月）2010 年第 12 期。

王西强：《新历史主义叙事的模范文本——〈丰乳肥臀〉叙事视角分析》，《陕西教育学院学报》2011 年第 2 期。

王西强：《复调叙事和叙事解构：〈酒国〉里的虚实》，《南京师范大学文学院学报》2011 年第 2 期。

王西强：《极致化的人称视角转换构建的叙事迷宫——论莫言小说〈十三步〉的叙事视角试验》，《环球市场信息导报》（理论）2011 年第 1 期。

王西强：《论 1985 年以后莫言中短篇小说的“我向思维”叙事和虚构家族传奇》，《当代文坛》2011 年第 5 期。

王西强：《莫言小说叙事视角实验的反叛与创新》，《求索》2011 年第 8 期。

王西强：《论莫言 1985 年后中短篇小说的叙事视角试验》，《中国现代文学研究丛刊》2012 年第 6 期。

王西强：《成年叙事与童年故事——论〈四十一炮〉的复调叙事》，《天中学刊》2014 年第 4 期。

王晓梅：《福克纳对中国当代家族小说叙事艺术的影响》，《时代文学》2015 年 9 月下半月。

王晓霞：《海勒和莫言写作对比研究——以新历史主义为视角》，《咸宁学院学报》2012 年第 3 期。

王学谦：《〈红高粱家族〉与莫言小说的基本结构》，《当代作家评论》2015 年第 6 期。

王学谦：《魔性叙事及其自由精神——再论莫言与鲁迅的家族性相似》，《文艺争鸣》2016 年第 4 期。

王雅萍：《莫言小说的多元化叙事》，《佳木斯职业学院学报》2015 年第 11 期。

王岩：《〈丰乳肥臀〉的叙述方式与结构艺术》，《克山师范专科学校学报》1997 年第 4 期。

王燕玲:《〈红高粱〉的空间叙事艺术分析》,《电子制作》2015年第3期。

王逸竹:《试论莫言〈生死疲劳〉的空间叙事策略》,《延边教育学院学报》2016年第1期。

王莹:《从〈透明的红萝卜〉看莫言与拉美的魔幻现实主义》,《当代小说》(下半月)2010年第10期。

王禹丹:《死之狂欢曲——浅论莫言和阎连科死亡叙事的狂欢写作》,《剑南文学》2013年第3期。

王禹丹:《镇魂曲的两种旋律——莫言与阎连科死亡叙事的方言书写》,《青年文学家》2013年第9期。

王玉:《论新世纪小说的狂欢美学》,《新疆大学学报》(哲学·人文社会科学版)2011年第4期。

王育松:《童年叙事:意义丰饶的阐释空间——重读莫言的中篇小说〈透明的红萝卜〉》,《湖北社会科学》2008年第10期。

王源:《莫言茅盾文学奖获奖作品〈蛙〉研讨会综述》,《东岳论丛》2011年第11期。

王振雨:《莫言小说的怪诞美》,《沈阳师范大学学报》2008年第2期。

王宗燕:《论莫言的极端叙述情结:以〈红高粱家族〉为例》,《河西学院学报》2009年第4期。

温明:《讽刺与反思——论莫言小说〈蛙〉中的现实社会伦理叙事》,《吉林省教育学院学报》(中旬)2012年第3期。

温泉:《论莫言〈檀香刑〉中的生命权力叙事》,《小说评论》2016年第2期。

温儒敏、叶诚生:《"写在历史边上"的故事——莫言小说的现代质》,《东岳论丛》2012年第12期。

温儒敏:《莫言历史叙事的"野史化"与"重口味"——兼说莫言获诺奖的七大原因》,《中国现代文学研究丛刊》2013年第4期。

温兆海、王逸竹:《说戏·演戏·看戏——〈檀香刑〉戏剧空间的三重叙事》,《延边大学学报》2016年第5期。

吴刚、徐丹丽:《从颠覆历史到取媚世俗——论莫言新历史小说的审美趋势》,《湖北省社会主义学院学报》2003年第5期。

吴虹：《试析魔幻现实主义对莫言创作的影响》，《芒种》2013 年第 6 期。

吴景明：《论新历史主义小说对传统历史小说的反拨》，《长春师范学院学报》（人文社会科学版）2006 年第 1 期。

吴文薇：《论西方叙事学对我国当代小说创作的影响》，《安徽教育学院学报》1989 年第 4 期。

吴晓东等：《莫言小说的形式与政治——关于〈蛙〉的讨论》，《重庆评论》2012 年第 4 期。

吴萱亮：《妙在“似与不似”之间——看莫言作品叙事中的文学王国》，《考试与招生》2012 年第 11 期。

吴耀宗：《轮回、暴力、反讽：论莫言〈生死疲劳〉的荒诞叙事》，《东岳论丛》2010 年第 11 期。

吴义勤：《有一种叙述叫“莫言叙述”——评长篇小说〈四十一炮〉》，《文艺报》2003 年 7 月 22 日第 002 版。

伍丹、朱渝：《浅论魔幻现实主义对莫言小说创作的影响》，《文教资料》2010 年第 26 期。

奚志英、朱凌：《论莫言小说儿童书写的声音范型与话语效果》，《中国文学研究》2013 年第 1 期。

夏环举、翟辉、蹇波：《〈红高粱〉叙事结构解读》，《通化师范学院学报》2000 年第 3 期。

夏环举：《莫言〈红高粱家族〉的叙事语调及其变异分析》，《时代文学》（上半月）2009 年第 4 期。

夏环举：《有意味的形式——重读莫言〈红高粱〉》，《名作欣赏》（下旬刊）2009 年第 8 期。

夏鑫：《析莫言〈生死疲劳〉的荒诞叙事》，《山花》（下半月）2010 年第 9 期。

夏艳艳：《论莫言小说的语言修辞与叙事特征》，《芒种》2013 年第 16 期。

夏兆林：《论〈生死疲劳〉的三元叙事话语》，《语文学刊》（高等教育版）2011 年第 7 期。

夏兆林：《论莫言小说中的儿童视角》，《语文学刊》（高等教育版）2012 年第 6 期。

向远虎:《莫言小说狂欢化叙事特点》,《文学教育》(下)2011年第7期。

晓华、汪政:《第一人称研究》,《当代文坛》1988年第5期。

谢刚:《莫言叙事策略再认识》,《百科知识》2001年第4期。

谢素云:《沉默的呐喊——试论魔幻现实主义在〈怀抱鲜花的女人〉中的应用》,《文教资料》2009年第24期。

邢晶:《论莫言小说〈蛙〉的美学特征》,《教育教学论坛》2013年第13期。

徐刚:《"碎片""传奇"与历史的"魅影"——近年来长篇小说历史叙事的几个侧面》,《创作与评论》2015年第10期。

徐巍:《剧本化倾向、影像化诉求和电影化技巧——当代小说叙事的新视角》,《社会科学》2009年第3期。

徐仲佳:《论莫言小说性爱叙事的文学场生产》,《齐鲁学刊》2014年第3期。

许冉君:《莫言〈蛙〉的文体分析》,《安徽文学》2014年第9期。

许玉庆:《20世纪90年代以来乡土叙事立场的转型》,《郑州大学学报》(哲学社会科学版)2008年第2期。

薛红云:《先锋实验与传统叙事的缠绕——评〈酒国〉》,《小说评论》2016年第1期。

颜瑾:《流离的故事 无尽的意蕴——论莫言小说的叙事特点》,《楚雄师范学院学报》2003年第5期。

颜瑾:《叙事的空白——评〈白狗秋千架〉的叙事策略》,《广东农工商职业技术学院学报》2013年第4期。

颜梦艺:《虚构与真实的荒诞化叙事——论莫言〈酒国〉的叙事艺术》,《名作欣赏》2013年第17期。

颜水生:《莫言的苦难叙事》,《海南师范大学学报》(社会科学版)2013年第6期。

杨莼莼:《解析莫言〈生死疲劳〉中的话语策略》,《名作欣赏》2016年第26期。

杨荷泉:《生命历程与文化象征的现代叙事:〈丰乳肥臀〉》,《湖北大学成人教育学院学报》2010年第6期。

杨红梅:《〈檀香刑〉的民间叙事及其英译》,《宁夏社会科学》2015

年第5期。

杨红梅：《福克纳与莫言小说中的时间叙事特征》，《当代文坛》2017年2月。

杨经建：《“戏剧化”生存：〈檀香刑〉的叙事策略》，《文艺争鸣》2002年第5期。

杨晶晶：《浅析莫言〈酒国〉的叙事特征与意象世界》，《当代小说》2009年第1期。

杨静：《〈生死疲劳〉对明清小说的继承与发展》，《海南科技学院学报》2014年第12期。

杨萍：《浅析莫言〈檀香刑〉的狂欢化叙事艺术》，《佳木斯教育学院学报》2012年第2期。

杨萍萍：《新时期家族叙事的嬗变——以〈红高粱〉为切入点》，《重庆科技学院学报》2013年第6期。

杨万寿：《莫言小说〈十三步〉：简单的故事 迷宫式的叙事》，《河西学院学报》2014年第3期。

杨新刚：《“中农情节”对莫言创作的影响——兼析莫言小说对土改、合作化叙事模式的突破》，《齐鲁学刊》2014年第3期。

杨艳伶：《论莫言〈丰乳肥臀〉的文化蕴含与叙事艺术》，《齐齐哈尔师范高等专科学校学报》2008年第2期。

杨一铎、禹秀玲、周易：《西方对莫言及贾平凹作品的接受比较》，《当代文坛》2014年第2期。

杨喆：《略论〈檀香刑〉的叙事艺术》，《北方文学》2012年第7期。

姚明月、张学军：《论〈生死疲劳〉的叙事艺术》，《百家评论》2016年第2期。

姚宁：《莫言与马尔克斯“陌生化”创作手法之比较》，《内蒙古农业大学学报》2012年第6期。

叶君：《诗意地栖居——论乡村家园想象中的客居者“回家”之旅》，《武汉大学学报》2005年第3期。

叶永胜、刘桂荣：《〈酒国〉：反讽叙事》，《当代文坛》2001年第3期。

易文翔：《成人世界的“他者”——论近二十年小说中的少儿视角》，《南京师范大学文学院学报》2004年第1期。

殷宏霞：《莫言小说的民间叙事艺术》，《滁州学院学报》2013 年第 6 期。

尹建民：《莫言的寓言化写作及其对福克纳的接受》，《潍坊学院学报》2015 年第 1 期。

应玲素：《小说的现实世界与超现实世界——苏童、莫言童年视角小说创作比较》，《湖州师范学院学报》2002 年第 1 期。

于宝娟：《浅析莫言〈红高粱〉的比喻修辞艺术》，《内蒙古民族大学学报》2014 年第 5 期。

于宁志：《论〈檀香刑〉的叙事角度》，《宿州学院学报》2004 年第 5 期。

于子月：《在历史叙事中彰显生命意识——试论〈红高粱〉与〈天堂蒜薹之歌〉中的人性描写》，《长春师范大学学报》2014 年第 4 期。

俞春玲：《新时期家族故事的叙事与性别——以四部代表性长篇家族小说为例》，《理论与创作》2007 年第 9 期。

曾朝霞：《论王安忆与莫言小说对身体的迷恋叙事》，《郑州航空工业管理学院学报》（社会科学版）2009 年第 1 期。

曾洁：《浅谈小说〈红高粱〉的叙事艺术》，《北方文学》2010 年第 1 期。

曾钰雯：《从“民间叙事”谈莫言的〈民间音乐〉》，《名作欣赏》2015 年第 15 期。

翟华兵：《莫言小说中儿童视角的叙事策略》，《语文学刊》2006 年第 13 期。

翟瑞青：《莫言小说儿童叙述视角和叙述方式的演变》，《齐鲁学刊》2016 年第 3 期。

张伯存：《莫言的“灵幻现实主义”》，《枣庄学院学报》2012 年第 6 期。

张伯存：《莫言的民间狂欢世界》，《齐鲁学刊》2006 年第 4 期。

张春喜：《语言的自由和权利与叙述人的语态和策略——试论莫言〈丰乳肥臀〉的话语霸权》，《河南社会科学》2005 年第 S1 期。

张春雨：《莫言叙事技巧浅析》，《时代文学》2014 年第 3 期。

张斐然：《〈蛙〉的历史叙事与忏悔意识》，《湖北经济学院学报》（人文社会科学版）2016 年第 12 期。

张福萍：《独特的视角　别样的魅力》，《阅读与写作》2002 年第 10 期。

张舸：《魔幻与现实的糅合——解析莫言〈生死疲劳〉魔幻的民间叙事》，《锦阳师范学院学报》2015 年第 10 期。

张舸：《致敬古典　还原民间——试论莫言〈生死疲劳〉章回体的民间叙事》，《绵阳师范学院学报》2017 年第 1 期。

张光芒：《莫言的欲望化叙事及其他》，《文学报》2007 年 10 月 25 日。

张闳：《〈酒国〉的修辞分析》，《作品》1996 年第 1 期。

张闳：《莫言小说的基本主题与文体特征》，《当代作家评论》1999 年第 5 期。

张华、张永辉：《论莫言小说〈我们的七叔〉的叙事艺术》，《名作欣赏》2016 年第 32 期。

张家平：《张力的生成与焦虑的体验——论莫言中篇小说的语言、修辞与叙事》，《淮北煤炭师范学院学报》2004 年第 2 期。

张进、聂成军：《"高密东北乡"的创世纪：莫言小说中的第三空间、物质性与怪诞身体》，《兰州大学学报》（社会科学版）2013 年第 4 期。

张开艳：《沸腾的声音世界——莫言小说形式特征分析》，《乐山师范学院学报》2005 年第 1 期。

张磊、李跃：《透明的高密东北乡——浅谈莫言小说的创作思想》，《河北联合大学学报》2013 年第 6 期。

张丽：《多元叙事模式下的莫言长篇小说研究》，《江西社会科学》2013 年第 12 期。

张灵：《莫言小说中的"复调"与"对话"——莫言小说的机理与结构特征研究》，《江汉大学学报》（人文科学版）2010 年第 3 期。

张灵：《莫言小说中的"旋涡"结构——莫言小说的肌理与结构特征研究（一）》，《长沙理工大学学报》2009 年第 4 期。

张灵：《莫言小说中的人称使用》，《宝鸡文理学院学报》（社会科学版）2009 年第 3 期。

张灵：《叙述的极限与表现的源头——莫言小说的诗学与精神启示》，《小说评论》2010 年第 4 期。

张勐：《小说叙事与电影叙事的吊诡——莫言小说〈白棉花〉的电影

改编“流产”为考察中心》,《当代电影》2016年第8期。

张鹏飞:《论莫言文学传奇话语的审美情趣》,《电影文学》2008年第18期。

张清华:《〈红高粱家族〉与长篇小说的当代变革》,《南方文坛》2006年第5期。

张清华:《莫言文体多重结构中的传统美学因素再审视》,《当代作家评论》1993年第6期。

张清华:《莫言与新历史主义文学思潮——以〈红高粱家族〉、〈丰乳肥臀〉、〈檀香刑〉为例》,《海南师范学院学报》2005年第2期。

张清华:《天马的缰绳——论新世纪以来的莫言》,《当代作家评论》2006年第6期。

张清华:《叙述的极限——论莫言》,《当代作家评论》2003年第2期。

张群:《历史的民间化叙述——读莫言〈檀香刑〉》,《现代语文》(文学研究)2011年第4期。

张仁竞:《男性政治话语叙事模式探析——以莫言、苏童小说为例》,《名作欣赏》2013年第36期。

张瑞英:《一个“炮孩子”的“世说新语”——论莫言〈四十一炮〉的荒诞叙事与欲望阐释》,《文学评论》2016年第2期。

张绍九:《时代情绪的迸发——从叙述学角度再读〈红高粱〉》,《曲靖师范学院学报》2005年第1期。

张文颖:《无垢的孩童世界——莫言、大江健三郎文学中的儿童视角》,《日语学习与研究》2007年第4期。

张曦:《审美的归来与焦虑的绵延——福克纳与〈红高粱〉的叙事》,《作家杂志》2008年第12期。

张曦文:《浅析莫言〈檀香刑〉狂欢化叙述特色》,《剑南文学》(经典阅读)2013年第3期。

张显翠、杨明骥:《〈活着〉与〈檀香刑〉中“死亡”叙述的比较》,《名作欣赏》(下旬刊)2012年第9期。

张相宽:《从“小把戏”到“大结构”——论莫言小说叙事艺术的转向》,《中南大学学报》(社会科学版)2014年第6期。

张相宽:《故事·讲故事的人·听故事的人——论莫言小说与传统说

书艺术的联系》，《东岳论丛》2015 年第 2 期。

张相宽：《莫言小说叙事视角多元化探微》，《名作欣赏》2015 年第 33 期。

张晓彤：《莫言作品〈檀香刑〉的艺术特色赏析》，《时代文学》2015 年第 12 期。

张新颖：《从短篇看莫言——“自由”叙述的精神、传统和生活世界》，《当代作家评论》2013 年第 1 期。

张兴娟：《“不负责任”的叙述者——漫谈〈红高粱〉的叙述技巧》，《考试周刊》2011 年第 50 期。

张旭东、陈丹丹：《“妖精现实主义”与“社会主义市场经济”的叙事可能性——莫言〈酒国〉中的语言游戏、自然史与社会寓言》，《天涯》2013 年第 1 期。

张学军：《〈天堂蒜薹之歌〉的叙事结构》，《山东师范大学学报》（人文社会科学版）2014 年第 3 期。

张学军：《多重文本与意象叙事 ——论〈酒国〉的结构艺术》，《东岳论丛》2016 年第 1 期。

张学军：《反复叙事中的灵魂审判——论莫言〈蛙〉的结构艺术》，《当代作家评论》2017 年第 1 期。

张学军、郝伟栋：《论〈十三步〉叙述分层中的荒诞意识》，《山东社会科学》2017 年第 7 期。

张学军：《论莫言小说中的元叙事》，《人文述林》（山东大学文学院编），山东大学出版社 2017 年版。

张雪飞：《“看到理想的光芒”——论理性精神在莫言动物性叙事中的作用》，《文艺争鸣》2014 年第 10 期。

张雪飞：《叙事空间之于莫言小说的意义——一个张扬动物性的必然空间》，《文艺争鸣》2016 年第 1 期。

张艳红：《莫言小说创作的形式探索》，《赤峰学院学报》（汉文哲学社会科学版）2009 年第 12 期。

张意薇：《史诗与哀歌：莫言与肖洛霍夫的叙事特征比较探微》，《湖北师范学院学报》2014 年第 3 期。

张英伟、李刚：《莫言叙事中的文化恋母与大地寓言》，《聊城大学学报》（社会科学版）2007 年第 1 期。

张悠哲：《论新时期小说戏仿叙事的演变及类型》，《西华师范大学学报》（哲学社会科学版）2010 年第 4 期。

张雨：《〈蛙〉的现代性叙事分析》，《华章》2013 年第 9 期。

张云龙：《艺术的叛逆——评〈十三步〉》，《山东工艺美术学院校报》2013 年 3 月 1 日第 20 版。

张志强：《声音与身份：谁是“讲故事的人”》，《解放军艺术学院学报》2013 年第 3 期。

张志忠：《莫言文体论》，《文学评论家》1987 年第 6 期。

张志忠：《关于〈蛙〉的多重缠绕——莫言作品导读》，《百家评论》2013 年第 1 期。

张志忠：《论莫言小说》，《文学评论》2013 年第 1 期。

张茁：《从叙事方法看〈变〉与〈红树林〉的异同》，《文艺评论》2000 年第 3 期。

章心怡：《莫言小说〈变〉英译本的叙事性解读——以葛浩文的英译本为例》，《广东石油化工学院学报》2016 年第 2 期。

赵常玉：《独特的艺术，拷问的深度——论〈酒国〉的艺术特色》，《现代语文》2014 年第 2 期。

赵奎英：《莫言〈蛙〉的叙事修辞艺术》，《莫言研究》2012 年第 7 期。

赵奎英：《修辞与伦理：莫言〈蛙〉的叙事修辞学解读》，《小说评论》2012 年第 6 期。

赵丽丽、成泓涌：《〈生死疲劳〉的互文性解读》，《文学教育》2015 年第 4 期。

赵启鹏：《论莫言创作中身体伦理的叙事呈现与重释现代性的历史化书写》，《山东女子学院学报》2015 年第 5 期。

赵统斌：《一种叙事模式的终结》，《文艺自由谈》1992 年第 1 期。

赵文兰：《〈十三步〉叙事艺术论》，《当代文坛》2017 年第 2 期。

赵先锋：《〈檀香刑〉叙事技巧探析》，《芒种》2013 年第 14 期。

赵鑫：《〈喧哗与骚动〉和〈丰乳肥臀〉的家族叙事比较研究》，《重庆科技学院学报》（社会科学版）2015 年第 8 期。

赵炎秋：《叙事情境中的人称、视角、表述及三者关系》，《文学评论》2002 年第 6 期。

赵月霞：《莫言儿童视角叙事下的历史话语》，《山西大同大学学报》（社会科学版）2016年第1期。

赵月霞：《虚构中的真实——论莫言儿童视角叙事的“真实性”》，《沈阳大学学报》2016年第5期。

赵月霞：《叙述中的“静默”与“狂言”——莫言儿童叙事的话语分析》，《中国现代文学研究丛刊》2016年第7期。

赵云洁：《大象无形，大巧若拙——论莫言〈檀香刑〉的艺术结构》，《伊犁师范学院学报》（社会科学版）2014年第1期。

赵云洁：《苦难与童趣交错丛生的世界——论莫言〈透明的红萝卜〉的叙事策略》，《河南广播电视大学学报》2014年第4期。

赵云洁：《文化大发展大繁荣视域下莫言小说的叙事策略研究》，《新疆广播电视大学学报》2014年第4期。

郑恩兵、李琳：《多重变奏下的魔幻现实——莫言小说的声音叙事》，《河北学刊》2013年第4期。

郑恩兵：《狂欢情节与民间品性双重建构下的文化叙事——莫言小说的文化品格》，《河北省第四届社会科学学术年会论文专辑》2009年12月。

郑坚：《在民间戏说民间——〈檀香刑〉中民间叙事的解析与评判》，《当代文坛》2003年第1期。

郑立峰：《莫言〈蛙〉的叙事伦理》，《云梦学刊》2013年第2期。

郑铃于：《叙事批评视角下的〈红高粱〉》，《文学教育》2015年第4期。

郑万鹏：《当代中国文学的第三视角——〈白鹿原〉〈红高粱〉的思潮意义》，《中国文化报》2012年12月18日第3版。

郑小娜：《先在意向与莫言儿童叙事》，《长江师范学院学报》2008年第3期。

郑泽宏：《用中国人的方式讲中国人的故事——评莫言小说〈普通话〉》，《职大学报》2015年第1期。

周灿美、严丽：《亦真亦幻——莫言〈蛙〉中的魔幻现实性》，《语文建设》2015年第1期。

周冬梅：《“众生喧哗”与“死亡之眼”：浅谈〈生死疲劳〉与〈丁庄梦〉的叙事视角》，《长春教育学院学报》2010年第5期。

周建华：《从必然走向自由：论莫言小说暴力叙事心理图式》，《海南师范大学学报》（社会科学版）2013 年第 11 期。

周婧：《莫言文学创作的叙事风格解读》，《语文建设》2015 年第 2 期。

周立民：《叙述就是一切——论莫言长篇小说中的叙述策略》，《当代作家评论》2006 年第 6 期。

周龙田：《莫言余华小说的苦难叙事比较》，《安康学院学报》2013 年第 2 期。

周梦娜、肖薇：《论莫言小说中的荒诞叙事》，《西南民族大学学报》（人文社会科学版）2006 年第 5 期。

周妮：《〈生死疲劳〉的欲望与轮回——试论视野变换下的生命体验》，《中南林业科技大学学报》（社会科学版）2013 年第 3 期。

周卫忠、宋丽娟：《对话狂欢中的本土叙事——莫言小说〈蛙〉的巴赫金诗学解读》，《福建论坛·人文社会科学版》2016 年第 4 期。

周彦彦：《论〈生死疲劳〉的叙事策略》，《琼州学院学报》2014 年第 6 期。

周英雄：《〈酒国〉里的虚实：试看莫言叙述的策略》，《当代作家评论》1993 年第 2 期。

周政保：《〈檀香刑〉的“撤退”与写好“中国小说”》，《中华读书报》2001 年 11 月 2 日。

朱珩青：《莫言创作新趋向探源——兼评长篇小说〈十三步〉》，《小说评论》1989 年第 5 期。

朱凯：《古典形式的写实叙事——评莫言〈生死疲劳〉》，《创作与评论》2013 年第 2 期。

朱凯：《象征主义的乡村叙事——评莫言的〈生死疲劳〉》，《山东文学》2006 年第 6 期。

朱叶熔：《二元对立中的命运寓言——莫言小说〈金发婴儿〉的结构主义解读》，《理论与创作》2009 年第 5 期。

朱永富：《论莫言小说的叙事策略与审美风格——以〈红高粱家族〉〈丰乳肥臀〉〈檀香刑〉中英雄形象为中心的考察》，《甘肃社会科学》2013 年第 2 期。

朱云：《莫言小说的历史叙事特质》，《安康学院学报》2013 年第

2 期。

祝亚峰：《当代家族小说的叙事与性别》，《东方丛刊》2008 年 1 月。

訾西乐：《苦难与温情——论莫言小说的乡土叙事》，《美与时代》（下）2017 年 2 月。

邹姗姗：《成功“撤退”的〈檀香刑〉》，《扬州职业大学学报》2012 年第 1 期。

左苗苗：《〈红高粱家族〉英译本中叙事情节和模式的变异》，《吉林省教育学院学报》2011 年第 5 期。

2. 博硕士学位论文（2005—2017 年，以作者毕业年序排列）

2005 年

曹金合：《喧嚣与沉默的精灵——论莫言的小说创作特色》，曲阜师范大学，2005 年。

车晓庚：《格拉斯与莫言小说狂欢化特点比较》，辽宁大学，2005 年。

高晓新：《论莫言小说“欲望叙述”之流变》，中山大学，2005 年。

李琳：《梦幻与抗争——莫言小说的叙事艺术研究》，河北师范大学，2005 年。

刘国辉：《莫言小说叙事论》，延边大学，2005 年。

2006 年

高文霞：《莫言小说叙事艺术浅论》，河北师范大学，2006 年。

李刚：《莫言创作美学品格的叙事学研究》，聊城大学，2006 年。

李金花：《魔幻笔锋　人间情怀——莫言小说叙事艺术探析》，东北师范大学，2006 年。

南志刚：《叙述的狂欢与审美的变异——叙事学与中国当代小说》，苏州大学，2006 年。

苏静：《“独特的腔调”——莫言小说创作的叙述学研究》，山东师范大学，2006 年。

孙爱华：《近年来莫言小说的狂欢化特色》，上海社会科学院，2006 年。

王西强：《从故乡记忆到多重话语叙事的视角转换——莫言小说叙事视角及其功能分析》，陕西师范大学，2006 年。

张开艳：《论莫言小说的狂欢化叙事》，广西师范大学，2006 年。

2007 年

高成效：《“神圣的叙述”——中西现代人化动物小说神话性与叙事性比较研究》，重庆师范大学，2007 年。

胡沛萍：《狂欢化写作——莫言小说论》，南京大学，2007 年。

李艳艳：《苦难·欲望·反启蒙——论莫言小说创作的民间叙事》，安徽大学，2007 年。

李业根：《莫言小说狂欢化叙事研究》，南昌大学，2007 年。

王娟：《莫言小说与民间叙事——从〈檀香刑〉到〈生死疲劳〉看莫言的创作转型》，苏州大学，2007 年。

吴蓓：《中国式的“狂欢”——论莫言长篇小说的文体特征》，山东师范大学，2007 年。

肖宇：《莫言小说的神幻叙事与生命意识》，湖南师范大学，2007 年。

张翼：《苏童、莫言家族叙事比较论》，湖南师范大学，2007 年。

2008 年

高培华：《〈生死疲劳〉的叙事艺术和文体特征》，吉林大学，2008 年。

韩大勇：《浅析莫言小说创作的文体流变》，吉林大学，2008 年。

洪亮：《背叛与复归间的彷徨——从莫言小说的艺术形式解读其对故乡的复杂心理》，福建师范大学，2008 年。

王保中：《莫言小说的魔幻现实主义风格》，河南大学，2008 年。

王静：《民间的“狂欢”世界——莫言小说的叙事结构分析》，辽宁师范大学，2008 年。

徐文明：《死亡的风景——余华、莫言暴力叙事现象研究》，河南大学，2008 年。

徐闫祯：《莫言民间叙事的原型与祭仪特征》，复旦大学，2008 年。

2009 年

丁军：《莫言小说的叙述策略》，辽宁大学，2009 年。

范卉婷：《追寻多元的叙事：福克纳〈喧哗与骚动〉与莫言〈红高粱家族〉叙事模式比较研究》，贵州大学，2009 年。

韩现广：《论莫言小说创作中儿童视角》，河北大学，2009 年。

马斐：《论莫言作品的狂欢美》，山东师范大学，2009 年。

颜媛媛：《颠覆与还原——莫言小说的叙事策略》，曲阜师范大学，

2009 年。

2010 年

曾庆利：《童年·母亲·大自然——莫言小说基本叙事元素分析》，上海大学，2010 年。

李自国：《反思历史　追问人性——论莫言〈生死疲劳〉叙述策略及其深层意蕴》，华南师范大学，2010 年。

林丽：《论莫言小说的怪诞表现形态》，湖南师范大学，2010 年。

刘菊：《中国当代小说中的“怪异”书写》，苏州大学，2010 年。

钱路璐：《20 世纪 90 年代家族小说中的传奇叙事》，东北师范大学，2010 年。

汪洁：《论新时期以来乡土小说中“鬼怪叙事”》，南京师范大学，2010 年。

杨宇：《莫言小说狂欢化特色研究》，西北大学，2010 年。

2011 年

杜程霖：《艺术的童眸——论新时期小说中的儿童视角》，江西师范大学，2011 年。

旷玉妍：《意象化的家族叙事——莫言、苏童家族小说比较论》，湖南师范大学，2011 年。

李敬涛：《莫言小说与后现代主义》，河北大学，2011 年。

刘静杰：《叙事意识与生命感觉——对莫言长篇小说的批判性思考》，浙江大学，2011 年。

罗凌云：《二十世纪土匪叙事的主题变奏——以〈死水微澜〉、〈桥隆飙〉、〈红高粱〉为例》，西南交通大学，2011 年。

罗芝艺：《新世纪中国乡土小说叙事的新历史主义阐释》，陕西师范大学，2011 年。

王瑜：《莫言小说创作观念的解构与重建》，延边大学，2011 年。

徐露：《〈檀香刑〉的民间叙事》，中南大学，2011 年。

张相宽：《论莫言小说的叙事艺术》，山东大学，2011 年。

赵阶奎：《全面的历史态度——论莫言小说〈蛙〉对新历史小说的超越》，山东大学，2011 年。

赵静杰：《叙事意识与生命感觉——对莫言长篇小说的批判性思考》，浙江大学，2011 年。

2012 年

陈威:《论莫言小说的叙事艺术》,云南大学,2012 年。

雷健:《莫言小说的重复现象研究》,浙江师范大学,2012 年。

李瑞婷:《儿童视角的运用——论新时期小说中的另一种书写方式》,天津师范大学,2012 年。

李玮:《鲁迅与莫言“复仇”叙事比较研究》,广西师范大学,2012 年。

宋丽娟:《论莫言长篇小说的复调性》,广东技术师范学院,2012 年。

王赫佳:《论莫言小说的魔幻性与拉美魔幻现实主义》,内蒙古大学,2012 年。

王兰:《小说文体虚性叙述的艺术魅力》,陕西师范大学,2012 年。

王宇:《论新时期以来小说中的“傻子”叙事》,辽宁师范大学,2012 年。

英佳妮:《小说的电影化叙事手法及其审美价值表现——以〈红高粱〉、〈上海的狐步舞〉、〈伏羲伏羲〉等小说为例》,复旦大学,2012 年。

张丽君:《莫言小说的仪典化叙事》,重庆师范大学,2012 年。

2013 年

安宇鹏:《莫言小说中的民间性研究》,西北师范大学,2013 年。

杜文彬:《〈生死疲劳〉葛浩文英译本的叙事学解读》,中南大学,2013 年。

杜盈盈:《莫言小说中的野史叙事研究》,中国海洋大学,2013 年。

侯哲:《虚拟的真实——论莫言小说中的荒诞叙事》,陕西师范大学,2013 年。

姜静:《暴力的狂欢——论莫言的暴力叙事》,西北师范大学,2013 年。

廖青鹏:《论莫言小说的解构与建构》,西南大学,2013 年。

佟鑫:《中国作家对魔幻现实主义的接受》,沈阳师范大学,2013 年。

夏兆林:《“真”与“深”的表达诉求——论莫言小说中的儿童视角》,曲阜师范大学,2013 年。

张国亮:《论莫言小说的结构艺术》,扬州大学,2013 年。

2014 年

高改革:《福克纳与莫言美学思想对比研究》,中国海洋大学,

2014 年。

巩晓悦：《论莫言小说的幻觉叙事》，华东师范大学，2014 年。

李小媛：《论新时期小说中的刑罚描写》，西南大学，2014 年。

李阳：《“计划生育”叙事研究——以〈蛙〉为例》，海南大学，2014 年。

林雪：《莫言短篇小说叙事策略和诗意化研究》，上海师范大学，2014 年。

孙珊：《莫言小说的跨文体特征研究》，山东师范大学，2014 年。

王文静：《莫言长篇小说文体风格研究》，云南师范大学，2014 年。

吴丽丽：《当代男性作家作品中的儿童视角——以莫言、苏童、余华为例》，安徽大学，2014 年。

闫欣：《〈生死疲劳〉叙事艺术论》，内蒙古大学，2014 年。

杨伟：《莫言小说文本的互文性及其叙事功能研究》，浙江师范大学，2014 年。

尹婷：《莫言小说英译策略的叙事学研究——以〈丰乳肥臀〉和葛浩文英译本为例》，鲁东大学，2014 年。

张若琳：《莫言小说中的“世界性因素”——以“恶魔性”与“狂欢化”为中心的讨论》，宁夏大学，2014 年。

张洋：《论新时期的轮回转世母题小说》，西南大学，2014 年。

郑湄蒹：《故乡叙事的接受与疏离——莫言与福克纳比较研究》，湖南师范大学，2014 年。

周莉：《莫言小说语言修辞及魔幻风格研究》，江苏师范大学，2014 年。

朱蕾：《新时期“先锋小说”中的象征叙事研究》，宁夏大学，2014 年。

朱晓琳：《马尔克斯与莫言的魔幻小说比较研究》，扬州大学，2014 年。

2015 年

段乃琳：《莫言小说的反讽艺术研究》，齐齐哈尔大学，2015 年。

高晨韵：《从模仿到创新——莫言与魔幻现实主义的本土性建构》，东北师范大学，2015 年。

高红：《叙事聚焦下莫言作品及其英译本研究》，天津大学，2015 年。

公荣伟：《无意识叙事：莫言文本的民族寓言》，苏州大学，2015年。

郭静思：《试论儿童视角叙事——以中国现当代作家作品为例》，青海师范大学，2015年。

黄敬军：《嬗变与异化——中国新时期以来小说中魔幻意象的研究》，辽宁师范大学，2015年。

金善花：《金裕贞和莫言小说的狂欢化特征比较研究》，中央民族大学，2015年。

李琳：《梦幻与抗争——莫言小说的叙事艺术研究》，河北师范大学，2015年。

李萌：《〈酒国〉的叙事分析》，山东大学，2015年。

李诗帆：《比较文学视域下莫言小说独创性探究》，内蒙古师范大学，2015年。

李伟：《〈天堂蒜薹之歌〉英译本的叙事学解读》，西北大学，2015年。

李宇：《莫言魔幻现实手法的阐释循环解读——以葛浩文英译〈丰乳肥臀〉英译为例》，长沙理工大学，2015年。

李祯：《论莫言小说的"暴力美学"及其当下审美文化意义》，新疆大学，2015年。

林洁：《莫言小说中的动物叙事研究》，西南大学，2015年。

林丽：《论莫言小说的怪诞表现形态》，湖南师范大学，2015年。

刘丹妮：《身体的叙事——对莫言小说的政治阅读》，上海师范大学，2015年。

刘容：《莫言小说的怪诞特征研究》，福建师范大学，2015年。

刘珊珊：《传说弥漫的叙事——试论莫言小说中传说的叙事学意义》，青岛大学，2015年。

欧玫：《论莫言小说的借鉴与创造性转化》，福建师范大学，2015年。

宋琳琳：《论莫言笔下的动物描写》，山东大学，2015年。

隋双双：《论莫言小说中的动物书写》，南京师范大学，2015年。

孙婷：《〈檀香刑〉的叙事策略研究》，山东大学，2015年。

王瑾：《论莫言对〈生死疲劳〉的中国式魔幻现实主义创作》，广西民族大学，2015年。

王雪：《“风景的发现”与莫言小说叙事的美学构成》，青岛大学，2015 年。

王一平：《从叙事学与文学文体学的视角论葛浩文对〈酒国〉的翻译》，东南大学，2015 年。

吴丹：《莫言小说〈蛙〉的修辞研究》，南京林业大学，2015 年。

吴静：《莫言小说的乡土地理叙事》，青岛大学，2015 年。

谢文兴：《论马尔克斯对莫言小说创作的影响》，浙江师范大学，2015 年。

徐笑影：《认知叙事学视域下莫言〈生死疲劳〉汉英版本的对比分析》，电子科技大学，2015 年。

许洪淦：《莫言小说中的空间性叙事研究》，山东师范大学，2015 年。

杨子硕：《新历史主义视野下的莫言小说研究》，贵州大学，2015 年。

姚明月：《〈生死疲劳〉的叙事研究》，山东大学，2015 年。

赵一：《莫言小说〈欢乐〉的悲剧叙事》，吉林大学，2015 年。

周顺艳：《论莫言小说的叙事与性别》，云南大学，2015 年。

邹琼：《莫言作品〈酒国〉汉英版本的认知叙事学分析》，电子科技大学，2015 年。

2016 年

敖倩影：《论莫言小说的身体叙事》，广西民族大学，2016 年。

白玉：《试论莫言小说的民间叙事——以〈丰乳肥臀〉〈生死疲劳〉为例》，西北大学，2016 年。

董博宇：《80 年代先锋小说的后现代叙事研究》，天津师范大学，2016 年。

韩玉頔：《论莫言小说的历史叙事》，沈阳师范大学，2016 年。

阳乐青：《莫言作品〈红高粱家族〉中女主角戴凤莲的女性主义叙事学探析》，电子科技大学，2016 年。

张裕：《莫言小说民族化叙事中的世界性意识表达》，湖南科技大学，2016 年。

2017 年

张相宽：《莫言小说创作与中国口头文学传统》，山东大学，2017 年。

李倩：《论莫言的动物书写——以马驴骡为例》，渤海大学，2017 年。

刘权：《灵异中显真切　悚异中见诗意——论〈聊斋志异〉对莫言小说奇幻风格的影响》，安徽大学，2017 年。

张桌宜：《论莫言小说魔幻现实主义的呈现及意义》，广西师范学院，2017 年。

李晓姣：《莫言小说的动物书写研究——以〈食草家族〉、〈生死疲劳〉和〈蛙〉为中心》，华东师范大学，2017 年。

杜丽华：《莫言小说的隐喻叙事研究》，华侨大学，2017 年。

徐宁：《莫言小说的欲望叙事研究》，湖南科技大学，2017 年。

郭荣荣：《论莫言小说的魔幻书写》，曲阜师范大学，2017 年。

柏影：《论莫言小说的“狂欢化”特质》，山东大学，2017 年。

赵永铭：《马尔克斯〈百年孤独〉与莫言〈生死疲劳〉的比较研究》，温州大学，2017 年。

全玲玲：《莫言小说摹绘修辞及其魔幻风格研究》，江苏师范大学，2017 年。

3. 莫言小说文体与叙事研究专著（按出版时序排列）

钟怡雯：《莫言小说“历史”的重构》，（台湾）文史哲出版社 1997 年版。

谢静国：《论莫言小说 1983—1999 的几个母题和叙述意识》，（台湾）秀威资讯科技股份有限公司 2006 年版。

张灵：《叙述的源泉：莫言小说与民间文化中的生命主体精神》，中央编译出版社 2010 年版。

付艳霞：《莫言的小说世界》，中国文史出版社 2011 年版。

张秀奇、刘晓丽：《狂欢的王国：莫言长篇小说细解》，陕西人民出版社 2013 年版。

胡沛萍：《“狂欢化写作”：莫言小说的艺术特征与叛逆精神》，山东大学出版社 2014 年版。

宁明：《莫言创作的自由精神》，山东大学出版社 2014 年版。

王育松：《莫言小说研究》，社会科学文献出版社 2016 年版。

管笑笑：《莫言小说文体研究》，北京师范大学出版社 2016 年版。

张之帆：《莫言与福克纳“高密东北乡”与“约克纳帕塔法”谱系研

究》，四川大学出版社 2016 年版。

史言：《叙事策略与文本细读：莫言中短篇小说研究》，厦门大学出版社 2016 年版。

楚军：《莫言作品叙事研究》，科学出版社 2017 年版。

附录二

2013—2017年国家社科基金项目和教育部人文社科基金项目中立项的莫言研究项目名录（24项）

1. 国家社科基金项目（18项）

年份	项目名称	主持人	单位	项目级别	学科门类
2013	莫言与现代主义文学的中国化研究	王洪岳	浙江师范大学	一般项目	中国文学
	莫言与当代中国文学的变革研究	张清华	北京师范大学	重点项目	中国文学
	莫言文学思考	林敏洁	南京师范大学	中华学术外译项目	中国文学
	基于平行语料库的认知叙事学视域下的莫言作品汉英版本比较研究	楚　军	电子科技大学	一般项目	语言学
	莫言小说叙事学研究	张学军	山东大学	一般项目	中国文学
	莫言剧作及小说中的戏剧性研究	邹　红	北京师范大学	一般项目	中国文学
	村上春树与莫言小说比较研究	尚一鸥	东北师范大学	一般项目	中国文学
	世界性与本土性交汇：莫言文学道路与中国文学的变革研究	张志忠	首都师范大学	重大项目	中国文学
2014	基于语料库的莫言小说译本风格研究	宋庆伟	济南大学	一般项目	语言学
2015	莫言文学思想	李红梅	南京师范大学	中华学术外译项目	中国文学
	后现代视阈下的莫言小说与海外接受研究	聂英杰	大连工业大学	一般项目	中国文学
	莫言与沈从文乡土小说比较研究	魏家文	贵州大学	西部项目	中国文学
	莫言小说的语象与图像关系研究	陆　涛	江西师范大学	青年项目	中国文学

续表

年份	项目名称	主持人	单位	项目级别	学科门类
2016	莫言家世考证	程光炜	中国人民大学	重点项目	中国文学
	莫言文学中怪诞审美形态功能价值研究	刘法民	南昌师范学院	后期资助	中国文学
	莫言小说修辞研究	郭洪雷	福建师范大学	一般项目	中国文学
2017	莫言文学思想	许诗焱	南京师范大学	中华学术外译项目	中国文学
	莫言的中国主体重建与新文学传统研究	王金胜	青岛大学	一般项目	中国文学

2. 教育部人文社科基金项目（6项）

年份	项目名称	主持人	单位	项目级别	学科门类
2013	莫言小说英译者葛浩文的译者风格研究	邵　璐	西南财经大学	青年项目	语言学
	莫言的文学世界研究	张志忠	首都师范大学	规划项目	中国文学
2014	旅行与赋形：美国莫言作品英译研究	王启伟	淮北师范大学	青年项目	语言学
	基于语料库的莫言文学作品中的颜色隐喻研究	纪　燕	江苏科技大学	青年项目	语言学
2016	福克纳与莫言小说的时空叙事比较研究	杨红梅	长沙学院	青年项目	外国文学
	莫言小说英译的体验认知机制及其心理模型研究	张伟华	江苏大学	青年项目	语言学

后　记

这部书稿是在我的硕士学位论文《从故乡记忆到多重话语叙事的视角转换——莫言小说叙事视角及其功能分析》的基础上修改而成的，原稿5.6万字，大致为本书的第一章至第六章，于2006年5月1日至7日匆促写就。我是2003年9月考入陕西师范大学文学院王荣教授门下在职攻读中国现当代文学硕士学位的。因为我所在的外国语学院工作量重，加上杂事缠身，很难有集中的毕业论文写作时间，原想推迟一年毕业，但因为早就在导师的指导下选定了题目，也通读了莫言的全部小说和导师推荐的几本经典叙事学论著，就想趁着“五一”小长假难得的集中时段，壮着胆子写写试试。好友吴国彬兄见我无处可以静下来写东西，就借了他单位位于陕西师范大学雁塔校区教学十五号楼二层一间存放旧报纸的库房给我临时用。当时打字慢，为了赶时间，就在纸上手写，困了收拾书纸，睡在书桌上，醒来继续写，就这样困了睡、醒了写，日均八千字，匆促之中写下的文字凌乱不堪，自己来不及输入电脑，就交给当时还在病中的国彬兄和几个学生来帮我录入电脑敲成word文档，急匆匆间完成了一篇硕士学位论文。国彬兄多年来如长兄般帮助支持我，兄弟情谊、万千感怀，怎一个谢字了得?!

我对莫言的兴趣，来自《天堂蒜薹之歌》这部作品，我最早写成发表的单篇论文《叙事语境转换中的现实关怀言说——从〈红高粱家族〉到〈天堂蒜薹之歌〉》（《陕西教育学院学报》2005年第1期）就是分析这部作品的多重话语叙事和现实关怀情绪的，这篇论文后来被杨扬教授收入他主编的《莫言作品解读》（华东师范大学出版社2012年11月出版）一书，我也因此得与杨老师结缘，于2015年4月拜入杨老师门下做博士后研究。这部小说写到的“蒜薹事件”就真实地发生在我出生长大的费县的临县，莫言在小说里表达的愤怒，我也曾深深地体验过，正是这样的情感认同，让我对莫言和他的作品产生了浓厚的兴趣。为毕业计，我决定选择莫言小说作为研究对象，读来读去，仅是“现实关怀”似乎还不足以完成一篇硕士论文，我就打算写“莫言小说叙事研究”，但是，导师王荣教授见我一个农家子弟在读研期间还要天天奔忙着在校内校外兼课赚钱养家糊口实在可怜，也考虑到我实在没有时间精力对莫言这位高产作家的全部作品进行系统的叙事学解读，就建议我仅就莫言小说的叙事视角进行文本解读和研究，选取小切口，做深做细做扎实，并耐心给我讲解小说的叙事视角对于作品艺术价值生成的意义。王老师对叙事学深有研究，我被说服，开始重新通读莫言小说，寻找切入点，整理论证思路，撰写写作提纲，并慢慢进入论文写作状态，做笔记，写零星的阅读心得。所以，尽管写就论文用时仅一周，但却是长期在王老师指导下读书、笔记的一个速成的结果。再后来，为了职称评定的需要，在王老师的指导下修改了几篇拿出来投稿，这就是后来发表在《中国现代文学研究丛刊》、《求索》、《当代文坛》、《南京师范大学文学院学报》和《陕西教育学院学报》上的《论莫言1985年后中短篇小说的叙事视角试验》、《莫言小说叙事视角实验的反叛与创新》、《论1985年以后莫言中短篇小说的“我向思维”叙事和虚构家族传奇》、《复调叙事和叙事解构：〈酒国〉里的虚实》和《新历史主义叙事的模范文本——〈丰乳肥臀〉叙事视角分析》等文章。

我本疏懒，正是读研期间及至今时今日王老师的指导、督促，使我通过对莫言小说的阅读和研究，慢慢得以窥见学术研究的门径，开始学着写学术论文、填报各类项目申请书，一点点提升自己的科研能力。王老师待我如待子侄，师恩如山，无以回报，唯愿先生与师母身体健康，万事顺心。

我的博士后合作导师杨扬教授是莫言研究专家，先生对莫言的文学价值有充分的认识，早在2005年就主编过《莫言研究资料》，2012年5月力邀莫言担任华东师范大学客座教授，主持莫言受聘后的首场讲座、高度评价莫言的文学成就，2012年12月又编选《莫言作品解读》。正是在杨老师的指导下，我才得以获批2016年陕西师范大学中央高校基本科研业务费专项资金项目和第59批中国博士后科学基金一等面上资助项目，这两个项目均与“莫言小说在英语国家的译介、传播与接受研究”有关，每当收到杨老师在微信上发来的与课题研究有关的资料链接和图书信息时，我都感动不已。

2014年，我的挚友李跃力兄介绍我认识了山东大学的贺立华教授，我也因此得以以“莫言与贾平凹小说叙事比较研究”的选题参与到首都师范大学张志忠教授任首席专家的2013年国家社科基金重大招标项目“世界性与本土性交汇：莫言文学道路与中国文学的变革研究”的子项目“莫言文学创新之路研究”（主持人为贺立华教授）之中，并得以年年参加项目组召集的学术会议，可以在会上聆听莫言研究的大家如张志忠教授、贺立华教授、季红真教授、樊星教授、杨守森教授等诸先生的高论新论，得以了解国内莫言研究的新动向新成果，得以认识诸多莫言研究的专家学者，可以时时跟他们请教学习。项目组的专家如张志忠教授、贺立华教授时时关注我的成长，对我的研究中存在的短板和不足提出了很多宝贵的意见，本书得到了项目组专家老师们的指导，感谢张志忠教授不弃，指出书中的诸多问题，慨然允我将本书作为项目的阶段性成果之一出版。贺立华教授待我如门下学生，鼓励、提携、帮助我，在我申请出国访学四处求告邀请函时，他动用了各种关系来帮我，动员他的女儿贺天舒姐姐最终帮我拿到了杜克大学刘康教授的邀请函；和贺老师的每一次见面、谈话都让我如沐春风；贺老师门下高足宁明、张相宽、于红珍、程春梅、王朱杰诸君均和我以师兄弟相称，让我感激不尽，得贺老师慨然允为拙稿作序，是我的莫大荣幸。

感谢山东大学张学军教授为拙著作序。我与张老师在北京参会期间经贺立华先生介绍认识，始知这位久闻大名未曾谋面的张老师是1988年“全国首届莫言创作研讨会”的主要筹备者之一、会议的主持人、山东大学的与会官方代表，也是《怪才莫言》的主撰者之一。张老师多年来一直坚持对莫言进行跟踪式的文本细读研究，是较早且持续关注莫言小说叙事特质的学者。张老师温良敦厚，有慈长者风。感谢张老答应让我做他关于莫言研究的访谈。听他与贺老师慷慨激昂地回忆他们当年为莫言研究努力奔走的趣事和艰难，看着两位前辈学者眼光里闪动着的激情，既感佩他们对学术的执着和赤诚，又深受鼓舞，暗下决心，告诫自己要专心学问、赤诚为人。

感谢科学出版社的王洪秀女士，她责编了我的上一本书，又很努力地帮我把这本稚拙的稿子推荐给中国社会科学出版社的副总编辑任明先生，洪秀宽厚大度、乐于助人，有沂蒙女子的豪侠气，是我的挚友。和任明先生虽仅一面缘，但承先生帮助，本书才得以在中国社会科学出版社出版，我心存无尽的感激！

本书获得了“陕西师范大学优秀著作出版基金”和学科建设处“重点建设优势学科方向的队伍建设基金”资助，感谢陕西师范大学社科处马瑞映处长和学科建设处姚若侠处长及两处的其他领导和工作人员为全校教师出版科研成果提供各种政策上和经费上的支持，你们认真敬业的工作态度曾多次感动我。

教育部长江学者特聘教授、我的领导、陕西师范大学外国语学院院长王启龙先生关心我的学术成长，给我提供了充足的科研资助，本书能够面世，离不开王院长的关怀和大力支持。

完善书稿的每个日夜，从早到晚，我的至爱余露茜都陪在我身边，听我谈写作思路和想法，从我想不到的角度给我补充和启发，本书的很多细处都有她的智慧之光。感谢她启发帮助我，照顾我的生活，提醒我喝水休息，暖暖爱意让写作的辛苦里满是甜蜜的记忆。感谢爸爸妈妈，为我煮饭，喊我添衣，那种在家被爱的感觉，真好！

谢谢你们，我的师长、朋友、亲人和爱人！有了你们的支持，我才能在学术的道路上不畏风雨、砥砺前行。

王西强

2017 年 11 月 29 日